시련은 아무에게나 꽃이 되지 않는다

증보판

시련은 아무에게나
꽃이 되지 않는다. 증보판

초판 인쇄 2015년 1월 26일
초판 발행 2015년 1월 31일

지은이 김숙자
발행처 박문사
발행인 윤석현
등 록 제2009-11호

주소 서울시 도봉구 우이천로 353 3F
전화 (02) 992－3253 (대)
전송 (02) 991－1285
전자우편 bakmunsa@daum.net
홈페이지 http://www.jncbms.co.kr

편 집 주은혜·최현아
책임편집 김선은

ISBN 978－89－98468－49－1 03810   값 17,000원

시련은 아무에게나 꽃이 되지 않는다

증보판

김숙자 지음

박문사

'시련은 사람을 더욱 사람답게 만든다.'
시련의 노를 잘 저으면 향기로운 영혼과 맞닿을 수 있다.

우리는 제각기 주어진 인생을 살아가면서 비교적 평온한 삶을 유지하는 사람이 있는가 하면, 삶의 양상은 조금씩 다르지만 저마다 크고 작은 시련과 난관에 부딪히며 자기에게 주어진 생의 노를 저어 가고 있다. 그러나 인생엔 개인차가 있기 때문에 생이 순탄하다고 해서 전 생애 동안 바람 한 점 없는 잔잔한 항로만을 가는 건 아니다. 비록 오늘이야 괜찮았다고 하더라도 내일은 전혀 예측할 수 없는 폭풍우와 비바람, 세찬 파도에 수없이 출렁거릴 수도 있다. 그러면서 제각기 색다른 인생의 목표와 가치를 향해 줄기차게 인생의 항로를 전진해 가고 있는 것이다.

개개인의 생이 매 순간 모두 순탄하다 볼 수도 없지만, 그렇다고 한없이 가파른 것만도 아니다. 저마다 일상의 소소한 즐거움과 행복

3

의 순간도 만나며 인생의 파고를 의연히 넘어가고 있는 것이다. 만약 내 인생에서 자그마한 시련 한 가닥 겪지 않고 그야말로 탄탄대로의 삶만을 살아왔다면 오히려 그 인생은 무덤덤하고 무미건조하다고 말할 수 있다.

숱한 역경과 고생 속에서도 그걸 감내하며, 그 시련을 극복하는 데서 오는 쾌감과 성공감이 우리를 더욱 살맛나게 하는 것이다. 어떠한 시련도 맛보지 못한 밋밋한 삶은 한동안 편안했을지는 몰라도 무의미한 삶이라고 볼 수밖에 없을 것이며, 보람차고 감칠맛 나는 생은 더더욱 아니다. 우리 인생만이 누릴 수 있는 각양각색의 희로애락과 시련의 강도 건너 봐야 진정 가치 있고 의미 있는 인생을 살았다고 말할 수 있을 것이다.

정말 고통과 시련을 맛보지 않고 승승장구한 사람이 어찌 시련에 허우적대며 절망과 사투를 벌이고 있는 친구와 이웃을 위로해 줄 수 있겠는가? 어쩌다가 부모를 잘 만나 경제적으로나 문화적으로 생활이 윤택한 사람은 큰 풍파 없는 인생을 살아가는 원동력은 되었을 것이다. 그러나 젊어 고생은 돈을 주고 사서라도 해야 한다는 말의 뜻이 무엇이겠는가? 우리가 살아갈 미래는 아무도 예측할 수 없는 불안과 불확실의 시대이다.

그야말로 우리 앞에 다가오는 앞날은 어느 누구도 알 수 없으며, 한 치 앞도 내다볼 수 없을 정도로 불투명하다. 오늘은 비록 평탄했다 하더라도 내일 역시 평탄할 것이라는 생각은 너무 위험스런 발상이다. 내가 지금 잘살고 있다고 남의 불행과 난관쯤은 눈감고 외면할 수야 없지 않은가?

옛말에 부자도 삼대를 가기 어렵다고 했고, 지금 건강하다고 백세시대의 긴 인생을 건강할 것이라고 장담하는 위인 역시 없을 것이기 때문이다. 과연 이 말이 우리에게 무얼 시사해 주는가? 물질이나 경제, 건강 등에서 오는 시련과 고통은 일기예보와 달라 누구도 미리 예견할 수 없는 것이다. 자고로 시련과 고통은 공기와 물처럼 언제라도 자리바꿈을 하고 이동할 태세를 갖추고 있다는 사실이다. 그래서 인생을 자만심으로 가득 채워 큰소리 뻥뻥 치며 자신만만해 하는 일은 정말 금물이라 생각된다.

단, 누구도 한 치 앞에 닥칠 일을 예견하지 못하기에 생의 과정을 단언할 수 없는 게 우리의 인생이다. 참으로 우리 인생에 찾아오는 시련이란 그 누구도 알 수가 없다. 도저히 헤쳐나갈 수 없는 깜깜한 먹구름과 천둥 속에서도 절대 절망의 구렁텅이에 빠져서는 안 된다. 언젠가는 앞을 내다볼 수 없는 암울한 그 먹구름이 나도 모르는 사이에 스스럼없이 벗겨지는 날이 반드시 찾아오기 때문이다. 그렇기에 결코 낙심하거나 희망을 잃어서는 안 된다.

벼는 익을수록 고개를 더 숙이고, 삶의 과정에서 경험보다 더 중요한 선생님은 없다고 본다. 인생에서도 단맛 쓴맛을 모두 거쳐 시련의 고배를 맛본 사람에게선 그 사람만이 가질 수 있는 독특한 향기와 노하우가 숨어 있다. 가령 깊은 수렁에 빠져 허우적거리며 산전수전의 고통을 감수해 본 사람은 그렇지 않은 사람들에게 이미 커다란 교훈을 남겨 주고 있는 것이다. 그리고 우리에게 인생을 오뚝이처럼 다시 일어서게 하는 새로운 진리와 산 경험을 전수해 주는 멋진 멘토가 된다.

다시 말해서 생의 과정 중에 나도 몰래 찾아오는 제각각의 어려운 시련들이 어떤 사람에게는 '굴레'가 되는가 하면 어떤 사람에게는 '날개'가 될 수도 있다는 것이다. 똑같은 시련을 겪었다고 하더라도 어떤 사람은 그 고통에서 헤어나지 못하고 시련 자체가 '굴레'가 되어 거기에서 주저앉아 버리는가 하면, 그 시련을 박차고 슬기롭게 극복하여 오히려 인생의 '날개'로 만들어 빛나는 성공을 거두는 사람이 있음을 상기해 보자.

이는 극심한 풍랑을 헤치고 암담한 바다를 항해하며 인생의 사투를 끈질기게 극복하고 멋진 개선장군이 되어 돌아오는 것에 비유할 수 있다. 그래서 고난을 극복하고 돌아온 사람은 다른 사람에게서 찾아볼 수 없는 인생의 값진 보물 창고를 갖고 있는 것과 같은 것이다. 우리는 바로 거기에서 '인생의 행복'과 '삶의 가치'와 '값진 영혼'을 연계하여 생각해 볼 필요가 있다. 정말 중요한 것은 우리가 태어날 땐 누구나 똑같이 빈손으로 태어났다는 사실을 잊어선 안 될 것이며,

누구든 인생의 종착역도 다르지 않다는 사실을 부인할 필요가 없다는 것이다. 그렇기에 어느 누구든 한 번뿐인 각자의 인생을 차별 없이 존중받으며 행복하게 생의 노를 저어가야만 한다.

　다만 우리 인생이 어디에서 태어나 누구에게 어떻게 양육되고 어떤 환경 속에서 살았느냐는 사람마다 다를 수가 있다. 그리고 교육적으로도 어떤 영향력을 받고 자랐느냐에 따라 그 사람의 인성과 미래가 결정되는 요인은 조금씩 다를 수 있다고 본다. 그렇기에 인간이 살아가는 과정 중에서 환경은 그야말로 필수불가결의 요소인 것이다. 그러나 유복한 집안에서 양질의 교육을 잘 받고 별 무리 없이 행복한 인생을 살다가도 단 한 순간에 모든 조건을 잃고 실의에 빠져버리는 사람이 있는가 하면, 갖은 고생을 다 겪어가면서도 희망의 끈을 버리지 않고 꿋꿋이 인생의 오르막을 오르고 있는 인생도 적지 않다. 우리는 전자와 후자 중 어느 쪽에 더 박수를 보내야 마땅한가?

　그러나 간혹 자기 앞에 닥친 시련을 이기지 못하고 순식간에 귀한 생을 마감해 버리는 생명경시 풍조야말로 오늘날 가장 무섭고도 위험한 사회악이 아닐 수 없다. 남과 비교해서 자존심에 조금만 상처를 받거나 억울한 누명이나 굴욕을 당했다 해서 일순간에 극단적인 판단을 해서는 결코 안 된다. 인생은 누구를 막론하고 귀중하지 않은 사람이 없기 때문이다. 그리고 제각기 행복하게 살아갈 권리와 가치를 부여받고 태어난 사실을 알아야 한다. 그렇기에 어떠한 난관 앞에서도 7전 8기의 정신과 불굴의 의지로 현재의 시련을 굳건히 이겨낸다면 우리 모두가 지향하는 행복의 종착역에 반드시 도착할 것이다.

정말 곰곰이 생각해보니, 시련엔 절대 공짜가 없음을 말해두고 싶다. 시련은 사람을 더욱 사람답게 만드는 멋진 트레이너이기 때문이다. 그리고 이유 없는 고통 또한 없는 것 같다. 지금 다가오는 시련과 고통을 잘 감내하고 나면 그 뒤엔 반드시 멋진 행복이 보석처럼 반짝이게 마련이다. 자고로 어려움을 잘 참고 견디며 끝까지 인내하는 자에게는 반드시 '행복의 종착역'이 기다리고 있다. 고생 끝에는 반드시 성공이 뒤따라오기 마련이다. 그리고 시련은 곧 성공의 어머니이자 행복의 전주곡이라 할 수 있다.

이러한 인생 철칙을 거울삼지 않고 시련 앞에서 쉽게 무릎 꿇고 쓰러져 버린다면 결코 그 인생은 성공한 인생이 아니다. 인생에서 박수 받을 자격조차 없다. 누가 봐도 수많은 시련의 구렁텅이 속에서도 꿋꿋하고 의기양양하게 그 늪을 헤쳐나오는 인생이야말로 얼마나 멋지고 대견스러운가? 우리는 그들에게 아낌없는 찬사와 박수를 보내야 마땅하다. 정말 눈물 젖은 빵을 먹어본 사람만이 느낄 수 있는 값진 성공과 교훈이 인생의 향기로 모락모락 피어오를 것이다. 자고로 곰삭은 젓갈에서 맛깔나는 김치가 어우러지고, 잘 띄운 메주에서 우러나오는 명장의 장맛은 추종을 불허하는 명품이 되는 이치와 같은 것이다. 우리 인생은 일회전밖에 없는 만큼 더욱 귀중히 여기고, 어떤 시련과 고난 속에서도 세상에서 둘도 없는 자기만의 멋지고 향기로운 꽃을 피워내야 한다.

그러나 이것만은 꼭 잊지 말자. '시련은 아무에게나 꽃이 되지 않는다.'는 사실을 말이다.

淸淋 사유공간에서

김 숙 자

chapter 2 ▌내가 꿈꾸는 것에 철저히 미쳐라.

chapter 3 ▌흔들리며 사는 게 맛깔난 인생이다.

chapter 4 ▌시련은 빈 수레로 돌아오지 않는다.

chapter 5 ▌혹독한 시련 속에 핀 난꽃이 더 향기롭다.

chapter 6 ▌ 시련은 아무에게나 꽃이 되지 않는다.

시련은
아무에게나
꽃이 되지 않는다

chapter 1

시련의 강물을
잘 건너라.

우리가 살아가면서 부딪치는 크고 작은 시련들은
우리를 지금보다 좀 더 성장시키기 위해 찾아온다.
그 시련의 강물을 잘 건너려면 내 꿈의 등대를 향해
많은 고난과 역경을 이겨내며
끊임없는 인내의 노를 잘 저어야 한다.

01 고독은 돈을 주고도 사라.

인간은 태어날 때부터 고독한 존재이다.
그러나 사회 속에서 혼자서는 살 수 없기 때문에
많은 관련 속에서 인과 관계를 맺으며 살아가는 것이다.
그러나 때로 고독을 맛보지 않으면 철학적인 삶을 살 수가 없다.
그렇기에 인생에서 고독은 돈을 주고서라도 맛봐야
사람다운 사람이 되는 것이다.

사람에게 태어나면서부터 정해진 운명이 있는 건 아닐 것이다. 아니, 운명은 우리가 선택할 수도 없지만 대부분 살아가면서 나도 모르게 결정되어진다. 사람이란 누구나 태어날 땐 빈손으로 공평하게 태어난다. 그러다가 살아가면서 여러 가지 환경과 여건 그리고 자기에게 주어지는 운명에 부딪치며 성장해가게 된다. 그리하여 저마다의 삶이 여러 가지 양상으로 나타나게 된다.

필자는 다행히 부모님을 잘 만나 어린 시절에는 꽤나 유복한 집안에서 태어나 큰 어려움 없이 성장하였다. 그러한 행복한 유년시절을 보냈기에 마음속에 고통스럽게 드리워진 그늘은 앙금으로 남아 있지 않았다. 지금도 그 점에 대해선 매우 감사하고 고마운 마음이

가시질 않는다. 만약 내가 유년시절에 많은 어려움을 맛보고 변화무쌍한 삶을 살았더라면 지금의 내가 아닌 전혀 다른 사람으로 변모되어 있었을 것이라는 생각도 해 본다. 시대적으로 모두가 어려웠다는 시기를 살아왔음에도 아무 걱정 없는 유년시절을 보냈다는 것은 참으로 분에 넘치는 행운이었다고 자부한다.

그러나 지금에 와서 생각해 보니 행복과 고난은 모두에게 불공평하지 않다고 생각된다. 행복은 어느 누구에게만 한정되어 있지도 않을뿐더러, 또 어느 특정인에게만 계속 안주하고, 누구의 전유물 또한 아니기 때문이다. 따라서 행복과 불행은 자꾸만 자리이동을 해가며 모두에게 공평한 평행선을 유지하려는 속성이 있음을 알게 해 준다. 그렇기에 유년시절을 행복스럽게 보냈던 나에게도 고난은 소리 없이 찾아왔다.

필자가 결혼을 하기 전까지는 부모님 사랑 안에서 큰 걱정을 모르고 평온한 삶을 살았다고 생각된다. 그러나 내가 선택했던 결혼 후의 생활은 그야말로 눈물과 한숨이었다. 정든 부모님을 떠나와 낯선 땅에 있는 남편과 함께 살 수 없는 외로움과 고독에 몸살을 앓으며 싸워야 하는 운명에 부딪혔다. 부모님께서는 결혼을 탐탁지 않게 생각하셨지만 사랑한다는 이유 하나만으로 선택한 결혼은 나의 운명을 송두리째 바꾸어 놓았다. 외항선을 타고 있는 남편이라 가까이서 보지 못하고 함께 살 수도 없는 생과부와 마찬가지인 삶을 살아야 했다.

남편이 보고 싶어도 일 년에 한 차례씩 휴가나 나와야 만나는 견우와 직녀의 삶 바로 그것이었다. 이국 만 리를 항해하며 배를 타고 있는 선원의 직업을 가진 사람을 선택했기에 나의 고독과의 싸움은 어느 누가 나에게 준 게 아니고, 온전히 내가 선택한 삶의 시작이었다.

결혼 전엔 사랑만 있으면 그 어떤 것도 문제 되지 않는다는 지론을 갖고 있었다. 그러나 막상 결혼을 하고 보니 함께 살지 못하는 것이 그렇게도 끔찍한 감옥일 줄은 상상도 못 해봤기 때문이다. 사랑하는 사람과 결혼만 하면 행복은 저절로 굴러 오는 줄 알았다. 얼마나 내가 철이 없고 어리석은 사람이었는지는 살아가면서 더 뼈저리게 통감할 수 있었다.

결혼을 하고 얼마 가지 않아서 예쁜 첫 딸이 태어났고, 그로부터 3년 후, 듬직한 아들을 선물로 받아 그때부터는 좀 덜 외로웠다. 그러나 아이들이 있다 해도 채워지지 않은 고독은 나에게 아예 둥지까지 틀었다. 아니, 가지까지 더 뻗어 나갔다. 고독이 나 하나로 족한 게 아니라 아빠를 보고 싶어 하는 사랑하는 두 아이들에게까지 그리움과 고독을 대물림해 준 셈이 되어 버렸다.

다행히 내가 초등학교 교사로 직장생활을 하고 있었기에 그나마 낮엔 정신없이 아이들을 가르치느라 고독을 느낄 겨를도 없이 주어지는 교육에만 몰두하였다. 그러나 집에서부터 직장이 너무 멀어 새벽 6시경에 집에서 나오면 밤 8시가 넘어서야 겨우 집에 도착했다.

하루, 이틀이 아닌 원거리 출퇴근까지 만만치 않은 고통을 수반하고 있었다. 그러다 퇴근하여 집에 오면 그때부터 나의 고독과의 전쟁은 또다시 시작되었다. 아이들의 숙제와 준비물과 도시락 준비가 완료되면 비로소 나는 피곤과 고독에 몸부림칠 수밖에 없었다.

하루 일과를 정리하면서 그이에게 장문의 편지를 보내는 건 주로 혼자 지내는 밤 시간에 하는 유일한 나의 일과이며 과제이다. 남편이 곁에 있으면 잠깐이면 나눌 수 있는 대화도 편지로 하려니 장장 몇 시간을 몸부림을 해야 하는지 모른다. 어떨 땐 속이 상해 눈물범벅 콧물 범벅으로 정말 베갯잇이 흥건할 때도 태반이었다. 이 고독이 나에게만 주어지는 것으로 끝나면 좋으련만 우리 아이들에게까지 아빠의 그리움과 보고픔을 안겨주는 것에 더 가슴이 아팠다. 그리고 어린것들까지 힘없고 외로운 생활을 하게 한 사실이 너무도 미안했다. 아이들만 보면 너무 안쓰럽고 무엇으로 보상해 주어야 할지, 늘 아이들에게 내가 죄인이 된 느낌이다.

하루는 일요일이어서 아이들과 시내로 바람을 쐬러 나갔는데, 때마침 우리 머리 위로 비행기 한 대가 지나갔다. 길을 가다 말고 난데없이 두 아이가 가던 걸음을 멈추고 갑자기 땅에 무릎을 꿇는 것이었다. 나도 깜짝 놀라 왜 그랬는지 연유를 알아보니 참으로 아이다운 발상이었다. "우리 아빠, 빨리 오게 해 주세요." 하는 간절한 기도를 올리는 것이었다. 이 얼마나 안타까운 일인가? 아빠가 일 년에 한 차례씩 비행기를 타고 오니까 비행기만 보면 모두 아빠가 오는 일이 연상되어, 길 가다 말고 길 위에서 그렇게 간곡히 기도를 하는 것이었다. 백화점이 보이는 큰길가에서 일어난 일이라 좀 민망했지만, 어찌나 마음이 아프고 속이 상한지 아이들을 일으켜 세우고 누가 볼세라 얼른 길옆 중국음식점으로 아이들을 데리고 들어갔다. 점심을 먹이기엔 좀 이른 시각이었지만 어떻든 점심은 먹어야 하기에 그들이 좋아하는 짜장면과 탕수육으로 그리움을 달래 줄 수밖에 없었다.

어디 그뿐인가? 내 삶이 온통 외로움과 기다림으로 점철되는 동안 내 얼굴은 기미로 뒤덮여 새까맣게 세계지도가 그려지는 악순환을 거듭했다. 그래서 학교에서는 나를 '기미 선생님'이라 부르기도 했다. 얼마나 그 이름 자체도 속상한가 말이다. 여자 나이 30대 초반! 한창 결혼생활의 안정과 행복으로 예뻐야 할 내 얼굴이 예뻐지기는커녕 온 얼굴을 검은 기미가 덮어버린 것은 고독보다 참기 어려운 고통 그 자체였다.

기미를 없애는 약을 찾기 위해 약국에도 가보고, 병원도 찾아보고, 고가의 화장품도 써 보았지만 아무 소용이 없었다. 혹시나 위가 좋지 않아 기미가 생기는지 내과병원도 찾아가 보았지만 '신경성'이라는 이름만 붙은 위염이지 그 어떤 약으로도 효과를 보지 못했다. 그렇게 얼굴까지 기미로 신경을 쓰다 보니 아무리 예쁜 옷을 입어도 얼굴에 검은 그늘이 드리워져 예전의 내 모습은 찾아볼 수가 없었다.

이렇게 10년을 훨씬 넘어버린 오랜 기간 동안 고독으로 희망 없는 사람처럼 살다보니, 정신적인 면도 정말 이상이 찾아 온 것 같았다. 한참 단잠을 자야 할 깊은 밤에도 잠근 창문을 또 잠그러 나오는가 하면, 아무렇지도 않던 심장까지 밤이면 벌렁벌렁하며 더 두근거렸다. 그래서 또 찾아간 곳은 병원뿐이었다. 대학병원에도 가서 특진을 받으려고 심장 전문의를 찾아가 심폐기능검사니, 심부하량 검사니 안 받아 본 검사가 없을 정도였다. 몇 달을 기다려 받아본 결과는 '심장 기능 약화'라는 결론이 나왔고, 이상이 있을 때만 찾아오라고 하며, 증상이 심할 때 먹으라는 약만 처방해 주었다.

정말 내가 이렇게까지 한심하게 나의 생활 조절까지 못 하는 것에 실망도 하였다. 고독이라는 무서운 병이 사람 가슴까지 이렇게 멍들게 할 줄도 정말 몰랐다. 고독은 통제가 안 되는 무서운 병 중의 병이었다.

남이 볼 땐 외로움과 고독 같은 건 한낱 사치라고 생각할 수도 있는데, 이런 소소한 고독 하나 견디지 못하고 온몸에 병이 들어 만신창이가 되어서는 안 되겠다는 생각이 들었다. 그리고 언제 끝이 날지 모르는 이 고독과 고통의 기간을 온통 근심과 걱정으로 채워 갈 수만은 없었다. 이때부터 나를 고독이라는 무서운 감옥에서 꺼내어 새로운 삶에 도전하는 내 삶의 재정비에 들어가고 싶었다.

그 명쾌한 해답이 바로 공부였다. 어떤 것에도 흔들리지 않을 공부로 자신을 채우며 지금보다 더 나은 내 모습을 상상하며 나약한 내 의지에 향학의 불씨를 당기고 싶었다. 때마침 한국방송통신대에 계절제로 초등교육의 학부과정이 신설되어 무조건 도전장을 내밀었다. 다행히 순조롭게 입학하여 방학 동안 남보다 더 열심히 공부하였다. 그렇지만 직장이 있기 때문에 열심히 못 한 과목은 여지없이 과락이 나와 그것마저 다시 이수하려고 밤잠을 줄이고, 방학이 없는 학교생활을 5년 이상 견뎌내니 초등교육의 당당한 학사로 졸업을 할 수 있었다. 그렇게 늦깎이 학생으로 열심히 공부한 덕분에 교육학 학사학위를 받게 되었다.

길었던 통신대학의 공부를 다 끝마친 후 내친 길에 교육학을 더 공부하고 싶어 계절제 교육대학원에도 진학하여 교육 심리 및 방법 연구에 대한 공부를 줄기차게 하여 교사로서 당당한 실력을 키워나갔다. 그래서 석사학위도 받게 되는 영광도 안았다. 그리고 조금 쉬었다가 다시 박사과정에 도전하여 당당히 교육학 박사학위도 받게 되었다. 그러자니 공부만으로도 10년이 훨씬 넘는 세월을 함께 하였던 것이다. 정말 만학도였지만 노력만 하면 못해낼 것도 없었다. 어느 누구보다 당당하게 교육에 필요한 전공분야를 살찌워나가며 아이들 앞에서 수업 잘하는 교육자의 자질을 익혀나가는 데 온 열정을 기울였다.

정말 고생 끝에 행복이 온다는 말은 거짓말이 아니다. 이렇게 직장생활을 하며 우리 아이들 키우는 일에도 매진하고, 내 공부도 즐겁게 하면서 보람 있는 생활을 해나가다 보니, 고독의 세월 십수 년이 내게 남겨준 보람은 참으로 많았다. 나의 30대에 일찍 흘려낸 눈물로 뼈아픈 고독의 강을 건너고 나니 정말 좋은 일만 나를 기다리고 있었다.

어쩔 수 없이 겪어내야 했던 내 뼈아픈 인생의 교훈이지만 나에게 처한 고독의 강을 포기하지 않고 나름대로 잘 건넜기에 인생 2막에도 이렇게 희망을 이야기할 수 있게 되었다. 그리고 행복을 논할 수 있는 작가이자, 그토록 어려운 여성 교장을 역임하였고, 늦은 나이에 받은 박사학위로 교육기관에서 많은 사람들과 희망을 노래하는 희망봉이 되고 있다. 그간 눈물로 고독으로 배우고 익힌 교육과 인생의 참다운 노하우를 함께 고민하고, 걱정하고 다정하게 상담하고 컨설팅해 주는 일로 즐거운 나날을 보내고 있다.

정말 고독의 강은 끊임없는 인내와 열정으로 포기하지 않고 줄기차게 노 저어 간다면 반드시 자기만의 희망의 등대는 눈앞에 꼭 펼쳐지리라 생각된다. 진정한 성공은 수많은 고통과 고독에 굴하지 않고 꿋꿋한 인내의 노를 쉼 없이 저어온 결과라고 본다.

비울수록 채워지는 향기

김숙자

일상의 무게를 가늠하며 산다는 건
아직도 욕심이 잔재하고 있음이다.
욕망의 늦은 끝을 보이기 싫어하지만
작은 분자를 덜어내는 일은
결코 실이 아니다.

비우는 일은 채우는 일
꽃 진 그 자리에 꽃대 서고
물 나간 자리만큼 공기 앉듯
비워지는 그 자리마다
행복 향기 들어앉는다.

삶은 조금씩 잃고 비우는 일
덜어낸 만큼 성숙의 씨가 되고
모자란 그 자리 채울 때마다
인생의 향기 넘쳐난다.

02 그늘이 짙을수록 산등성이 아름답다.

요즈음은 시간만 나면 산을 찾고 싶어진다. 산에 가서 피톤치드를 받고 싶어서만은 아니다. 건강도 챙기면서 명상도 하고 작가로서 글을 잘 쓸 수 있는 어떤 모멘트와 기를 받아오고 싶음이 더 절실하다.

글을 쓰는 작가라면 누구나 다 창작을 위해 풍부한 사유의 시간을 가져야 하고, 참신한 글의 소재를 주변에서 찾고 싶은 욕심이 있을 것이다. 그래서 여행이든 걷기든 명상을 통하여 자신만의 독특한 생각의 창을 넓이고자 하는 것이다. 그래서 나의 산 경험 그리고 멋진 상상 등을 버무려 인간적 감성의 소스를 곁들여 맛깔나는 생각의 실타래를 뽑아내고 싶은 욕심도 내재한다.

내가 오랫동안 둥지를 틀며 살고 있는 곳은 대전이다. 요란한 대

도시는 아니지만 그래도 광역도시이기 때문에 나름대로 도시의 안정적인 개발과 발전을 거듭하여 지금은 살기에 별 불편함이 없는 도시가 되었다. 도시가 그렇게 사람들에게 사랑을 받게 되기까지는 여러 가지 쉼 없는 노력도 있었지만, 전체적인 도시구상으로 발전적 걸림돌도 많았을 것이다.

그러나 늘 발전의 뒤안길에는 어느 곳이나 마찬가지지만 많은 차량으로 인한 소음과 매연, 거기에서 내뿜는 온실가스, 그리고 생활환경에서 나오는 환경 호르몬, 오물, 마구 버리는 쓰레기 등에서 자유로울 수는 없다. 그래서 시간만 나면 가까운 천변이나 산으로 찾아나서는 이유가 이런 것 등에서 나오는 공해에서 조금이나마 벗어나고 싶은 것이다.

다행히 내가 살고 있는 아파트 단지는 천변 가까이에 위치하고 있어 산책이나 걷기 운동을 하고 있는 사람들로 많은 각광을 받고 있다. 우리 집에서는 창문만 열어도 그렇게 여유 있는 모습들을 관망하기에 매우 흡족한 조건을 가지고 있다.

천변의 산책로를 따라 걷거나 가벼운 달리기, 자전거 타기, 잔디밭 같은 데에선 체조와 축구와 족구도 함께 즐기는 모습을 볼 수 있다. 많은 사람들이 체력을 끌어올리고 나아가 체지방보다는 조금이나마 근육질의 몸매를 소원하며 다각적인 노력을 기울이고 있다.

그러다 보니 요즈음 급부상해 대세로 자리잡은 유행어가 떠오른다. 누구를 막론하고 생활 속에서 '힐링'을 외치고 있다. 요즈음은 힐링이 어느 무엇보다 대세임은 분명하다.

힐링이 요즘 들어 새롭게 생긴 단어는 아닐 게다. 그러나 살아가는 데 의식주의 해결이 더 시급했기에 예전에는 내 몸 쉬어가는 것은 미처 생각할 여유가 없었을 뿐이다. 지금은 예전보다 우리의 삶이 눈부시게 발전했음을 자타가 부인할 수 없을 것이다. 그러다보니 거기에서 오는 스트레스, 긴장, 피곤 등을 가벼운 운동과 힐링을 통해 다시 복원하고자 노력하고 있다.

그 양상도 가지가지이다. 건강과 힐링을 위한 목적이라면 장소는 그다지 중요하지 않을 것 같은데 운동을 하는 종류나 장소 등도 그야말로 다양하고 이채롭다. 골목길을 걷는 사람, 논두렁을 도는 사람, 학교 운동장을 걷는 사람, 천변이나 강가를 걷는 사람, 가까운 산이나 강으로 등산이나 낚시를 가는 사람, 헬스나 수영을 하는 사람, 심지어 돈 있는 사람은 해외까지 나가 골프나 여행을 즐기는 사람도 적지 않다. 정말 어떤 운동이 삶의 어떤 모습이 더 아름답고 행복할까를 한번 생각해 보라고 권하고 싶다. 그야말로 삶의 여가를 즐기며 피로를 풀고 삶을 재충전하며 힐링을 하고자 하는 사람들의 욕구는 천차만별이다.

그러나 필자의 생각은 참으로 소박하다. 장소야말로 나의 피로와 힘든 스트레스를 내려놓기에는 아무 상관이 없다고 본다. 아무리 좋은 곳이나 유명한 곳을 찾는다 해도 그곳을 찾는 사람의 마음에 여유와 삶의 진정한 자정작용이 없다면, 백약이 특효가 없는 것이다. 무조건 좋은 곳만을 찾아서 삶의 여유를 즐기려 한다면, 평생을 그런 마음으로 찾아다닌다 한들 그 사람의 마음엔 진정한 마음의 평화와 행복은 없을 것이다.

마음속의 행복은 내가 어떻게 느끼느냐, 어떻게 만들어 가느냐에 따라 색깔이 달라지기 때문이다. 아무리 소소하게 동네 천변을 거닌다 해도 그 사람 나름대로의 명상과 즐거움을 가지고 자연을 예찬하는 마음으로 행복하게 임한다면 바로 그곳에 내가 찾던 천당이 있을 것이고, 우리 모두가 찾는 아름다운 '샹그릴라'가 있지 않을까 생각한다. 즉 모든 사람의 마음 안에 진정한 천국과 지옥이 존재하는 것이다.

이처럼 내가 마음먹기에 따라 그 곳이 천국이 될 수 있고 바로 지옥도 될 수 있는 것이다. 그렇기에 인생은 마음먹기에 따라 행복과 불행도 결정되는 것이다. 행복이라 해서 꼭 값비싼 물건이나 넓은 평수, 그리고 여유로운 삶에서 나오는 것만은 아니다. 하찮은 봄 나물국 한 그릇에서도 행복은 꽃처럼 흐드러지게 피는 것이다. 이처럼 결코 수치로 잴 수도 없고, 값으로 따질 수도 없는 것들에서 수많은 행복의 가치들이 숨어 있는 것이다. 조금만 마음을 비우고 낮은 자세로 우리가 상대방에게 다가가거나, 자연과 사물에 애착을 가지고 여러 사람들에게 즐거운 마인드로 임한다면 행복은 바로 그곳에 예쁜 둥지를 트는 것이다.

사람들에겐 반듯한 자로 잴 수 없는 것들이 수없이 많이 있다. 돈을 가졌어도 겸손한 마음이 없다면 그 사람에게선 결코 향기가 나지 않는다. 또 높은 지위를 가졌다 하더라도 아랫사람에 대한 배려가 없다면 그 또한 덕망이 부족할 것이다.

가령 넓은 평수의 집을 지닌 사람이 상대방에게 집의 평수만으로 키 재기를 한다면 그 사람은 매사 과시적 욕망이 강하고 오만으로 가득 찬 사람이다. 그리하여 그 오만으로 인해 상대방의 장점을 볼 줄 모르는 무례를 범하고 있는 경우가 더 많다. 집의 평수는 상대방보다 작을지라도 장점이 많고 자기가 타고난 재능으로 여러 사람을 기쁘게 할 수 있다면 그 사람은 훨씬 넓은 마음의 평수와 훨씬 높은 행복지수를 가진 것이다.

물질은 잠시 우리 사람의 생활을 편리하게 할 수 있지만, 마음의 평수는 평생을 많은 사람들의 마음을 아름답게 어루만져 준다. 그리하여 그 편안한 마음의 그루터기에서 많은 사람들이 행복하게 쉬어 갈 수 있는 것이다. 과연 나라면 어떤 쪽을 선택하며 살아갈 것인지 한 번쯤 곰곰이 생각해봐야 할 것이다.

산을 오르다가 가끔 숲의 아름다움에 저절로 매료될 때가 있다. 아름다운 산은 나 혼자서만 그렇게 느끼지는 않을 것이다. 그리고 그 아름다움은 하루아침에 혼자서 이루어진 것도 아닐 것이다. 서로가 보이지 않는 불편을 감수하고 어우러지고, 나 잘났다고 혼자 뻐기는 게 아니라 힘들고 어려웠지만 쌓인 서로의 슬픔을 등으로 맞대고 서로 다독여주며, 수많은 격려를 하였을 것이다. 그리고 서로 넘어지지 않게 받쳐주며 지줏대 역할을 해 줌으로 인해 이룩한 모두의 쾌거일 것이다.

내가 아무리 혼자 잘나고 아름답다고 해도 숨은 골짜기로 살아준 그 누군가의 낮은 희생적 삶이 있었을 것이다. 내가 한 일을 구태여 나타내지 않아도, 우리 부모님처럼 당연한 희생으로 여기며 추운 겨울을 묵묵히 지냈을 그 누군가가 있었을 것이다. 그리고 그 아름다움은 절대 날림으로 이루어진 게 아니다.

어느 것 하나도 저절로 혼자 반짝이며 빛이 나는 걸 보았는가? 내가 결코 알 수 없지만 내가 지금까지 만나보지 못한 그 누군가가 나를 위해 묵묵히 희생과 버팀목이 되어 주었기 때문이리라.

명 화가들도 하루아침에 연습 없이 명화를 그려낼 수는 없는 것이다. 프랑스의 명화가 세잔도 액상프로방스에 있는 산 '생트 비투아르 일출'을 일백 번도 더 그렸다는 말이 있다. 그러한 노력이 있었기에 세계적인 명작이 탄생되었을 것이다. 또한 세계적인 대문호들도 그런 피땀 어린 노고 없이는 명작을 세상에 내보낼 수 없다. 어찌 뼈를 깎는 고통 없이 아름다운 명품이 탄생하겠는가?

필자는 아무 고통 없이는 절대로 명작이 탄생할 수 없다고 생각한다. 그리고 숨은 그늘, 아무도 몰라주는 깊은 고생의 골짜기가 존재하지 않고서는 독불장군으로 홀로 아름다운 산은 군림하지 않는다는 생각을 갖고 있다. 정말 그늘이 짙을수록 태양 빛이 더 두드러지고, 캄캄한 암흑의 골짜기에 어둠이 깊을수록 드러난 그 산등성은 찬란하고 더 아름다운 것이다.

시련도 마찬가지이다. 겨울 눈 속에서 눈보라를 헤치고 의기양양하게 피어나는 복수초를 보라. 수많은 시련을 거쳐 다듬어진 작품이 어찌 아름답지 않으랴!

03 사랑과 결혼은 황홀한 감옥이다.

필자가 교사로 발령을 받은 지 얼마 되지 않은 초임교사 시절이었다. 언니가 결혼을 하여 전주에 신접살림을 차렸는데, 방해가 되는지도 모르고 토요일이면 어김없이 언니 집에 가는 게 유일한 나의 즐거움이었다. 난생처음으로 형부라는 분을 맞이했고, 오빠가 없었던 나는 유난히 형부를 따르게 되었고 형부 역시 처제를 극진히 대해 주셨다. 중학교 미술 선생님이셨던 형부는 갈 때마다 처제가 갖고 싶은 선물을 어찌 그리도 잘 아시는지 내게 아끼는 게 없으셨다.

그러다가 얼마 후 첫 조카가 태어나게 되니 그렇게 예쁠 수가 없었다. 나는 그 조카가 보고 싶어서 주말마다 선물을 사 가지고 언니 집을 찾아가는 게 그때의 유일한 기쁨이었다. 그러던 어느 날 태어난지 일 년도 안 된 어린 조카를 우리 집으로 데리고 가던 일요일 오후, 운명의 신은 나에게 평생의 인연을 데려와 나의 눈에 콩깍지를 씌워주었다.

전주에서 곡성까지 가는 기차 안에서 어린 조카를 데리고 가는 나에게 선뜻 자리를 내어주는 멋진 남자를 만나게 되었다. 처음은 젊은 아가씨가 아기를 데리고 가는 모습에서 분명 결혼을 했으리라 믿었겠지만 두 시간 정도 함께 가는 기차 안에서 아기 엄마가 아닌 이모라는 사실과, 직업이 교사인 것과 그 외 몇 가지 신상 정보를 더 흘리고 말았던 것이다. 옆자리에 같이 앉게 된 멋진 남자는 언제인지 모르지만 조카의 장난감 주머니에 본인의 주소를 적은 쪽지를 넣었던 것이다.

첫인상이 나쁘지 않은 그 사람은 그 뒤 계속해서 장문의 편지를 학교로 보내왔다. 이름도 모르는 편지였지만 초임교에서 다행히 김 선생님이 나 하나였기 때문에 편지는 내게 꼬박꼬박 배달된 것이다. 이를 기점으로 통통 튀는 사랑이 싹터 밤이면 온 정성을 다해 분홍빛 답장을 보냈다.

그러기를 몇 년, 급기야는 현해탄을 건너 일본까지 줄기차게 사랑의 편지가 오고 갔다. 처음에는 일본의 어느 해운회사 주소가 적혀 오기에 일본 회사에 근무하는 사람인 줄만 알았다. 그이가 배를 타는 선원인 것은 까맣게 몰랐다. 그런데 차츰차츰 일본과 미국을 오가는 편지 속에 일과가 적혀오는 걸 보니 외항선을 타고 있는 선원임을 뒤늦게 알 수 있었다. 그러나 수많은 러브레터가 뜨겁게 오가는 속에 그 직업은 아무 방해물이 되지 않았다. 결혼이라는 말은 없었으므로 계속 항공우편이 오가기를 몇 년이 지나고 있었다.

그런데 이를 어쩌랴! 오랫동안 러브레터가 오가는 걸 부모님이 아시고 단단히 뒷조사를 하시더니 당장 관계를 그만두라는 불호령이 내렸다. 그렇지만 한번 불붙은 사랑의 마음은 그 무엇으로도 끊을 수가 없었다. 반대하시던 부모님도 운명으로 돌리시고, 우린 방학기간을 통해 휴가를 나와 결혼을 하였다.

겨울방학이 끝나고 얼마 안 되어 신혼의 재미에 푹 빠져 있을 무렵 우리는 또 노스텔지어의 손수건을 저으며 일 년이 넘게 헤어짐의 기간을 갖게 되었다. 사랑하는 그이가 가고 눈물이 채 마르지도 않은 어느 날 내겐 이상한 징후가 나타났다. 사랑의 결실인 아이가 생긴 것이다.

기쁨보다는 설움이 더 앞섰다. 어떻게 여자 혼자서 아이를 낳고 키울 것인지 정말 앞날이 암담했다. 그간 사랑으로 모든 걸 감내하고 참아왔지만 그때의 헤어짐부터는 내게는 설움이었다. 임신의 순간부터 모든 걸 혼자 감당해야 하는 부담감에 늘 악몽을 꾸었다. 친정부모님께서 출산과 육아를 도와주셨지만 외로움은 무엇으로도 보상받을 수가 없었고, 아이의 그 예쁨, 자라는 순간순간을 사진으로 글로

적어 보내는 안타까운 방법만으로는 의지가 약한 나로선 하루하루가 지옥이었다.

급기야는 젖을 먹이고 있으면 이유도 모르는 슬픔에 젖어 나도 모르게 눈물이 주르륵 흘러내렸다. 슬픈 마음, 나를 주체할 길 없는 암담함이 바로 산후 우울증이었음을 뒤늦게야 알았다. 지금은 우울증이 극단적인 선택을 할 수도 있는 무서운 병임을 알았지만 그때는 그저 남편과 헤어져 살면서 자연스레 오는 증상인 줄만 알았다.

아이가 차츰 커 나가고 6개월이 될 때, 그이가 휴가를 나왔다. 처음 만나보는 예쁜 딸과 함께 지냈던 몇 달은 정말 세상에서 제일 행복했다. 그러나 꿈결 같은 몇 달을 함께 보내고 또다시 헤어지는 그 날이 돌아왔다. 아이가 8개월이 되면서 예쁜 짓이 늘어날 무렵 무심한 이별은 어김없이 또 찾아온 것이다. 다시 헤어질 일을 생각하니 처음보다 더 견디기가 어려웠다.

아무것도 모르는 그 예쁜 딸을 뒤로하고 무정한 헤어짐의 시간은 더디도 흘러갔다. 아무리 예쁜 장난감이 오고, 선물이 오고, 편지가 와도 지루한 마음을 대신할 수는 없었다. 눈물이 한숨이 되고, 한숨이 땅을 꺼지게 하는 동안 내 얼굴엔 기미가 뒤덮이기 시작했다. 신혼의 단꿈에 젖어 행복할 내게 헤어짐의 생활은 내 얼굴에 다시 기미로 나타나기 시작했다. 힘들다고 말 한번 안 했는데도 내 얼굴이 대신 말하고 있었다.

난 결혼을 하고 겉만 황홀한 감옥에 갇히고 말았다. 사랑하는 마음에는 변함이 없건만 현실은 감옥보다 더했다. 남들은 예쁜 아이를 보며 행복이 쏟아지겠다고 말하지만, 나는 남 보기에는 아무것도 어려울 것이 없어 보였어도 속마음은 갈기갈기 찢기는 듯 아팠다. 매일 감옥보다 더 무서운 나만의 감옥에 철저히 갇히는 신세가 되고 말았다. 학교가 멀어 나날이 원거리 통근에 시달리고, 교육에 시달리고, 집에 와서는 육아에 시달리며 나의 몸과 마음은 녹초가 되어갔다. 지금 처해 있는 내 고통은 언제 끝자락을 보일 것인지 너무도 암담했다. 나의 애타는 마음을 속 시원히 받아줄 남편이 없으니 대화는 점점 목말라 갔다. 매일 밤 죽을 것만 같았던 강박관념이 공황장애였을까? 언제 올지 언제 끝날지도 모르는 불투명한 생이별의 생활은 아무도 알 길이 없었다. 아무것도 모르는 채 사랑이 오갈 때는 사랑의 감정밖에 못 느꼈으므로 오늘날 이렇게 쓰라린 상처가 될 줄은 정말 몰랐다. 사랑과 결혼이 이렇게 철저하게 황홀한 감옥이 될 줄도 예전엔 미처 몰랐다. 정말 내 입장을 그대로 살아보지 않은 사람은 아무도 이해 못 할 철저한 나만의 감옥! 나는 사랑과 결혼을 '황홀한 감옥'이라 이름할 수밖에 없다.

04 시련은 혼자 오지 않는다.

인생은 참으로 살아볼 만한 가치 있는 일이다. 우리는 인간으로 태어났다는 것이 어쩌면 크나큰 행운이라고 볼 수도 있다. 우리는 부모에게서 내 뜻과는 상관없이 생을 선물로 받았지만 이처럼 숭고하고 아름다운 일은 또 없을 것이다. 창조란 참으로 신성하고 인간의 힘만으로는 어찌할 수 없는 신성불가침의 영역이라 할 수 있다. 지구상에서 하고많은 영역 중에서도 만물의 영장인 사람으로 태어난 것에도 감사하지 않을 수 없다. 그래서 인간은 살아볼 만한 매력과 가치가 여기에 있는 것이다.

우리 인간은 어린 시절부터 부모로부터 많은 사랑과 배려 속에서 살아왔다. 그리하여 내 자아가 싹트고, 부모의 사랑 속에서 자라나

모름지기 행복의 꽃을 피우기 위해 많은 노력과 공부를 해야 한다. 또 인간으로서의 도리와 가치를 실현하기 위해서도 자신을 끊임없이 발전시켜 나아가야 한다.

그러나 인생을 살아가면서 저마다 크고 작은 시련을 만나게 된다. 인간으로 살기 위한 경험과 도전을 해 가는 과정에서도 많은 고통과 난관에 수없이 부딪치게 된다. 그런 고통과 시련이 없다면 인생이 무슨 맛이겠는가? 그러나 그 갖가지 시련 중에는 감당할 만큼의 시련도 있을 수 있고, 내 힘으로는 도저히 감당할 수 없는 큰 시련도 있을 것이다. 그렇다고 시련 앞에서 무조건 백기를 들어서도 안 되며, 재빨리 무릎을 꿇어서도 안 된다. 적어도 내 힘과 정성을 다해 내 앞에 다가온 시련을 슬기롭게 극복할 마음의 자세를 먼저 가져야 하는 것이다.

그런 다음 시련에 적극적으로 대처해야만 한다. 어설피 대처를 했다간 설상가상으로 더 큰 시련을 불러올 수가 있는 것이다. 시련과 행복이란 바로 일직선상에서 나란히 나 보란 듯 존재하기 때문이다. 그 시련을 잘 극복한 사람은 바로 행복을 맛보게 되는 것이고, 부정적으로 대처를 하는 사람은 더한 불행을 초래하는 것이다. 그래서 시련을 극복하려는 의지나 자세에 따라 그 결과는 불 보듯 뻔한 법이다. 인생을 살아가며 헛수고는 없다고 본다. 고생 끝에 복이 오지 고생 전에 복을 선물로 먼저 받은 일은 없다.

예전 우리 어머니에게서 들었던 말이 생각난다. "둥지 속의 새알이 몇 개인지 셀 줄 아는 만큼의 시련을 준다."는 말씀을 들은 적이 있다. 어릴 적엔 그 말이 의미하는 걸 이해를 못 했는데 이젠 그 말이 명언처럼 느껴진다.

그 말씀이 시사한 바로는 시련 그 자체를 극복하지 못할 만큼의 사람에겐 아예 시련을 주지 않는다는 거다. 아니, 시련 자체를 모를 수도 있다. 어찌 보면 그 말은 닥쳐오는 시련은 마음먹기에 달려 있고 그 사람의 극복 능력 여하에 따라 달려 있다는 뜻도 숨어 있다. 그 사람의 위기 극복 의지와 극복 능력에 따라 시련의 속도나 기간이 달려 있다는 말 같기도 하다. 그리고 사람의 능력을 차별해서는 안 되겠지만 시련 역시 그 사람이 감당할 만큼 찾아온다는 뜻일 게다. 이 말에도 약간의 모순은 있지만 그만큼 모든 일이 사람들의 마음먹기에 따라 다르다는 것이다. 그 사람의 극복 의지에 따라 시련은 손을 들게 된다는 뜻이다.

어찌 우리 인간이 헤쳐나갈 능력도 안 되는 사람들에게 그토록 많은 시련이 찾아오겠는가? 모든 일은 아는 만큼 할 수 있다고 한다. 똑같은 일일지라도 어떤 사람은 하라는 일만큼만 하는 사람이 있는가 하면, 어떤 사람은 하라는 일에도 못 미치는 사람이 있다. 그러나 하라는 일 외에도 훨씬 많은 일과 눈부신 성과를 내는 사람 또한 있다. 이렇듯 인간은 천차만별이다. 그렇기에 인간에게 찾아오는 사소한 어려움부터 큰 어려움들은 우리가 맘먹기에 달려 있고, 우리의 극복 자세에 달려 있다고 본다.

얼마만큼 옷소매를 걷어붙이고 그 시련을 이겨 나가는 데 적극성을 나타내느냐에 따라 많은 편차를 나타낸다. 시련의 극복 능력에는 개인차가 있기 때문에 극복되는 기간도 달라질 수가 있는 것이다. 길게 갈 수 있는 일이 생각보다 더 앞당겨질 수도 있고, 짧게 끝날 일도 예상 외로 더 오래 끌어가고 있는 모습들을 보아오지 않았던가?

사람에게는 누구나 개인차가 있음을 인정하지 않을 수가 없다. 그 개인차 때문에 교육에서도 개인별 능력별로 차별화된 학습목표를 세워 단기별, 중기별, 장기목표까지 철저히 계획하여 교육을 해 나가고 있는 것이다. 정말 그 사람이 감당해야 할 몫이 얼마만큼이라고는 어느 누구도 수치로 단정할 수가 없다. 그러나 어떤 일이나 고난에 맞닥뜨려 노력을 하다보면 내가 해내는 일에는 나도 모를 정도로 숨은 능력이 있다.

도저히 저 파고를 헤쳐나갈 수 없으리라 믿었던 사람도 오히려 잘 감당해 가는가 하면, 정말 잘하리라 믿어왔던 사람도 시련과 고통 앞에서 무기력해지는 수도 있다. 그렇기에 우리가 어떤 시련 앞에서건 절대 쉽게 물러서지 말고, 의연하고 슬기롭게 대처하며 그 난관을 꼭 이겨 나가야 하는 것이다. 그러다 보면 언젠간 그 시련이 옛일이 되고, 옛말이 되고, 과거가 되고, 나의 빛나는 성공의 이력서가 되는 것이다. 그리고 땀을 흘려 열심히 해 온 일 끝에 보람 없는 일이 있었던가? 우리는 곰곰이 생각해 보아야 한다.

필자의 경험에 비추어 보아도 열정적으로 혼신을 다한 일의 끝에는 늘 보람이 뒤따라왔다. 교육자였기에 더욱 많은 결과를 실감했다. 노력하지 않고 저절로 찾아와준 보람은 하나도 없었다. 그토록 땀을 흘렸기에 보람을 맛볼 수 있는 거지 안일하게 놀고서 보람을 맛볼 수는 없는 것이다. 그래서 시련은 절대 혼자 돌아오지 않는다. 반드시 보람과 성공이라는 친구를 동반하고 멋지게 찾아온다. "노력 끝에 성공"이라는 말은 역시 명언이다.

노력을 기울였는데도 성공이나 보람이 뒤따르지 않는 일도 더러는 있을 것이다. 그러나 이 세상의 모든 이치와 조화가 열심히 달려오고 열심히 극복하려 했고, 열심히 공부했는데 결과가 부진할 수는 없다. 다만 예외도 있긴 하다. 그러나 대부분의 성공 사례를 들여다보면 고생하지 않고, 갖은 시련을 제쳐 두었는데도 결코 성공이 먼저 뛰쳐나올 수는 없는 것이다. 모든 일에는 "뿌린 대로 거둔다"라는 말이 있지 않은가? 일의 성과론인데 씨를 뿌리지도 않았는데 소출이 있을 수 없는 것이다.

열심히 하지 않았는데 저절로 된 일을 난 본 일이 없다. 어쩌다 복불복으로 복권이 당첨이 되었다든지, 상품권 경품이 당첨된 것 등은 그날의 운일 것이고 한낱 우연일 뿐인 것이다. 정말 어쩌다 보니 바다에서 고래가 잡힌 것이고, 어쩌다가 나에게 주어진 잠깐의 행운일 뿐이다. 절대로 수고를 하지 않았는데 결과물이 좋을 수는 없는 법이다. 그러므로 우리가 잘 견뎌내는 고통과 시련은 반드시 희망과 행복을 데리고 함께 온다. 모든 일에 최선을 다한 사람들에게 주어지는 표창장인 셈이다.

그러므로 시련이라는 높은 산을 넘기 어려운 길이라고 미리 겁내지 말고 의연하게 그 시련에 대처를 잘해야 한다. 경거망동하게 되면 닥쳐오는 시련 위에 또 하나의 시련이 더 겹쳐져서 오기도 한다. 그 시련을 섣불리 여기고 얕잡아 보면서 극복하는 데에 최선을 다하지 않으면 그 결과는 반드시 후회를 수반하게 된다.

어떤 일에 대처하는 모습을 보면 대강은 답이 예견된다. 구슬땀이 거짓말하는 걸 보았는가? 진실이 승리하지 않음을 보았는가? 성실과 인내로 무장하면 정말 안 될 게 없다. 요령만 피운 고시 준비생이 합격됨을 보았는가? 누가 보아도 정성을 다하고 공들여 쌓은 탑은 절대 무너질 수 없는 것이다. 그렇기에 혼신을 다해 계획하고, 혼신을 다해 일하고, 혼신을 다해 결과를 기다린다면 그 결과는 반드시 성공의 이름표가 매달릴 것이다.

시련을 경험하고 시련의 극복을 위해 끊임없이 노력한다면 시련은 절대 혼자 오지 않는다. 반드시 빛나는 훈장을 달고 값지게 그대 앞에 찾아올 것이다. 그렇기에 우리 인생은 내가 꿈꾸는 이정표를 안고 꾸준히 나만의 길을 가야 할 것이다. 절대 요행이나 요령 같은 술수를 부리지 않고 슬기롭고 의연하게 걸어가야 한다.

인생을 살다 보면 행복만 있을 수는 없다. 더러 예기치 않은 불행의 순간도 찾아오고, 꿈을 이뤄가는 과정 속에서 수많은 좌절과 고통도 뒤따른다. 인생의 과정이 어떻게 꿀처럼 달콤함만 있을 수 있겠는가? 주어진 생을 살아가다 보면, 여러 가지 달고 쓰고, 맵고, 떫고, 신맛 나는 일들을 무수히 경험할 것이다. 그러나 그 과정들을 절대 포기하지 말고, 좌절하지 말고, 낙관적으로 세상을 바라보며 긍정적 마인드로 노력한다면 그대들 앞에는 반드시 행운과 행복이 함께 뒤따라오리라.

행복방정식

김숙자

행복은
좌표도 수치도 아니다.
욕심이란 가분수를
사랑의 진분수로 나누고
분수 넘친 과욕을
최소값으로 놓을 때
비로소 작동하는 행복저울

진정한 행복이란
비운 자신을
고운 반성의 체에 걸러
정성 베보자기에 꼭 짜낼 때
오롯이 우러나오는
배려 향 넘쳐나는
행복 엑기스

05 좌절을 맛봐야 성공의 반석에 오를 수 있다.

삶은 마치 등산과도 같다. 산을 오르다 보면 가파른 오르막길도 만나고, 아슬아슬한 내리막길도 만나고, 편안한 평길도 만나게 된다. 우리 인생의 길도 산행에서 만나는 것처럼 알 수 없는 길들을 수없이 만나며 그 길을 따라 오르락내리락하며 산을 오른다.

한 치 앞도 알 수 없는 게 우리 인생이지만 산행도 계속해서 가파른 오르막길만 있으라는 법은 없다. 가다보면 오르막길도 오르다가 어느 순간엔 내리막길이 나오기도 하고, 더러는 굽은 길, 너른 길, 좁은 길, 길 아닌 길도 만나며 목적지에 도착한다. 산행을 하는 동안은 여러모로 힘이 들지만 정상에 오르거나 목적지에 도착하게 되면 그야말로 뿌듯한 보람을 맛보게 된다.

왜 그런 보람이 오는 것인가? 결국 어려움 앞에 쉽게 무릎 꿇지 않고 극기를 하며 고생을 참아냈기 때문에 오는 쾌감일 것이다. 만약 힘이 들고 어렵다고 그 자리에 주저앉아버렸다면 정상에서 맛보는 그런 뿌듯함과 완주의 짜릿함을 어찌 알 수 있겠는가? 우리가 살아가는 인생길에서도 여러 가지 난관과 좌절을 통해 성공이라는 반석에 오를 수가 있는 것이다. 갖가지 시련과 좌절을 겪지 않고서는 결코 성공의 반열에도 오를 수 없는 것이다.

성공이라는 말은 여러 가지 뜻을 함축하고 있다. 성공이란 지금 처해 있는 조건보다 노력하여 더 나아진 상태를 의미하는 것이다. 가령, 돈이 없어 경제적으로 갖은 어려움을 겪으며 고생을 하던 사람이 열심히 노력하고 성실한 삶을 살아 잘살게 된 것도 보기 좋은 성공이요, 어렸을 땐 남의 집 더부살이를 할 만큼 가정생활이 궁하다가 성인이 되면서 갖은 고생과 노력으로 반듯하게 자수성가하여 잘살게 된 것도 나름대로 성공을 거둔 것이요, 낮은 직위에서 늘 기도 피지 못하고 고생하던 직장인이 남보다 두 배 세 배 더 노력하여 도전, 또 도전한 끝에 마침내 값진 승진을 하는 일도 성공이라 할 수 있겠다.

성공이란 각자가 처해 있는 환경 속에서 노력하여 더 나은 삶을 가꾸고, 행복한 삶을 살아가고 있는 사람들을 성공이라 이름 하고 있는 것이다.

성공이란 개인차가 무수히 많기 때문에 어떤 사람을 성공한 사람이라고 국한할 수는 없다. 과거에 처해 있는 자신의 처지와 환경을 무수한 노력을 통해 더 나은 삶으로 이끌어내고, 사회에나 이웃에 귀감이 되는 사람을 성공한 사람이라고 할 수 있는 것이다. 즉 좌판 위에서 장사를 하는 사람이나, 시장 안에서 보따리 장사를 하던 사람들도 자기 나름대로 성실히 노력하고 갖가지 시련들을 이겨내고 마침내 빌딩 주인이 되어 어려운 이웃에게 다시 환원하는 훌륭한 사람들도 있는 것이다.

이렇듯 성공이란 딱 잘라서 어떤 사람에게만 이름표를 붙일 수는 없다. 역지사지의 정신으로 과거의 어렵던 나를 현재의 더 나은 여건으로 탈바꿈시킨 사람들에게 붙여지는 숭고한 이름이다. 누구든지 고난과 역경의 양상이 다 다르기 때문에 적절한 예를 들 수는 없지만 어떤 사람에게나 고난과 어려움은 작건 크건 있게 마련이다.

그러나 모두가 다 성공을 거두는 건 아니다. 성공을 거두는 사람들에겐 모두 공통적인 인자가 있는 것 같다. 성공할 수밖에 없는 성실성과 노력 그리고 끊임없는 좌절 속에서도 다시 일어서야 한다는 집념과 오뚝이 정신이 그들로 하여금 성공할 수밖에 없게 이끄는 것이다. 이웃에서나 직장 동료에게서나 성공하는 사람과 그렇지 않은 사람은 분명히 다른 점이 있다. 성공을 거둔 사람들은 절대 시련과 싸워 지는 법이 없는 것이다.

대부분의 사람들은 누구나 노력을 기울인다. 그러다가 또다시 어려워지고, 고생의 강도가 좀 더 강해지면 거기서 백기를 들고 나오는 것이다. 그렇지만 성공하는 사람들은 절대 고생 앞에서 쉽사리 백기를 들지 않는다. 불굴의 정신으로 다시 무장하고 더 도전하여 끝내 고생에서 탈출하여 마침내 성공의 반열에 들어서는 것이다. 그러니까 성공하는 사람들은 그렇지 않은 사람들과 그 인자가 다르다고 할 수 있다. 고생 앞에서 힘없이 무너지고 물러서는 게 아니라 될 때까지 이를 악물고 더 노력을 기울이는 인내심이 다르다 할 수 있다.

필자도 직장생활을 할 때 힘들어서 몇 번이고 그만두고 싶을 때가 많았다. 하루에도 수십 번씩 그런 마음이 연기처럼 솟아오르곤 했다. 그렇지만 교직은 하고 싶다고 하고, 하기 어렵다고 쉽게 그만두는 그런 고무줄 직업이 아니라고 생각한다. 내가 그 일을 그만두면 곧 후임자가 그 업무 수행을 하도록 인사는 이루어지겠지만, 두 눈 말똥말똥 뜨고 선생님을 기다리는 그런 아이들을 내버려두고 자신만 어렵다고 금방 사표를 써서는 안 되는 것이다.

적어도 교육자라는 투철한 교직관과 사명감이 남달라야 하는 것이다. 다른 직장하고 다르게 평가해야 하는 점이 바로 거기에 있다. 교육자란 엄청난 사명감을 갖고 2세 교육을 위해 어려움을 감내하며 보람으로 아이들 앞에 서야 하는 직업인 것이다. 그렇기에 필자도 그 어려운 여건을 꿋꿋이 이겨내면서 갖가지 시련들에 무릎 꿇지 않았다.

삼십 대 초반부터 불어닥친 여러 악조건은 여성인 나에게 정말 많은 아픔과 시련을 주었다. 생활터전이 대전에 있으면서 발령은 연기군 중에서도 아주 북부지역 전동면에 있는 작은 농어촌 학교로 발령을 받은 것이다. 지금은 세종시가 되었지만 그땐 여러모로 개발이 안 되어 열악하기만 했던 농어촌 지역 연기군이었다.

삼십 대 초반이라 어린 아이 둘을 두고 있는 엄마로 작은아이는 아직 돌이 안 된, 그런 어린아이를 두고 장거리 출퇴근을 했던 것이다. 다행히 어머니께서 아이들을 보살펴 주셨기에 집안일은 잊을 수가 있었다. 그래도 육아가 중요한 시기이기에 엄마가 할 수 있는 일을 대충 다 해 놓고 아침 6시 50분경에 대전역에서 출발하는 새벽 열차를 타는 것은 가장 큰 어려움이었다. 그땐 집이 대전의 외곽지역인 산성동이라 다른 계절보다 겨울은 시내버스가 자주 오지 않아 깜깜한 눈길을 더듬더듬 걸어서 문화동까지 걸어 나온 적도 많았다.

어디 그뿐인가? 가까스로 버스를 타고 대전역까지 갔는데, 간만의 차로 열차를 놓치는 날이면 그때부터 시내버스를 다시 타고 유성으로 가서, 또다시 직행버스를 타고 내려서 학교까지 가는 시내버스를 또 타고 가다보면 숨이 헉헉 막힌다. 그렇게 이른 새벽 시간에 나오려니 아침은 제대로 먹었을까? 점심 도시락까지 싸 가야 하니 잠도 제대로 잘 수가 없었다. 기차만 제시간에 탄다면 전동역에서 바로 내리니 남들 출근시간보다 한 시간은 일찍 도착한다.

그래서 그런 시간은 헛되이 보내지 않고, 30분 독서와 아이들의 학습준비 시간으로 활용하였다. 그 덕분에 아이들 지도에 올인할 수 있어 갖가지 경연대회에 나가면 작은 학교에서 지도한 우리 아이들이 지역대회를 휩쓸고, 군 결선대회에 참가하여 최우수상을 수상하는 보람된 일도 많았다.

　　교육자는 어려워도 이렇듯 작은 보람을 만나며 하루하루 어려운 여건을 이겨가는 것이다. 그런 덕분에 훗날 관리자로 승진하는 데 여러 가지 주춧돌이 되었으며, 이런 시련이 발판이 되어 더 많은 기쁨이 뒤따랐다.

　　수많은 좌절과 시련 속에서도 그 꿈을 놓치지 않고 끝끝내 노력한다면 반드시 성공의 반열에 오를 수 있다고 생각한다.

06 눈물의 강이 넘쳐야 기쁨의 바다가 된다.

일생 동안 단 한 번도 울지 않고 살았다는 사람은 없을 것이다. 개개인마다 슬픔의 눈물을 흘리는 사람이 있는가 하면 기쁨의 눈물 또한 흘리며 살기 때문이다. 그렇기에 사람마다 개개인의 삶이 다르고 욕망이 다르기 때문에 한 번이라도 눈물을 흘리지 않고 살아온 사람은 없을 것이다. 어떻게 하고많은 날들 중에서 웃는 일만 계속될 수 있단 말인가?

내가 어렸던 시절엔 시대가 어려웠으므로 가난으로 배가 고파 우는 사람도 있었을 것이고, 욕심의 그릇이 차지 않아 그 욕구를 눈물로 분출했을 수도 있다. 그러나 갖가지 환경의 다름으로 인해 엄마를 잃거나 부모와 헤어지는 슬픔, 또는 보육시설의 학대와 멸시 속에서 숨어 우는 울음, 갖가지 재해로 폐허가 되어가는 가정에서 터져 나오는 안타까운 울음, 몸이 아파서 괴로워 우는 울음, 내 환경이 비관스러워 울부짖는 울음, 일이 마음과 뜻대로 되지 않아 괴로움에서 나오는 울음, 그 울음의 양상은 저마다 각양각색일 것이다.

가령, 사업이 부도가 나서 어찌할 바를 모르는 사람, 이혼의 아픔으로 인한 눈물, 부모와의 갈등에서 빚어진 눈물, 몸이 성치 않아 하루하루 아픔에 허우적대는 눈물, 사업실패나 실직 등으로 오는 슬픔의 눈물, 별의별 이유에서 흘려내는 눈물 또한 사람마다 다를 것이다.

필자는 유년시절에는 울음의 기억이 잘 나지 않지만 중학교를 졸업하고 고등학교에 입학하려는 그 상황에서 크나큰 좌절을 겪고 눈물을 수없이 흘려낸 적이 있다. 아마도 평생 내가 흘린 눈물의 양 중에서 그때가 가장 뜨거운 눈물을 많이 흘렸던 것 같다. 그 시점이 때마침 아버지께서 잘나가시던 관직을 하루아침에 사표를 내던지셨기 때문에 뒤따라오는 결과였을 것이다. 그땐 내가 철이 없어 잘은 몰랐지만 아마도 제법 재산이 있었기 때문에 아버지의 배짱이 더 두둑하셨던 건 아닐까?

군청에서 승진 인사가 있었는데 그만 아버지께서 원하신 곳으로 발령이 이루어지지 않았다고 한다. 그래서 그 인사 불만으로 속이 많이 상하시고 자존심에도 큰 상처를 받으셨다고 기억된다. 그래서 갑자기 생각지도 않은 사표를 덜컥 내시고, 본인 스스로 실직한 상태에

몹시 괴로운 즈음이었다고 생각된다. 아버지께서도 본인 결정이 잘한 결정이 아니란 걸 아셨는지 몹시 괴로워하시고 자주 술을 드시며 세상도 원망하며 비애감으로 나날을 자학하며 사셨던 것 같다.

아버지께서는 실력 있고 유능한 사람은 항시 좋은 대접을 받는다고 믿고 계셨다. 그러면서 정정당당하지 못한 사회를 몹시 못마땅하게 생각해 오신 청백리 같은 올곧은 분이셨다. 그렇기에 아버지의 고민이 내 고민보다 작을 리 없었다. 그래서 나는 아버지의 희생타가 되었다는 생각을 지울 수가 없다.

사람마다 인생의 고비가 있지만 난 진학의 길에서 커다란 고비를 만났다. 나처럼 쓴 고배가 없이 승승장구한 사람도 있고, 그렇지 않은 사람도 있다. 어려운 관문 앞에서 불운이 닥쳐 수월하게 공부를 할 수 없었던 사람도 수없이 많았을 것이다. 그러나 그땐 그 좌절이 내가 제일 큰 것 같았다.

군 소재지에서 그래도 만인이 부러워하며 잘 나가던 우리 집에서 갑자기 아버지가 사표를 던지실지는 아무도 몰랐던 것이다. 설마 내가 고등학교에 입학을 못 하리라고는 꿈에도 상상해 보질 못했다. 중학교 때 공부를 잘한 축에 들었기 때문에 당연히 전통 깊은 인문계열 유명여고에 진학하려고 열심히 공부했었다. 그리고 선생님들도 누구누구는 꼭 합격할 것이라고 믿고 계셨었다. 그런데 아버지께서는 나의 꿈인 인문계열 진학은커녕 어린 나를 금융조합에서 일을 배우라며 취업을 시키신 것이다.

나는 취업이 무언지도 모르는 상태였고, 왜 내가 진학을 포기해야 하는지에 대해서도 이해가 안 갔다. 모든 일은 아버지가 끊어 놓고 아버지가 만들어 붙인 나의 인생길은 꼬여버렸다.

나는 진학의 꿈이 좌절되는 슬픔에 정말 목놓아 울었고, 친한 친구들은 원하는 일류 여고에 입학하여 당당히 교복을 입고 학교를 다니는데 꿈 많은 이 소녀는 그때부터 심한 좌절감에서 헤어나오질 못했다. 몇 날 며칠을 울며 밥도 안 먹고 아버지를 원망하였지만 이미 엎질러진 물은 주워담을 수가 없었다. 한참 꿈 많은 소녀의 자존심과 야무진 포부를 여지없이 뭉개버리고 1년이란 세월을 숨어서 울게 만드셨다.

제일 참기 어려웠던 일은 나와 친한 친구가 우리 집 대문과 마주보고 있는 집인데, 그 친구는 보란 듯이 일류 여고에 입학하여 유학의 길을 떠났다. 어쩌다가 주말에 집에 올 때 하얀 칼라가 유난히 돋보인 교복을 입고 오는 모습을 보면 나도 모르게 숨고 말았다. 그리고 하염없는 눈물이 내 볼을 타고 내리는 것이었다. 내가 꿈꾸는 학교, 내가 그토록 가고 싶었던 학교를 그 친구는 의기양양하게 다녔다.

우리 집도 아버지께서 비록 실직을 하셨지만 기본 재산이 있으셔서 그때까지 환경은 나쁘지 않았다. 그땐 부자의 잣대가 돈보다 집이 더 큰 것이었는지 늘 우리 집을 잘사는 집이라고 여겼으니까 말이다. 하기야 지금 생각해 봐도 내가 어린 시절 살았던 집은 만석궁이었던 정찬봉 집이었다. 위채, 아래채, 몸채, 사랑채, 그런데다가 커다란 목욕탕도 두 개씩이나 있었으니 나부터도 우리 집을 부자라고 여겼었다. 그러니 누가 봐도 우리 집에서 상급학교 진학을 안 시킨다면 이해가 안 갔을 것이다.

다만 아버지께서 갑자기 직장을 그만두시고 당장은 수입이 없으시니 앞날을 미리 걱정하셨던 것 같다. 그래서 아버지의 실직과 나의 진학의 길이 맞물려 아버지로 인해 순탄할 내 학교생활이 갑작스레 막혀 버렸던 것이다. 내가 세상에 태어나 가장 많이 울었던 때가 바로 그때였던 것 같다. 왜 하필 나의 미래를 걱정도 안 하시고 나와 상의는 더더욱 안 하시고 진학의 길을 아버지 혼자서 그렇게 섣불리 단정하셨는지 모르겠다. 그래서 꿈 많은 사춘기 소녀의 앞길을 캄캄하게 막으셨던 아버지가 한없이 원망스러웠다.

나는 1년을 숨어 울면서도 다음 해에 진학할 꿈을 절대 버리지 않았다. 아버지께서 어린 나를 금융 조합에 넣으셨지만 난 그곳에서 내 꿈을 실현하기조차 싫었다. 내 꿈은 돈을 버는 게 아니었다. 그땐 그냥 하고 싶은 인문계 공부를 한 뒤에 나의 진로가 설정될 것이라 믿었다. 부모는 그런 나를 아는지 모르는지 자존심에 타격을 받은 나의 마음을 한 번도 위로를 안 해 주셨다. 난 더 이상 저항을 할 수 없어 조합엘 나가면서도 쉬는 시간엔 책상 서랍에 책을 넣어놓고 남몰래 틈틈이 공부를 하였다. 어떤 분은 내가 공부하고 있는 모습을 눈치채시고 은근히 기대도 하고 계셨다.

이듬해, 한 해를 쉬었던 나로선 아무리 혼자 공부를 했다 한들 열심히 진학공부에 매진한 친구를 이길 자신이 없어 광주에서 제일 가는 전남여고 다음인 광주여고에 원서를 낸 후 부모님 몰래 입학시험을 치렀다. 다행히 한 해를 쉬었어도 합격이 되어 다시 청운의 꿈을 품고 학교를 갈 수 있게 되었다. 마치 고시에 합격한 만큼 그 기쁨도 컸다.

그러나 난데없는 난관에 내가 또 부딪칠 줄은 꿈에도 몰랐다. 입학금도 냈고 어머니와 광주에 가서 같이 생활할 친구와 집도 얻어 놓고, 유학의 꿈에 한껏 부풀어 있었다. 그런데 또 이게 웬 날벼락인가 말이다. 아버지와 상의를 하지 못하고 비밀리에 어머니와 실시한 우리의 계획이 그만 수포로 돌아가고 말았다. 뒤늦게 이 사실을 아신 아버지께서 광주여고 서무실에 가셔서 입학금을 반환받아 오셨던 것이다. 그때 마침 서무과장님이 우리 아빠의 친구였기 때문이다.

나는 그때 진짜 죽을 맛이었지만 힘이 없어 아버지 앞에 더 이상 대항하지 못했다. 앞으로 대학까지 가고 말 딸의 강한 의지를 미리 차단해 버린 것이다. 그 후 나를 꿈속에서라도 한 번도 생각해 보지 않은 남녀 공학인 농고에 입학을 시키신 것이다. 아버지께서 실직하고 있는 상태에서 나의 유학 자금을 대실 수 없다는 것이었다. 그리고 내 밑으로 동생 세 명이 있다는 걸 강조하셨다. 언니까지 합하면 5남매의 학비를 실직 상태에서 감당한다는 건 정말 무리였을 수도 있다. 그러나 그땐 아버지의 입장은 아무것도 몰랐다. 단지 내 앞길만 막고 계신 걸로 착각을 했다. 나는 정말 통곡을 하고 싶었다. 그때부터 아버지가 한없이 밉고 원망스런 대상이 되어 버렸다.

어린 나로서는 내가 가고 싶었던 인문계 진학의 길이 막히자 망연자실하였고, 지방에 있는 남녀 공학 더구나 취미도 없는 농업고등학교에 다니는 건 죽기보다 싫었지만 그땐 내 힘으로 더 이상은 아무것도 할 수 없었다. 고등학교 3년을 다니는 동안 내 자존심은 한없이 추락하였고, 내가 꿈꾸어오던 인문의 꿈은 물거품이 되고 말았다. 울며불며 하루하루를 후배들과 다니던 학창시절은 지금도 떠올리기조차 싫다.

무슨 자존심인지는 몰라도 그토록 가고 싶었던 인문계 고등학교, 배우고 싶었던 인문계열 공부는 나에게 한이 되어, 교직을 끝마치는 마지막 순간까지 나는 내가 하고 싶었던 국어학을 공부하여 교육학 박사 학위까지 받으며 지금 너무 행복한 생활을 하고 있다. 내가 그토록 꿈꾸어왔던 자아실현을 내 힘으로 했기 때문에 오는 후련함일 것이다. 정말 인간에겐 배우고자 하는 그 욕구 하나가 이 세상을 다 얻은 것 같은 그런 행복감을 주었던 것이다.

일생 동안 내내 아버지께서 나의 배움의 길을 내 소원대로 들어

주시지 않아 그동안 나는 아버지를 너무 많이 원망하며 살았다. 결혼을 하고 아버지와 헤어져 사는 그동안에도 나의 진로에 대한 회상을 하면 곧 아버지가 원망스레 떠오르는 것이다.

그러나 나 스스로 늦깎이 공부를 하면서 과정 과정을 다 거쳐 마지막 박사학위를 받고 난 후부턴 아버지에 대한 원망과 분노가 눈 녹듯 서서히 사라져 버렸다. 투정과 푸념과 원망을 받아줄 내 아버지가 일찍 하늘나라로 가셨기 때문에 더 이상 원망도 내 푸념도 들어주실 수가 없다. 그래서 학위를 받아올 때마다 아버지 산소를 찾아서 아버지께 인사 올리며 지난날을 사죄드렸다. 이젠 학벌로 인하여 아버지께 쌓인 원망 다시는 하지 않겠다는 약속이었다.

아버지께 시 한 수를 지어 하늘나라로 바치며, 그간 흘려냈던 뜨거운 눈물의 강이 넘치고 넘쳐 마침내 기쁨의 바다를 이루었다. 여기에 그 진술했던 내 마음의 시를 소개하고자 한다.

하늘로 띄운 졸업장

김숙자

구태여 말하지 않아도
당신은 아실 겁니다.
한 구절 한 구절 읽지 않아도
당신은 더 가슴 아플 겁니다.

말로는 끝나지 않을 세월의 숙제를
지금껏 짐으로 안고 살았을 당신
오늘은 부디 눈물을 거두셔야 합니다.
아니 눈물 대신 뜨거운 술잔을 받으셔야 합니다.

내게 단 한 가지도 마음의 짐이 없었다면
무엇이 아쉬워 열심히 살았겠습니까
내게 부족함을 안겨주지 않았다면
자신을 향한 뜨거운 불꽃을
결코 피워올리지 못했을 겁니다.

사랑하는 아버지
오늘 당신께 넘치도록 술 한 잔 붓고 싶습니다.
지금껏 원망의 화살이
누구보다 아프게 박혀 있을
당신의 쓰린 가슴에
기쁨의 눈물을 가득 채우고 싶습니다.

다시는 당신을 원망하지 않겠습니다.
다시는 당신 가슴에 대못을 박지 않겠습니다.
진심 어린 눈물로 나의 화해의 잔 받아주세요.
당신이 채워주지 못한 그 공백의 잔에
오늘 넘치도록 사랑의 순배를 붓고 싶습니다.

07 좌절 앞에서 쉽게 백기를 들면 안 된다.

사람들에겐 누구에게나 예기치 못했던 위기와 시련이 찾아올 수 있다. 우리 생이 항시 기쁜 날로만 가득 찬다면 진정한 기쁨은 맛보기가 어려운 것이다. 갑자기 어떤 시련이 닥쳐와 힘든 과정을 보내다가 다시금 찾아오는 기쁨이란 얼마나 달콤할까? 정말 "고생 끝에 낙이 온다."라는 옛말은 한 치의 거짓도 없이 맞는 말이다.

진정한 기쁨은 고생을 통해서만 찬란한 햇빛처럼 소리 없이 우리에게 다가오는 것이다. 마냥 행복하기만 한 사람은 고생 끝에 찾아오는 진정한 기쁨을 결코 이해하지 못할 것이다. 그러나 어려움을 통해서 마주치는 기쁨이란 황금보다 더 값진 보물이다. 그렇기에 우리는 좌절의 순간과 고난의 순간이 찾아와도 그걸 의연히 맞서 슬기롭게 넘겨야 한다. 그러면 반드시 기쁨의 순간이 찾아오는 것이다. 그러나 나에게 찾아오는 고통이 야속해서 그만 그 절망 속에 빠져 헤어나오지 못하는 친구는 얼마나 불쌍한 친구인가를 잘 생각해 보기 바란다. 그 절망이 유독 자기에게만 찾아온 것처럼 분노하고, 실망하고 급기야는 약한 마음까지 먹으며 고생을 포기하기에까지 이른다. 이런 사람들에게 어찌 밝은 미래가 찾아오겠는가? 그런 사람이 어찌 큰일을 이루어내겠는가?

필자는 누구에게나 이런 말을 해 주고 싶다. "어떤 좌절 앞에서 쉽게 백기를 들면 안 된다."라고 말이다. 인간에게 오는 시련은 우리 인간을 더 인간답게 만들기 위해 찾아오는 것이다.

인생에서 작든 크든 어떤 고배를 마셔보지 않은 사람은 인생의 참맛과 가치를 절대 알 수가 없다. 그러나 내게 찾아오는 좌절이나 그 시련을 의기양양하게 이겨내면 반드시 내가 원하는 삶이 눈앞에 찾아오는 것이다. 그렇기에 조그마한 절망 앞에서 쉽게 백기를 들어선 안 된다. 끝까지 그 시련과 맞서 싸워 이겨야 하는 것이다.

내가 졌다고 굴복하며 쉽게 백기를 들어버린다면 보나 마나 싸움은 누가 승리하겠는가? 말할 것도 없이 결연히 맞서서 그 위기를 이기려는 상대가 승리하지 않겠는가 말이다. 결국 참고 견디며 그 위기와 시련을 이겨내는 자가 승자가 되는 것이다.

필자는 교육자로 줄곧 공직 생활을 해 오면서 무수한 시련에 부딪쳐 왔다. 그러나 그럴 때마다 참기 어려운 고통을 감내하면서 꿋꿋이 그 고통을 이겨냈다. 필자가 교직생활을 하고 있었을 때, 교육자로서 교육이 어려워 쩔쩔매 본 적은 한 번도 없었다. 그건 꾸준한 교재 연구와 연수를 통한 자기 계발을 게을리하지 않으면 얼마든지 극복할 수 있는 일들이다. 다만 생활근거지를 벗어나 근무지가 너무 멀어 지역적인 어려움으로 가는 곳마다 수많은 고난에 부딪혀 그 고통을 감수해야만 했다.

교육 기간 내내 주로 충남 지역 오지 벽지에 주로 많이 근무했으므로 갖은 고생을 다했다. 왜 대전을 벗어나지 못하고, 그렇게 혼자서 그 고통을 이겨냈는지 나도 모르겠다. 근무지가 멀어 항시 출퇴근에 동동거리며 매일 시달렸던 기억이 너무도 생생하다.

필자는 주로 연기군에서 근무를 많이 했다. 한때는 대전 인근지역이라고 순환근무연한에 걸려 연기군은 지역점이 낮아 멀리 라 지역으로 가야만 했다. 연기군은 나 지역인지라 서산, 태안, 당진군 같은 아주 먼 곳으로 가야만 했다. 정말 꿈속에서도 생각해본 적이 없는 당진군의 어촌 지역으로 발령이 났다. 그때 마침 우리 둘째 아이가 고등학교 2학년에 올라가는 중요한 시점에서 너무나도 먼 곳으로 발령을 받게 된 것이다.

생전 예측이나 해 보았을까? 생면부지인 땅 당진, 거기에서도 갯마을 성구미에 있는 가동초등학교로 발령을 받은 것이다. 발령 전에도 고생은 예상하고 있었지만 막상 발령을 받은 날부터는 정말 잠을 이룰 수가 없는 고통의 나날이 찾아왔다.

아이들의 인생 과정에서 어느 순간 하나가 다 소중하지 않을까 마는 마침 중요한 대입을 앞둔 아들에게는 그렇게 미안할 수가 없었다. 고등학교 3학년까지 아직도 2년의 과정이 족히 남았는데 그 중요한 시기에 엄마가 그렇게 먼 곳에 가서 살아야 하니 아들의 앞날이 불 보듯 뻔했다. 아이들 곁에서 직장을 갖지 않고 애들에게만 올인하여 뒷바라지해 준 엄마와의 차이는 불 보듯 뻔했다. 직장을 가진 엄마만으로도 준비가 미진한데 그야말로 통근이 어려운 낯선 도서지역으로 발령이 났으니 그때야말로 절망의 극치였다고 기억된다.

인사 발령이 있고 나서 10여 일을 심하게 고민도 하고, 답답해서 울어도 보고, 아들에게 미안하기도 하고, 가족의 고생이 뻔해서 날마다 눈이 퉁퉁 붓게 울기도 했다. 그리고 나날이 근심 어린 얼굴로 식구들에게 실망감까지 안겨주었다. 아무리 생각해봐도 이 시점에서 내가 직장을 그만두는 게 가장 최선처럼 느껴졌다. 그래서 급기야 사표를 내려고 단단히 맘먹고 있을 즈음 우연히 아들과 대화를 하게 되었다.

아들이 요즈음 내 근황을 주의 깊게 살피더니 "엄마, 무엇 때문에 요즈음 고민이 많으세요?" 하며 묻는 것이었다. 나는 아들 앞에서 솔직하게 이실직고를 하게 되었다. 여차여차해서 이렇게 먼 곳으로 발령이 났는데, 내 고생은 둘째로 치더라도 아들의 공부 뒷바라지를 못해 고민이라는 이야기를 솔직히 털어놓았다. 그랬더니 우리 아들의 입에서 현명한 답이 떨어졌다.

"엄마, 나를 위해서라면 아무 걱정 마세요. 엄마가 계신다 해도 공부하고 안 하는 건 제 마음에 달려 있으니, 제 걱정은 추호도 하지 마시고 엄마의 앞날만 생각해서 판단하세요." 하는 거였다. 어찌 이렇게도 속이 꽉 찬 말을 속 시원히 할 수 있는지 그저 기특하기만 했다.

그 후 나의 마음은 서서히 갈피를 잡게 되었고, 직장을 그만두려던 속마음이 깨끗이 해결되어 다시 의욕이 샘솟기 시작했다. 정말이지 내가 그 시점에서 자식의 교육상 애로사항 때문에 직장을 그만둔다는 것은 조금은 아까운 시기였다. 그리고 그런 일 앞에서 열정적인 교육자 하나를 잃게 된다면 국가적으로도 큰 손실이라고 생각되었다. 또 내가 오랫동안 꿈꾸어왔던 승진의 기회를 이쯤해서 포기해 버리는 건 너무도 아까운 일이라 생각되었다. 여성이지만 뚜렷한 교직관을 갖고, 의기양양하게 쌓아왔던 모든 경륜과 실적들이 너무도 아깝기까지 했다.

그래서 2월 말 즈음 임지를 찾아 당진 갯마을에 위치한 학교도 찾아가 보고, 그 주위에 집도 마련하여 3월부터 정상적인 출근이 시작되었다. 처음엔 내가 잘한 결정인지 갈피가 안 잡혔다. 그 뒤로도 도무지 알 수 없는 시련들이 줄을 이어 감당할 수 없이 찾아왔다. 월요일 아침이면 어김없이 대전에서부터 출근하여 토요일 오후가 되어서야 대전 집에 올 수가 있었다. 정말 그 일주일은 너무 길고 혹독했다. 혼자서 그 일주일을 견디는 고역보다 우리 가족 모두에게 엄마 없는 고통을 3년씩이나 주었다는 것이 못내 미안하고 시어른에게는 죄송하기만 했다. 나 혼자 사는 건 어른이니까 이길 수 있다지만 일주일에 매번 오고 가는 통근길은 장난이 아니었다. 당진을 갈 때마다 길이 가깝게 느껴진 게 아니라 더 멀고 험난하게만 느껴졌다. 구태여 말로 하기 싫었지만 난 그 시련에 끝까지 굴하지 않고 맞섰던 내 의지를 한 번쯤은 누구와 얘기하고 싶었다.

월요일 아침이면 어김없이 4시쯤 일어나 가족들 아침 준비와 아이들 도시락을 싸 놓고, 6시면 허겁지겁 택시를 잡아타고 서대전역으로 달려간다. 그래서 6시 30분에 출발하는 천안행 기차에 몸을 실어야 한다. 기차를 타고 한 시간을 달리면 7시 30분쯤 천안에 도착하는 것이다. 그때 또다시 천안역에서 내리자마자 택시로 직행터미널로 향한다. 그래서 당진 기지시 가는 7시 40분 직행버스로 바꿔 탄다. 한 시간쯤을 달려 기지시에 도착하면 다시 또 택시를 타고 송산면 가곡리 가동초등학교까지 달려간다.

아침도 제대로 못 먹은 채 졸린 눈으로 학교에 도착하면 시작시간이 바쁘다. 바쁜 조회가 끝나고 교실로 들어오면 그때야 '휴' 하고 한숨이 저절로 터져 나온다. 그래도 가족들과 하룻밤이라도 더 자고

가려고 월요일 아침에 이런 전쟁을 치르고 나면 입안에서 쓴내가 난다. 이런 강행군을 3년이나 계속했던 것이다.

그중에서도 우리 아들의 대학수학능력시험이 치러지는 날의 광경을 결코 잊을 수가 없다. 그날은 주말이 아니었으므로 학교 수업을 다 끝내고 당진으로 나가서 대전 가는 막차를 타기 위해 퇴근 후 뛰고 또 뛰었다. 가까스로 대전 가는 막차를 탈 수 있었는데 그때야말로 고속도로 길이 꽉 막혀 평소 2시간 30분이면 가던 길이 어쩐 일인지 5시간이 걸리고 말았다. 집에서 시험보는 날 아침밥이라도 내 손으로 해 먹이고 오고 싶은 부모 마음에 그렇게 서둘렀건만 시간은 호락호락 나에게 넉넉한 시간을 주지 않았다.

밤새도록 잠도 자는 둥 마는 둥 늦게 들어오는 아들의 얼굴을 대한 후, 잠을 재우고 나는 다시 새벽차를 타고 학교를 가야 하므로 다른 때보다 먼저 아침밥을 준비했다. 아들 도시락을 먼저 싸 놓고 도시락 사이에 편지 한 통만을 남긴 채 나는 다시 새벽차를 타고 학교로 달리고 말았으니 사실 집에 오나마나 였으나 어미 마음이 어찌 그쯤에서 멈추랴. 아무리 부실하게 준비해 주고 왔다 해도 엄마가 그먼 곳에서 달려온 사실 하나만으로도 우리 아들이 기운과 사랑을 느꼈을 것이라 믿기 때문에 안 간 것보다는 내 마음이 훨씬 편했다.

그렇듯 당진에서의 3년 생활은 내 일생에서 힘든 시기였지만 참 중요한 시기였다고 생각된다. 그때 그 좌절 앞에서 내가 무너져 버렸다면 내가 후에 누렸던 영광은 물거품이 되어 버렸을 것이니까 말이다. 집을 떠나와 나 혼자 생활을 하고 있었으므로 학교에서 온통 아이들에게만 몰두할 수 있는 덕분이었는지, 가동초등학교 근무 기간 동안에는 학교에 아동 지도로 수많은 수상 실적을 안겼다.

전국 글짓기 부문에서 대상으로 교육부장관상을 두 번씩이나 타고 아이들에게 50만 원씩의 장학금도 안겨주었다. 교사인 나에게도 수업경연대회 1등급, 연구대회 1등급, 신춘문예 당선, 또 '갯마을에서 띄우는 노래'의 동시집이 출판되기도 하는 등 굵직굵직한 수상 실적이 쏟아져 나왔다.

그리고 정말 알토란같은 그 세월이 나에게 곧바로 승진의 기회로 되돌아왔다. 정말 음지가 양지 된다는 말이 맞는 것 같다. 다시 생각해 보아도 많은 좌절 앞에서 내가 쉽게 무릎을 꿇었다면 어찌 이 많은 영광들이 나에게 올 수 있었을까? 정말 누구에게든 나의 산 경험을 바탕으로 시련 앞에서 절대 백기를 먼저 들어서는 안 된다는 것을 누누이 말해 주고 싶다.

08 열 일을 해내는 사람은 스무 개도 해낸다.

사람들은 저마다 성공 인자를 가지고 태어난다. 쥐어 줘도 못하는 사람, 쥐어 주면 겨우 하는 사람, 쥐어 주지 않아도 눈썰미로 해내는 사람, 하지 말라고 말려도 하는 사람, 보고 듣지도 못했는데 잘하는 사람, 남의 등에 업혀 겨우 해내는 사람……. 타고난 능력과 숨은 능력이 그야말로 다양하다.

요즈음 사회에서는 이러한 숨은 재능들을 일찌감치 계발하여 잠재능력을 키워가는 일에 있는 온 힘을 다 기울인다. 그런데 어쩌랴. 사람마다 개성이 다르며, 재능에 따라서도 타고난 사람, 계발한 사람, 보고 배운 사람 등 그 또한 다양하다. 그러나 뭐니 뭐니 해도 하고자 하는 본인 의지와 노력에 따라 능력이 천차만별이다.

예를 들어 가정 형편이 좋아 잘 가르치고 싶더라도 과연 그 자녀가 부모의 의욕만큼 따라가는 걸 보았는가? 부모의 조건은 전혀 못 미치는데도 아이 스스로 잘하는 경우, 부모의 열정과 뒷받침이 있음에도 아이가 부모의 열정에 못 미치는 경우, 여기에서 조심스러운 이야기이지만 우리는 후자를 더 많이 보아 왔을 것이다.

이 말은 타고난 조건보다 본인의 노력과 열성이 더 중요하다는 얘기이다. 그건 맞는 말이다. 사람은 타고난 잠재능력이 저마다 다르기 때문이다. 아무리 부모가 자식에게 어떤 기능을 습득시키려고 애를 써도 아이의 노력과 적극성 없이는 모두가 불가능하다.

반대로 부모는 자식에게 시키려 하지도 않았는데, 어깨 너머로 잘하는 사람을 보고 맹연습을 하더니 시킨 사람보다 더 뛰어난 재주를 발휘하는 사람도 있다. 그러나 이것은 하나의 두드러진 예일 뿐이고 대부분의 사람들은 부모가 가르치고자 한 만큼 결과는 따라오게 마련이다. 어찌 노력도 기울이지 않은 밭에서 열매가 풍성하게 맺히랴! 그런 결과는 절대 없는 법이다. 농사를 지을 때 거름을 주고 많이 북돋워주어야 결국 소출이 많은 법이다. 가만히 놓아두고 바라만 보았는데 소출이 많이 나오는 건 있을 수 없는 일이다.

자고로 공부도 그에 반드시 비례한다. 열심히 하지 않은 사람이 절대 좋은 성적이 나올 수 없는 것처럼 열심히 한 사람은 반드시 그 결과가 우수하게 나타난다. 그리고 어떤 일에서 적극성을 갖고 열심히 한 사람은 반드시 원하는 결과를 이루어 낸다. 그러나 조건이 아무리 좋아도 열성을 다하고 노력을 기울이지 않으면 그 결과는 너무나도 자명하다. 그래서 어떤 일에 열성을 가지고 적극 노력하는 사람에게 결과 또한 기대할 만하다.

어떤 일 앞에서 잔꾀를 부리거나 겉핥기식으로 변죽만을 울린다면 그 결과는 불을 보듯 뻔하다. 자고로 하나의 일에 혼을 바치며 열심히 할 수 있는 사람은 열 개의 일을 맡겨도 고스란히 다 해낸다. 그러나 한 개의 일도 끝마무리를 잘 못 맺거나 하기를 싫어하면 그나마 쥐어 준 한 개도 끝을 맺지 못하고 만다. 하물며 두 개 세 개를 주면 그 사람은 역시 마무리를 다하지 못한다.

그러나 부담스럽도록 많은 열 가지를 쥐어 주었건만 많다는 불만을 토로하기는커녕 그 열 개의 일을 끝까지 다 해내는 사람이 있다. 그것은 무엇 때문일까? 어떤 일을 성취하기 위해서는 능력뿐 아니라 일을 대하는 끈기와 노력이 반드시 필요하다. 열 개를 주어도 불평 없이 해내는 사람은 설사 스무 개를 맡긴다고 해도 밤을 새워서라도 다 해낼 수 있는 사람이다. 이건 무엇 때문일까? 필자는 그 차이가 바로 일을 대하는 열정, 곧 일을 마주하는 근성과 일을 대하는 적극성이라고 본다.

결국 사람마다 적극성과 인자는 다르다. 어떤 일을 대할 때 대수롭지 않게 여기는 사람, 어떤 일을 대할 때 적극적 자세로 임하는 사람, 저마다 일을 마주하는 본인의 자세가 매우 중요하다. 그 일을 꼭 해내려고 마음가짐을 단단히 하는 사람, 그 일에 대해 대충대충 시늉만 하는 사람, 그 일에 맞서서 혼신을 다하는 사람, 정말 일을 대하는 정신자세가 제각각이다.

필자는 일 앞에서만큼은 한 번 마음먹으면 열 개도 반드시 이루어내려고 노력하는 사람 중의 하나라 볼 수 있다. 그래서 일의 성공감을 맛볼 줄 아는 사람이다. 즉, 일 앞에서 철저한 정신 무장을 한 자세로 반드시 책임을 다하고야 마는 성격을 지녔다. 이걸 인자라고 말해도 좋을 것이다. 그렇기에 사람에겐 좋은 인자가 많아야 한다. 그 좋은 인자로 인해 사회와 이웃이 얼마든지 밝아질 수 있다.

만약 공익을 위해 어떤 일을 하려 할 때 혹자는 '뭐 그리 열심히 하느냐?' 혹자는 '대강대강 해치워라' 혹자는 '맡은 것만큼만 하고 가라'라고 할 수도 있지만 혹자는 누가 보지 않더라도 시킨 것 이외의 하나까지 더 해내고 가는 사람도 있다. 이처럼 맡겨진 것만 하는 사람, 맡겨진 것도 못 채우는 사람, 맡겨진 것은 고사하고 사고만 내는 사람, 맡기지도 않았는데 남몰래 하고 가는 사람…… 정말 가지각색의 양상을 보이지만 역시 일 앞에선 옷소매를 걷어붙이며 해내는 적극성과 저력을 발휘해야 한다. 그리하여 반드시 일의 성과를 도출해내야 한다. 그래야 일을 한 보람도 있고, 일의 가치도 느끼고, 그 일로 인하여 빛을 보는 사람도 생겨날 것이다.

필자는 일 앞에서 옷소매를 걷어붙이며 적극성을 부리는 근성 있는 사람을 좋아한다. 그리고 나 역시 공익을 위해서든 개인적인 일이든 늘 적극적인 자세로 임한다. 그래야 일을 하는 맛도 느낄 수 있고, 일에 대한 보람 역시 맛날 수 있는 것이다. 자고로 어떤 일 앞에서든 자꾸 뒤로 빠지려 하지 말고, 앞으로 나와 다른 사람들에게 일할 수 있는 분위기를 조성하고 일을 즐겁게 해 나가려는 어깨동무 정신을 반드시 가져야 한다. 그래서 하나의 일을 잘하는 사람은 열 개를 줘도 불평하지 않고 잘 해내며, 열 개를 해낼 수 있는 사람은 곧 스무 개도 두려워하지 않고 잘 해낸다.

필자는 학교에서 학교 경영 관리자로 근무하면서 업무 분장을 할 때 그걸 잘 이용한다. 개개인의 능력보다는 일 앞에서 일을 대하는 적극성을 높이 칭찬하며 존중해 준다. 대부분의 교사들은 능력들이 다 고르다고 느끼기 때문에 차별에 대해서 몹시 알레르기를 일으킨다. 그렇기 때문에 업무 분장을 할 때는 교사들의 평소의 능력과 전공, 그리고 일을 대하는 자세를 많이 참고한다.

일을 무조건 기피하고 보는 사람, 책임을 안 가지려 하는 사람, 일을 맡겨도 효과를 못 내는 사람, 열심히 지도해도 능력이 그뿐인 사람, 능력은 크지 않아도 꾸준한 지도력이 있는 사람, 맡은 일에 사명감이 없는 사람…… 각자가 정말 다양한 양상을 지닌다. 그러나 뭐니 뭐니 해도 일을 대하는 태도와 적극성과 책임감에 비추어 업무를 배당하게 된다. 어떤 이는 비중이 큰 일을 여러 개 주었어도 불평이 없는가 하면, 가장 비중이 얕은 신발장 관리, 슬리퍼 정리정돈 같은 단순한 업무를 주어도 항시 오차를 내고 마는 사람을 바라보며 무얼 중시해야 하는가에 답이 나온다.

누구나가 맡겨진 일에 대한 적극성과 책임감 그리고 그 일에서 나오는 효과나 성과를 위해 헌신을 다한다면 못 해낼 일도 없을 것이다. 비중이 무거운 교무 업무, 굵직굵직한 대회 진행이나 대회 준비를 위해 기울인 헌신의 능력이 모이면 결국 못 이루어 낼 것도 없다. 그래서 겨울 방학 때쯤이면 그 해의 업무 추진상황을 점검하면서 내년도의 계획을 세우기도 한다. 그래서 해마다 업무를 무조건 바꾸지 않고 그 방면에서 경력이 쌓여 작년보다 더 나아질 올해 업무를 면밀히 검토하고 그 업무에 기울인 기여도, 능력, 성과 등을 비교 분석해 가면서 새 학년도의 업무 분장을 효과 있게 안배해 왔다.

관리자가 보는 안목에서 주도면밀하게 업무가 안배된다면 그해의 교육성과는 안 보아도 훤히 내다보인다. 정말 열 일을 주어도 아무 불평 없이 해낼 수 있는 사람은 스무 개를 안겨 주어도 깨끗하게 그 업무수행을 잘 해낸다. 그러나 가벼운 일 단 하나를 맡겨도 불만인 사람은 그 마인드가 부정적이기 때문에 그마저도 불평을 늘어놓는다. 그 사람은 매사에 무얼 주어도 어떤 이유와 변론을 늘어놓을 사람이기 때문이다.

09 눈물로 쓴 편지는 감동의 씨앗을 틔운다.

사람에게는 동물들과 달리 자기의 감정이라는 게 있다. 대인 관계에서도 이 감정 전달은 매우 중요하다. 누가 자신에게 진정성을 갖고 얼마만큼 다가오느냐에 따라 인간관계가 더 깊어질 수도 있고 멀어질 수도 있다.

어떤 목적 앞에서 몹시 궁하고 다급해서 마음에도 없는 행동을 먼저 보였다고 하자. 그 모습은 감정이 있는 사람이면 누구도 다 알아차릴 수 있는 가식적 행동이라는 것을 단번에 알 수 있다. 그래서 상대방의 기분이나 마음을 금방 알아차릴 수가 있게 된다.

사람에게는 본디 진심이라는 본심이 가슴에 자리하고 있다. 그러나 그 본마음은 어딘가에 숨겨두고 겉치레와 가면을 두르고 상대방의 환심을 사려고 할 때 그냥 본마음을 들키게 되고 만다. 그렇기에 인간에겐 평소에 내 마음의 움직임에 따라 내 진심을 나타내어 평상심을 갖고 대한다면 더할 나위 없이 대인 관계에 신뢰가 가고 원만해진다. 그런데 나의 본심과는 달리 어떤 목적 앞에서 술수를 쓴다든지 가식적인 행동을 보인다면 그건 너무나 뻔한 속내를 내보이게 한다.

내가 어떤 어려움 앞에서 상대방에게 나의 입지나 상황을 설명할 때는 나의 온 마음과 혼을 다해야 할 것이다. 말이나 행동이나 글은 나의 마음을 잘 전달할 수 있는 매개체이기 때문에 내 마음을 성실하게 잘 전달해야 한다. 그 표현을 통해서 느껴지는 내 진심을 그 매개체로 하여금 잘 전달할 수 있도록 해야 한다.

마음 따로 몸 따로 행동을 한다면 그 사람의 진심을 알아차리기는 그리 쉬운 일이 아니다. 상대방에게 내 진심을 잘 표현하기 위해서는 평소에 내가 진정성 있는 성실한 행동을 보여 왔어야 한다. 어떤 큰 이권이나 어려움 앞에서만 그 이점을 따기 위해 온갖 수단과 방법을 동원하게 된다면 그건 너무 뻔한 술수와 계략이라는 점을 세 살 먹은 아이도 알아차릴 일이다.

그렇기에 어떤 일 앞에서 당혹하게 나의 진심을 표현하기에 앞서 평소에 나의 진면목을 잘 보여야 했을 것이다. 진실은 어디에서든 터져 나오게 마련이다. 누구에게나 나의 진심을 보이려면 상대방에게 감동을 주어야 한다. 감동이란 얼어붙어 있던 사람의 마음까지도 눈 녹듯 녹아내리게 하는 마법이 숨어 있기 때문이다. 상대에게 말로 나의 뜻을 전달하여 기쁘게 관철시키려면 먼저 상대방의 가슴이 감동으로 통통 뛰게 만들어야 한다. 감동은 사람을 새로 태어나게 하고 얼었던 마음을 순간에 녹게 만드는 마력이 숨어 있기 때문이다.

사람이 감동을 받으면 오관과 감성이 모두 열리게 된다. 눈물은 그 감동의 주범이다. 필자는 젊은 시절 10여 년 넘도록 남편과 떨어져 지내는 삶을 살아왔다. 그러는 동안 나의 진심을 가장 잘 통하게 만들었던 것이 편지였다. 편지만 쓰려고 책상 앞에 앉으면 왜 그리도 먼저 눈물 범벅이 되는지 도무지 감정을 조절하기가 힘들었다. 편지에다 내 고생한 생활을 전달하려니 눈물이 앞을 가려 한참을 울다가 써내려가곤 했다. 어찌 보고픔과 슬픔을 지면에 다 담을 수 있으랴. 그러나 전화보다는 편지가 훨씬 내 마음을 표현하기에 편하고 좋았다. 내가 눈물을 흘려가며 쓴 편지를 받는 남편도 나와 마찬가지로 감동의 눈물을 수없이 흘렸을 것이다.

이처럼 내가 맨송맨송한 내용을 의례적으로 전달하고 일상적인 대화만을 요구한다면 상대방의 가슴도 그만큼밖에 열리지 않으리라 믿는다. 그렇기에 한 통의 편지에 내 마음을 송두리째 담아 전달하려고 눈물을 흘려가며 속마음을 열면 받는 이의 마음도 똑같이 감격의 눈물을 흘리게 되는 것이다. 이처럼 내 가슴이 냉랭한데 상대방만 뜨거워질 순 없지 않은가? 현실이 너무 어렵고 암담하여 써 내려간 눈물의 편지는 마침내 받는 이에게도 감동의 씨앗이 싹트기 마련인 것이다. 그래서 눈물로 쓴 편지는 상대방의 가슴에 감동의 물결을 일으켜 감동의 씨앗을 예쁘게 싹 틔울 수 있는 감격을 선사하는 것이다.

하루하루 바쁘게 변하는 사회를 살아가면서 이기적이고 매우 각박해지기 쉬운 마음들을 따뜻한 감성의 물꼬로 녹일 수 있는 따사롭고 정에 담긴 눈물주머니를 자극해보자. 눈물 앞에서 냉혹하고 의연하게 이길 자는 아마 아무도 없으리라.

미치도록 그리운 님이여

김숙자

무던히도 애태우던 속마음
미치게 보고 싶던 내 님이여
나 지금 당신 만나러 떠납니다.

멎은 듯싶었던 내 심장
이리도 거세게 뛸 줄이야.
구겼던 연민의 심지
이토록 활활 타오름을
나 이제 알았습니다.

그대 향한 그리움의 활화산
당신 향해 봇짐 싸게 했고,
천둥 먹구름 지새운 나날
굽이굽이 이구아수로 흐를레라.
내 맘 얼어붙게 한 만년설
잉카 호수에 흠뻑 쏟아내리니

시련은
아무에게나
꽃.이 되지 않는다

chapter 2

내가 꿈꾸는 것에
철저히 미쳐라.

꿈은 미치지 않곤 결코 이룰 수 없다.

열정이 꺼져 버린 영혼은

살아도 죽은 것과 마찬가지이다.

내가 꿈꾸는 것에 철저히 미쳐라!

그래야 성공의 반석에 오를 수 있다.

10 내 안의 잠자는 열정을 깨워라.

그대 지금 꿈을 꾸는가?
그렇다면 그대는 아직 젊다는 증거이다.
꿈이 없는 사람은 살아 있어도 결코 산 게 아니다.
꿈을 꿀 수 있는 사람은 영원히 늙지 않는다.
그대 가슴 밑바닥에 잠자고 있는 꿈 무더기를 열정으로 꽃 피워보자.

사람은 저마다 타고난 특성이 다르다. 주어지는 환경에 그냥 만족하며 안주해 버리는 사람, 지금의 환경을 좀 더 개선하기 위해 부지런히 노력하는 사람, 목표를 정해놓고 꿈을 향해 꾸준히 실천하는 사람, 목표도 계획도 없이 그냥 맹목적으로 살고 있는 사람, 목표와 꿈은 있으나 노력을 안 하는 사람, 자기가 하고자 하는 일을 찾아 열정적으로 도전하는 사람 등 천태만상이다.

여기에서 어떤 사람이 가장 성공한 인생을 살 수 있겠는가? 어떤 사람이 가장 행복한 삶을 살겠는가? 그건 말할 것도 없이 꿈과 목표를 정해놓고 끊임없이 노력하여 내가 하고자 하는 꿈을 꼭 실현시킨 사람이라 할 수 있다.

그러나 사람은 성공에 대한 DNA가 각자 다르다. 어떤 사람은 꿈을 향해 열심히 노력하고, 어떤 사람은 그냥 안일하게 대처하며 운명론에 맡기기도 하고, 어떤 사람은 꿈이 있어도 주저하며 망설이기만 하는 사람도 있다. 단언컨대 내 인생에서 단 한 번만이라도 꿈을 향해 최선을 다 해보았는가? 필자는 그대들에게 이걸 한 번 꼭 물어보고 싶다. 그것이 각자에게 묻는 문제의 답이 될 것이다. 인생을 살아가면서 노력도 하지 않고 감나무에서 감이 떨어질 것이라 믿고 입만 벌리고 있는 안일한 삶을 살진 않았는지 각자가 반성해 볼 일이다.

누구든 꿈의 모양새는 모두가 다를지라도 나름대로 도전과 노력은 하고 있을 것이다. 그러나 꿈을 이루려는 야망 앞에서 한낱 꿈으로만 끝나 버리면 절대 안 된다. 지금까지 단 한 번만이라도 하고 싶은 일에 미쳐본 일이 있는가? 그러지 아니하고서는 그 절실한 꿈은 절대 이룰 수가 없다.

사람에게는 열정이라고 하는 인자가 있다. 기계로 말하면 중요한 동력 즉 엔진에 해당하는 말이다. 엔진이 가동을 잘하면 어떤 일에 박차를 가할 수 있는가 하면 엔진이 부실하여 시동조차 안 걸리는 약한 열정을 가진 사람도 있다. 다시 말해서, 뜨거운 열정을 가진 사람은 자기가 가진 꿈을 향해 열심히 달려가며 부단한 노력을 하게 된다. 그러나 열정이 적은 사람은 희망은 갖고 있으면서 노력을 시들하게 하고 만다. 과연 우리는 어느 엔진을 달고 꿈을 향해 질주를 해야 하겠는가? 각자가 깊이 생각해 봐야 할 일이다.

사람에겐 누구나 한 가지씩은 남보다 잘할 수 있는 능력이 있다. 그걸 타고난 재능이라고 한다. 각자가 타고난 잠재적인 능력을 좀 더 계발하여 그 분야에서 뛰어난 재능을 발휘해 보자. 요즈음은 교육기관 및 평생교육기관이 많이 늘어나서 모두들 자기의 꿈을 계발하기 위해 부단한 노력들을 하고 있다. 그러나 좀 더 일찍 소질과 적성을 파악하여 오랜 시간 다듬고 키운다면 평생을 즐거운 마음으로 자신감 있게 만족하며 살 것이다. 그러나 내가 하고자 하는 일과는 너무 동떨어진 꿈을 꾸고 있다면 그 꿈을 이루기 위해 몇 배의 고통이 따를 것이다.

진정 당신이 세상을 살아가면서 자신의 삶에 기회를 주어 보고 또 도전해 본 적이 있는가? 도전하는 삶은 꿈을 이루는 바로미터이다. 도전 없이는 그 어떤 꿈도 이루어 낼 수가 없기 때문이다. 설령 다 같이 꿈을 꾸더라도 꿈을 꼭 이루어내는 사람은 그야말로 남보다 더 꾸준한 열정과 노력을 함께했기 때문에 오는 결과이지 결코 노력 없이 내 꿈을 이루는 일은 지금까지 본 적이 없다. 필자는 꿈을 이루기 위해서라면 남보다 몇 배의 고통과 고난의 길을 감수했다고 보기 때문이다.

똑같이 노력을 했건만 어떤 사람은 꿈을 이루었고, 어떤 사람은 그 꿈 앞에서 무릎을 꿇어야 한다. 절대 공짜란 없는 것이다. 꿈이란 자기의 열정을 가지고 수많은 고통의 시간을 함께 감내했기 때문에 따라 준 보너스이다.

세상에서 가장 뛰어난 가치는 자기 자신을 뛰어넘기 위해 나 자신에게 도전의 기회를 주어 보는 것이다. 그리고 내가 하고 싶은 일, 내 가슴이 뛰는 일을 선택해야 할 것이다. 하루라도 단 한 시간만이라도 그 일을 하면서 내 가슴이 뛸 수 있다면 분명 당신은 성공한 인생이다. 그래서 가슴이 뛰는 그 일과 그 꿈을 향해 질주해야 할 것이다. 그렇다면 그 꿈은 반드시 당신 곁에 와 있을 것이다.

필자도 교육 현장에 있으면서 내가 좋아하는 인문학 국어과 글짓기에 많은 시간을 할애해 왔다. 글짓기 지도는 인간교육이기에 무척 힘이 드는 고난의 십자가이다. 물론 내가 글짓기에 소질이 있고 그걸 아이들에게 가르치며 즐거웠고 내 가슴을 뛰게 했기 때문에 힘든 것을 감수하며 가는 곳마다, 만나는 아이들마다 성심껏 글짓기 지도를 해 왔다.

글짓기 지도는 즉 인성 지도이다. 글을 쓰면서 자신의 마음이 진실하지 않고서는 글이 오래 살아남을 수가 없다. 그렇기에 글짓기 지도를 하면서 아이들의 인성 지도와 진로 지도를 함께 병행해 왔다. 함께 애태우고, 함께 웃고, 함께 울어가며 가슴을 열고 어루만졌기에 모든 것이 가능했다. 그래서 가슴 따뜻한 아이들을 기르기 위해 내 가슴이 그토록 뛰었던 것이다.

길에 밟히는 하찮은 민들레 한 송이로도 아이들의 감성의 싹을 틔웠고, 빗방울 소리 하나도 어린이들의 가슴을 무디어지지 않게 톡톡 두드렸다. 현장에 근무할 때면 내가 담임한 그 아이들에겐 무조건 '짓기장'을 지니게 하는 것이 필수이며 '일기 쓰기'도 빼놓지 않는다.

매일 쓰기 어려워하는 일기를 검사하며 지도해 주는 일은 힘든 일이지만 내 고통쯤은 아무것도 아니었다. 그런 지도를 통해서 아이들의 말하기 쓰기, 듣기 등 국어의 전반적인 능력이 몰라보게 향상되기 때문이다. 그래서 해마다 아이들의 글짓기 지도를 통하여 수많은 수상 실적을 거두었고, 많은 경연 대회에 참가하여 아이들의 꿈을 실현시키며 두드러진 지도 실적을 거두었다. 그리고 늘 노력하는 교육자로서 수업연구 및 수업방법 개선에도 이바지하였다고 자부한다.

특히 잊을 수 없는 일은 글짓기 지도를 꾸준히 하여 그 결과물을 종합하여 교육의 보람을 만날 수 있는 학급 문집 및 학교 문집을 가는 학교마다 발간하여 아이들의 꿈에 접근시켰다. 필자도 글짓기에 취미와 소질을 지녔기에 개인적인 야망도 함께 이루어냈다. 지금 이렇게 당당히 자기계발서를 쓰는 것도 내 집필 능력이 되어준 나의 취미와 소질이 끊임없이 계발되었기 때문이다. 꾸준한 학습지도에도 노력하지 않고 일회성으로 끝났다면 절대 꿈에 도달하지는 못했을 것이다.

아이들을 가르치면서 문단에도 도전하여 당당히 인정받은 문학가가 되었다. 필자에겐 다른 사람이 가질 수 없는 아이들이란 재산이 있기에 그 아이들을 지도하는 가운데에서 나를 계발시켰던 것이다.「월간 아동문학」,「월간문학」에서 신인상을 받았으며, 특히 문단고시라고 할 수 있는 신춘문예에도 도전해 '동시'가 당선되어 나의 문단생활을 더욱 탄탄하게 해주었다. 이런 일만 보더라도 사람이 자기의 꿈과 열정만 있으면 못 이룰 게 없다.

그간 꾸준한 집필생활로 나의 저서도 어느덧 열 권을 훌쩍 넘어섰다. 동시집, 시집, 수필집, 동화집, 교육연구서, 여행에세이 등 계속해서 집필활동을 하고 있고, 지금은 자기계발서를 쓰고 있는 중이다.

아직 그대 꿈이 확실하지 않다면 지금부터라도 다시 꿈에 도전하라. 열정만 있으면 못 이룰 게 없다. 자, 지금부터 나의 가슴 밑바닥에서 쿨쿨 잠자고 있는 나의 열정을 힘껏 두드려 깨워보자! 지금까지는 나의 피를 끓게 할 만큼의 목표가 아니어서 실패를 했거나 꿈이 이루어지지 않았다. 지금부터 꿈을 향한 목표부터 다시 세우고 삶의 의미와 가치를 부여하며 그 꿈을 향해 끊임없이 준비하고 노력하는 내가 되자.

꿈의 목표는 목적지를 정해 놓고 끊임없이 달려나갈 수 있는 추진력이 바탕이 되어야 한다. 그리고 목표는 내 꿈을 달성시키는 데 쓰이는 연료탱크이다. 올바른 목표가 잘 설정만 되면 꿈은 한 발 앞으로 반드시 튀어 나올 것이다.

자, 지금부터 내 가슴이 통통 뛸 수 있는 목표를 꼭 세워보자. 그러면 얼마나 큰 에너지와 능력이 샘솟게 되는지를 당신도 알게 될 것이다. 가슴 설레는 목표는 그 자체가 당신의 능력이 되어 주고 또 추진력을 갖게 하기 때문이다.

11 진실과 독창성으로 승부하라.

진실함에는 모든 것이 통한다는 말이 있다. '신용이 자본이다.'라는 말이 왜 생겨났겠는가? 우리는 세상을 살아가면서 여러 사람들과 많은 관계를 맺으며 살아가고 있다. 어떤 사람들과 무슨 일을 할 때나 그 사람을 알아보는 단계에서 사람에게 믿음이 간다는 사실은 그 사람이 진실성이 있어 우선 믿을 수 있다는 뜻이다. 그래서 사람들에게 신임을 받고 있는 사람들은 많은 자본을 갖고 있는 거나 마찬가지이다.

사람을 사귈 때 누구에게 신임을 받으려면 우선 진실해야 한다. 생각이나 행동의 앞뒤가 분명하고 거짓이 없으며 미더움이 가는 사람은 보증수표를 쌓아 놓은 거나 다름이 없다. 그만큼 진실한 사람은 재산이 없다 해도 신용 하나만으로도 뭇사람들에게 인정을 받으며 활발하게 사회생활이나 직장생활을 할 수 있다는 뜻이다.

가정생활에서도 예외는 아니다. 가족들이야말로 무조건 믿고 사랑하며 사는 관계이지만 가족에게서 신임을 받지 못한 사람은 사회에서는 더욱더 인정받을 수가 없다. 사회는 그야말로 냉혹하기 이를 데 없기 때문이다. 가족은 내가 사랑하는 사람들이 뭉쳐진 혈연관계이기 때문에 조건 없이 믿어주지만, 사회에서나 대인 관계에서는 믿음이 가지 않는 사람은 절대 성공할 수가 없다.

진실은 없는 것도 이루게 하고, 어려운 것도 감동을 일으키게 하는 힘이 있다. 성공하려면 무조건 진실해야 함은 필수 덕목이라 생각된다. 진실이 결여된 사람에게 누가 사업 파트너를 하자고 하겠는가? 진실성이 없는 사람을 누가 신뢰하겠는가? 아무리 밥을 굶고 돈이 없더라도 내가 한번 한 약속과 신용은 반드시 지켜야 한다. 신용이란 하루아침에 쌓이는 게 아니기 때문이다. 오랜 세월을 두고 그 사람이 평가되어 자기도 모르는 사이에 본인의 이력서가 되어 있는 것이다. 어느 직장을 들어가더라도 신임을 받지 못한 사람은 오래 버티지를 못하고 그 직장을 금방 나오게 된다.

일을 하다 보면 그 사람의 성실도가 자연히 나오게 됨은 너무도 자명하다. 상대방에게 금방 신임을 받게 되는 사람이 있는가 하면, 어떤 사람은 입사는 잘하지만 자주 직장을 그만둔다. 후자 같은 사람은 본인의 행동이나 일을 대하는 태도에서 신임을 받지 못했기 때문이다. 그래서 본인은 잘 알 수 없어도 타인의 신뢰도는 금방 파악이 될수가 있는 것이다. 그렇기 때문에 매사를 소홀히 여기지 말고 항시 혼신을 다해 끝까지 믿음을 잃지 않아야 한다.

진실함에는 그 어떤 어려움들도 다 눈 녹듯 사라지게 하는 마력이 숨어 있다. 그래서 친구나 사회인을 대할 때는 나의 모든 면모가 드러나기 때문에 시종일관 거짓 없이 신뢰를 주어야 하는 것이다. 진실함은 부를 쌓아놓은 노적봉이라 할 수 있다. 누구에게든 진실은 통하기 마련이기 때문이다.

교육사회에서는 더더구나 진실이 으뜸이다. 교육 앞에서 진실성을 잃는다면 그다음은 백약이 다 무효가 된다. 배우고 있는 피교육자에게 진실이 결여된 교육을 한다면 그 교육은 보나 마나 죽은 교육인 것이다.

사람이 아무리 가면을 두껍게 쓰고 산다 해도 언젠간 그 진실이 드러나고 만다. 그래서 진실은 어디에서나 통한다는 말이 있는 것이다. 진실은 꽁꽁 언 얼음장도 다 녹일 수 있는 따뜻한 힘을 지니고 있기 때문이다. 그래서 가식적인 행동이나 논리는 금방 그 정체가 드러나기 마련이며, 진실은 반드시 승리를 가져다준다. 이 말은 거짓된 행동은 금방 꼬리를 내리며 잡히고 말지만, 진실은 언제 어디서나 밝혀지기 마련이고, 진실한 자가 반드시 선수를 차지한다는 것이다.

왜곡된 사실이나 잘못된 행동은 누가 밝혀도 그 판단은 진실로 귀결이 되기 마련이다. 그렇기 때문에 사람들은 잠깐의 유혹이나 자기도취에 빠져 잘못을 저질러도 언젠간 그 진실이 벗겨질 날이 반드시 오고야 만다. 언제까지 잘못의 탈을 쓰고 살아갈 수는 없다. 진실을 외면하는 행동은 사회에서 지탄을 받게 되고, 더 나아가 마땅히 벌을 받게 된다. 그래도 의혹의 실마리가 벗겨지지 않으면 법의 심판까지도 냉혹히 받을 준비를 해야 한다.

이처럼 인간관계에서나 사회생활, 가정생활 중에서 가장 으뜸은 진실한 사람만이 최후의 승자가 됨을 결코 잊지 말아야 한다. 그리고 진실하고 진정성 있는 삶을 살아간다면 인생은 곧 성공을 눈앞에 두고 있음이요, 진실은 그 어떤 것도 다 품을 수 있는 가장 훌륭한 무기인 것이다. 그렇기에 인생을 살아가는 데 진실함은 그야말로 필수불가결의 요소라 아니할 수 없다.

그리고 또 하나, 사회에서 성공한 삶을 살기 위해서는 남과는 다른 독창성을 지녀야 한다. 누구나 다 갖는 천편일률적인 생각이나 행동은 상대에게 큰 공감을 불러일으키지 못하기 때문이다. 그래서 독창성이란 나만이 유일하게 가지고 있는 무기인 것이다. 그렇기 때문에 어떤 일을 하거나 어떤 물건을 만들 때도 자기만의 기발한 독창성으로 승부를 해야 하는 것이다.

디자이너는 어느 누구보다 기발한 아이디어로 승부를 해야 한다. 같은 값이면 멋지고 실용적이고 자기만의 아름다운 개성을 살릴 수 있는 독특한 옷을 만들어내야 할 것이다. 어떤 회사 제품에서나 볼 수 있는 똑같은 소재, 똑같은 디자인, 똑같은 색감으로 톡톡 돋보이는 옷을 만들어내지 못한다면 승산은 불 보듯 뻔한 것이다. 어찌 사람들의 매출과 반응이 천편일률적이고 개성 없는 그곳으로 쏠릴 것인가? 이런 감각과 마인드로는 절대 큰 매출과 소득이 일어나기 힘들다. 그렇다면 어찌하면 좋을 것인가? 바로 많은 연구와 고민이 뒤따라야 할 것이다.

첫째는 현재까지 나와 있는 시중의 옷들이 어떤 부류와 디자인으로 흘러가고 있는지 그 의류계의 흐름을 파악하기 위해 부단히 발로 뛰며 시장조사를 철저히 해야 할 것이다.

그다음은 정확한 시장조사를 실시해본 결과를 잘 정리하고 파악하여 시중에 나와 있는 상품을 철저히 분석하여 그보다 더 기발한 아이디어를 산출해 내야 한다. 가령, 지금 시중에 나와 있는 원단보다 더 나은 실용적이면서 값은 더 저렴하고, 디자인과 감각은 훨씬 앞설 수 있는 기발함과 독특함을 독창적으로 살려내야만 하는 것이다. 지금처럼 안일하게 비슷비슷한 느낌으로 승부해서는 절대 그 업종에서 오래 살아남을 수가 없다.

가격도 싸면서 질이 좋으면 당연히 앞설 것이고, 좋은 원단과 색상, 그리고 감각적인 패턴을 가지고 나만의 독특한 디자인으로 승부를 해야 할 것이다. 즉 예술적 감각까지도 함축하면 그 디자인은 반드시 각광받게 될 것이다.

우리나라에서뿐만 아니라 전 세계적으로 이제 음식을 넘어 음악, 영화, 패션까지 한류가 앞장서고 있다. 그것은 그간 각양 각종의 업계에 종사하고 있는 개개인들이 끊임없는 노력과 독창적인 아이디어로 승부싸움을 한 탓이리라. 지금 대한민국은 물론 해외에서까지 한류문화가 선풍적 인기를 끌고 있지 않은가?

여기에서 잠시 필자의 딸 얘기를 곁들여 보고자 한다. 우리 딸도 의류 디자이너이다. 그러나 결혼을 하여 첫아이로 쌍둥이를 두어서 육아문제가 보통 고민이 아니었다. 남들 두 배 이상의 노력과 고통이 겹쳐 잠시 디자이너 일을 접고 전적으로 육아에만 전념을 하였었다.

그러던 중 아이들이 서서히 자라 유아원을 가게 되자, 아이들이 집에 오기 전까지 잠시 짬을 내어 유아들에게 절실히 필요한 어떤 상품들을 개발하기에 이르렀다. 현 상태에서 아이를 기르며 디자이너로서 할 수 있는 일감을 찾기 시작한 것이다. 그러던 중 유아들이 입고 활동하기에 편하고 모든 놀이 학습에 필요한 유아용품들을 직접 고안하고 개발하기에 이르렀다. 그리하여 인터넷 쇼핑몰에 '코튼앤스티치'라는 이름으로 유아용품 사업을 소규모로 하게 된 것이다.

곁에서 지켜보고 있는 나로서는 정말 박수를 보내기에 충분했다. 그간 쌍둥이 자매를 키워내느라 갖은 고생을 다했기에 조금은 휴

식시간을 가질 것으로 생각했는데, 역시 디자이너는 대단하다. 육아만 전담하기에도 벅찬데, 쌍둥이들을 키워가며 자신의 전문적인 일에 대해서 대단한 열정과 꿈을 놓지 않았다는 사실이 놀라운 것이다. 대부분의 엄마들은 감히 지금쯤 내 일을 할 것이란 생각을 못할 때이지만, 딸은 지금 자신의 아이 둘을 키워가며 그들에게 절실하고 꼭 알맞은 유아용품들을 직접 개발하여 잔잔한 인기를 끌고 있는 것이다.

요즈음 인터넷에서 자신들이 원하는 물품을 비교 분석해가며 판단하는 젊은 엄마들의 안목이 얼마나 높은가? 하루에도 인터넷 이곳저곳, 여기저기를 클릭하며 더 좋고, 더 값싸고, 더 멋지고, 더 실용적이고, 더 개성 있는 상품을 선호하는 요즈음 똑 부러지는 엄마들의 입맛에 다가가고 있는 것이다.

필자는 딸로서가 아니라 교육자적인 소양으로 딸을 냉혹하게 바라보지만 정말 대단하다. 일뿐만이 아니라 육아에서도 정말 똑소리가 난다. 나도 교육이라면 누구한테 결코 밀리기 싫어하지만, 딸은 시간이 가장 많이 필요한 육아 기간임에도 자기 전문성을 톡톡히 살려나가고 있음을 높이 사고 있는 것이다.

꼭 돈을 벌자는 목적만이 아니다. 내 자녀에게 입히고 사용하려고 시도하던 것을 이제는 있는 그대로 생활 속의 모델로 삼아 같은 아이들을 기르는 엄마들에게 꼭 필요 적절한 상품을 개발하여 인터넷으로 판매까지 하고 있는 것이다. 그런가 하면 부모 없는 아이들이

나 보육시설, 성모의 집에서 돌보고 있는 아이들에게도 좋은 일로 봉사까지 하고 있는 숨은 일꾼이다.

특히 정신 상태와 마인드가 그야말로 독창적이며 혁신적이라 할 수 있다. 그래서 끊임없는 자기 연구와 자료 개발, 시장 조사 등을 게을리하지 않고 있다. 바쁜 중에서도 서울로 일본으로, 더 낫고 더 기발한 실용적 상품 개발에 매진하고 있다. 지칠 줄 모르는 자료조사와 참신한 아이디어를 바탕으로 한 상품 개발에 많은 박수를 보내고 싶다.

유아들의 야외 활동과 음식 만들기, 물감놀이, 모래놀이나 물놀이를 할 때 유아들이 착용하는 실용적인 소재와 디자인이 독특한 옷을 직접 교육하고 시연해가며 저렴한 가격으로 개발하여 판매하고 있다. 그렇게 하면서 요즈음 민감한 아토피나 건강상 좋은 소재의 옷감 고르기에 안간힘을 쓰고 있다. 그리하여 엄마들의 입맛에 맞고 그들이 선호하는 인기 있는 옷을 만들며 부단히 노력하는 자식이 너무도 아름답다.

댓글에 엄마들이나 고객들이 상품을 사서 쓰면서 느끼는 후기를 보면 정말 눈물겹다. 딸이지만 얼마나 대견한지 모를 정도이다. 이처럼 자기가 몸담고 있는 분야에서 저마다 독특한 아이디어와 독창성을 발휘하여 끊임없이 노력한다면 반드시 그 업계나 전문분야에선 어느새 선두 주자로 우뚝 성공해 있지 않을까 싶다.

코튼 앤 스티치

김숙자

모여라, 모여라.
예쁜 아이들 여기 모여라.
해처럼 꿈처럼 빛날 아이들
햇솜처럼 포근하게 놀다 가거라.

모여라, 모여라.
물놀이 모래놀이 할 사람 여기 모여라.
요리 놀이 색칠 놀이도 모두 모여라.
귀여운 꿈둥이들 꿈을 펼쳐라.

모여라, 모여라.
잠 못자는 아이들 여기 모여라.
수영 갈 친구들도 모두 모여라.
개구진 꿈뭉치들 물장구치며 함께 자라자.

12 일당백의 정신은 못 이룰 게 없다.

가정에서나 직장에서나 주인의식을 갖는다는 것은 매우 중요하다. 내가 몸담고 있는 가족의 구성원으로서 또는 직장의 일원으로서 내가 주인으로서의 당당한 주인정신을 갖는다는 것은 참으로 중요하다. 대부분이 소속감은 갖고 있지만, 내가 이 집의 주인이라는 그 정신, 그리고 내가 그 직장의 제일 중요한 주인이라는 의식을 깊이 갖는다는 것은 대단히 칭찬할 만하다.

필자가 학교에 근무할 때의 일이다. 교사로서 학교에 근무할 때와 교장이 되어 학교경영자로서 근무할 때는 너무나 현저한 주인의식의 차이를 느끼게 된다. 교사로서 내 교실의 주인을 맡다가, 학교 전체를 책임지는 주인이 되었다는 것에는 참으로 어머어마한 큰 차이가 있다. 교사일 때는 부분만 보이고, 책임 소재 또한 학급에 한하지만, 학교 전체를 경영하는 교장으로 임할 때는 학교 전체가 보이고 책임 또한 전체를 벗어날 수가 없다. 학교와 교사와 학생들 전체를 책임지고 다스려야 하는 경영상의 책임 또한 막중해짐을 느끼게 된다.

학교에서 중요한 행사 때나 연구학교 임무를 수행할 때의 일이었다. 연구업무를 조심스레 마치고 연구 성과에 대한 발표회가 있는 날이었다. 그 연구 보고회에 참여하여 그 성과를 얻어 가려고 많은 손님들이 학교를 찾아온다. 연구 주무를 담당한 선생님만이 이리 뛰고 저리 뛰고 할 일은 아니다. 이 연구 보고회는 학교가 몇 년 동안 수행해 온 연구 결과를 발표하는 날이라 참으로 중요하지 않을 수가 없다. 업무 분담을 잘하여 맡은 일에 대해 모든 선생님들이 혼연일체의 마음을 갖고 그 보고회가 성공적으로 끝나도록 합심해서 임해야 함에도, 남의 집 행사 참석하듯 주인의식을 못 갖고 있는 모습을 볼 때는 참으로 안타깝기까지 하다. 교무부장이나 연구부장 등은 책임을 크게 짊어졌기에 잔뜩 긴장하여 이리 뛰고 저리 뛰고, 전날까지도 시간 가는 줄 모르고 리허설도 해 보며 보고회 때 사용할 자료와 프레젠테이션을 빠짐없이 파악해가며 연습과 진행에 만전을 기한다. 하지만 연구 담당자가 아닌 일부 선생님들은 그렇게까지 깊은 주인의식을 갖지 않게 마련이다.

그러나 눈치가 있고 주인 정신이 있는 교사들은 자기 담당 업무 외에 손님들의 안내, 실내화, 좌석 배치, 자료나 차 준비 등등 일당백의 정신을 갖고 동분서주한다. 어떤 일 추진 하나만을 보더라도 내가 할 소임을 똑똑히 해내는 선생님들이 있는가 하면, 내게 맡겨진 소임도 제대로 모르고 남의 집 잔치 구경꾼처럼 방관만 하는 선생님들도 만나 본다. 정말 평소 근무 태도와 학교를 사랑하는 마음을 보면 선생님들의 행동을 천리안처럼 다 들여다볼 수가 있다.

어떤 일을 할 때, 내 몫의 일도 못하여 펑크를 펑펑 내는 사람이 있는가 하면, 내 일 외에도 담당하지 않은 일들도 눈에 보이는 대로 내가 주인인 양 솔선수범으로 해내는 사람들을 볼 땐 정말 마음속으로 매우 뿌듯하다.

이처럼 가정에서부터 사회와 직장에서 나 하나만 잘하면 된다는 마음을 갖지 말고, 언제나 내가 주인이 되어 그 행사나 일을 끝마칠 때까지 철저한 주인의식을 갖고 일당백의 정신을 가졌으면 한다. 한 사람이 빠지면 크게 표가 나지 않아도, 한 사람이 팔을 걷어붙이고 내 일인 양 도울 땐 어떤 어려운 일들도 매우 능률적으로 잘 끝마칠 수 있으며, 일의 진척 또한 순조로워진다.

13 남이 부러워하는 일보다 내가 꿈꾸던 일을 하라.

　　세상을 살아가면서 대부분의 사람들은 자신의 처지보다는 상대방을 많이 부러워하는 경향이 있다. 그것은 항시 남의 떡이 더 커 보이기 때문이다. 사촌이 땅을 사면 공연히 배가 아프다는 말을 한번 새겨보기 바란다.

　　왜 그럴까? 도리로 따지자면 사촌이 땅을 산다면 마땅히 박수를 쳐주고 칭찬을 해야 함에도 왜 배까지 아프다는 말인가? 사람들에겐 저마다 시기심이 있기 때문이다. 누구를 막론하고 상대가 나보다 조금만 잘 나가면 속으로 심술이 나는 게 인간인가 보다.

　　생각해 보면 정말 속이 너무 좁은 이야기이다. 대범한 사람들이 생각하는 견지로서는 당연히 잘 나가는 걸 축하해야 마땅하지만, 인간에게는 욕망이 무한하기 때문에 남이 잘되면 배가 아픈 것이다.

그러나 이 말은 누구에게나 해당하는 말은 아니다. 남이 잘되는 것을 배 아파하는 그 이면에는 언제나 시기심이 발동을 해서 그러는 것이다. 그러나 그 시기심마저 없다면 무슨 발전을 이루겠는가? 남이 잘되어가는 그 과정에 부러움이 쌓여 배가 아프게 느끼는 것이다.

진정한 벗은 경쟁에서도 정정당당해야 하며, 패배 앞에서 진정한 위로를 해야 참 멋쟁이인 것이다. 그러면서 페어플레이 정신을 잊지 말아야 한다. 경쟁을 하면서도 도의에 어긋나지 않고 누가 보아도 정정당당한 승리와 경쟁을 하는 것이다. 그 가운데에서 승자에게는 멋진 박수를, 패자에게는 진정한 위로와 격려가 필요하다. 그렇게만 되면 그처럼 멋있는 경쟁자는 없을 것이다.

역량과 노력은 그에 훨씬 못 미치면서도 상대가 먼저 앞서거나 성공을 거두면 왜 흔쾌히 박수를 못 보내는가? 이처럼 어리석은 일은 또 없을 것이다. 상대방이 나보다 앞서 승리를 거두는 데에는 반드시 그만한 이유가 있다. 내가 노력하지 않고 쉬는 틈바구니 속에서도 나 모르는 노력이 숨어 있었음을 잊지 말자. 필자는 절대로 노력 없는 성공과 노력 없는 대가가 따르는 걸 보지 못했다. 사람이란 노력한 만큼의 성공을 거둔다. 노력 없는 성공이란 있을 수가 없는 것이다.

마라토너가 피나는 연습도 없이 어찌 일등을 바랄 수가 있겠는가? 아니, 빙판 위의 김연아가 어찌 하루아침에 '피겨여왕'의 타이틀을 거머쥐겠는가? 수영 선수 박태환이 피나는 노력 없이 어찌 세계 신기록을 매년 갱신할 수 있었겠는가? 고등학생으로 빙상스케이트 선수가 된 심석희가 노력 없이 올림픽에서 금메달을 딸 수 있었겠는가? 필자는 이 세상에서 노력 없는 대가는 절대 있을 수 없다는 것을 강조하고 싶다.

그러나 어떤 노력도 내가 잘할 수 있는 것으로부터 출발을 시도해야 한다. 내가 잘할 수도 없는 것을 욕심으로만 선택한다면 그 결과는 보지 않아도 뻔하다. 의욕만 앞서서 어떤 일을 선택하게 된다면 그 사람은 곧 자신의 능력에 한계를 느끼게 되는 것이다.

사람은 저마다 다른 능력을 타고나기 때문에 누구보다 자신이 자신의 능력을 잘 안다. 때론 내 능력이 어디에 숨어 있는지 미처 모를 수도 있다. 그러나 대부분은 잘할 수 있는 게 겉으로 나타나기 때문에 무엇이든 내가 잘할 수 있는 것을 선택하여 고군분투하면 반드시 성공이 뒤따른다. 자기의 타고난 재능은 따로 내버려 두고 하고 싶은 것만을 따라 한다면 반드시 후회가 뒤따라올 것이다. 왜냐하면 내 능력이 더 이상 끌어올려지지 않는 한계점에 곧 부딪칠 게 뻔하기 때문이다.

그러나 내가 잘 할 수 있는 것에 그 노력을 투자한다면 배가의 효과가 눈앞에 나타날 것이다. 그건 반드시 내가 노력한 만큼의 성과가 결과로 따라오기 때문이다. 그래서 각자가 성공하려면 남이 잘하는 것을 부러워서 선택하지 말고 내가 잘할 수 있는 것의 잠재능력을 끌어올려 열심히 노력해 보자. 반드시 그 노력 끝에는 성공이 따라올 것이다.

공부엔 자신이 없는 친구가 고등고시에 합격한 친구를 보고 고시 공부를 따라 한다면 어떻게 될까? 그 결과는 너무도 뻔하지 않을까? 사람의 목숨을 다루는 수술과 같은 중대한 임무를 수행해야 하는 의사가 자신의 나약한 의지를 미리 파악하지 못한다면 의사가 되어서도 수술대 앞에서 다시 주저앉아 버리는 패잔병이 되고 말 것이다.

남이 부러워하는 일을 선택했다가 뒤에 찾아오는 오류가 인생의 그르침으로 다가오는 것처럼, 남이 하는 일을 무조건 부러워하지 말자. 사람이란 각자가 다 잘하는 덕목이 있다. 그렇기에 내가 잘할 수 있는 일, 즉 내가 꿈꾸는 일에 도전하기 바란다.

내가 바라고 꿈꾸던 일을 하게 되었을 때 다가오는 성공감이란 이루 말로 표현하기가 어렵다. 내 가슴을 통통 뛰게 하면서 하고 싶은 일, 좋아하는 일이 반드시 있을 것이다. 이렇게 가슴 뛰는 일을 하고 살 때 아무것도 부러울 게 없는 성공감을 만끽하게 될 것이다. 아무리 친구가 하는 일이 부럽더라도 나에게는 능력의 한계가 있을 수 있는 것이다. 사람은 재능과 잠재능력과 꿈이 제각기 다르기 때문이다.

사람이란 눈에 보이는 것에 빨리 현혹되기 쉽지만, 내 안에서 잠자고 있는 잠재적 능력 즉, 진정 잘할 수 있는 것을 꺼내어 갈고 닦아

보자. 인생은 내게 없는 것이 상대방에겐 있을 수 있고, 상대방에게 있는 재능이 내겐 없을 수 있다는 '다름의 미학'을 한 번쯤 인식하며 살아가자. 남이 부러워하는 일만이 내게 행복을 가져다주진 않는다. 내가 하고 싶은 일을 편안히 하며 그 일이 즐거울 때 행복은 내 곁에서 언제나 웃으며 반짝거리는 것이다.

남의 떡이 커 보이는 것처럼 남이 잘하는 것만 쫓아다니다 보면 진정 내 안에 있는 귀중한 보석은 닦지 않아 녹슬어버린 상태로 빛이 바랠 것이다. 세월이 훨씬 지난 뒤에 하는 뒤늦은 후회보다는 일찌감치 후회하는 것이 낫다. 뒤늦게 유턴하거나 되돌아오는 수모를 겪지 말길 바란다. 그리고 타인과는 잘하는 것과 못하는 것들이 다 다를 수 있으니 절대 남을 부러워만 하지 말고 내가 잘할 수 있는 것을 미리미리 꺼내어 갈고 닦아보자. 모두가 인생의 옥석이 되도록 말이다.

14 땀방울은 거짓말을 모른다.

들녘에서 농사를 짓는 농부들을 바라보라. 단 한시도 쉴 틈 없이 뙤약볕과 싸우며 풀을 매고, 거름을 주고, 가지를 치고, 열매를 따고, 약을 치기도 한다. 그러나 그렇게 노력해도 매년 풍년이 들진 않는다. 정성을 다했어도 흉년이 들어 소출이 줄어들 때도 간혹 있다. 하지만 대부분은 열심히 노력한 결과만큼 열매를 맺고, 풍성한 수확의 기쁨을 함께 맛보기도 한다.

과연 그 뜨거운 뙤약볕 아래서 매일매일을 일과 싸우며 얼마나 힘들었겠는가? 그러나 농부들은 한결같이 이렇게 이야기를 하곤 한다.

"땅은 거짓말을 할 줄 모르능겨."

이 말에서 우리는 무얼 느끼게 되는가? 농부가 정성을 다하여 논밭을 가꾸며 농사를 지으면 반드시 땅은 그 주인에게 보답을 한다는 것이다. 참으로 진솔한 철학이 담긴 이야기이다.

여기에서 느낄 수 있는 게 또 있다.

"농부의 발자국 소리를 듣고 열매가 맺히는 법이여!"

이 말의 의미는 이러하다. 농사꾼이 자기의 논과 밭의 논두렁을 지나다니는 발자국 수대로 곡식의 열매가 매달린다는 말로 해석할 수 있다. 다시 말하면 농부가 쉴 새 없이 빼곡히 논두렁을 부지런히 딛고 돌아다니며 풀을 매고, 북도 주고, 비료도 주며 농사를 짓느라 들판에 많이 나다니면 그 부지런한 발걸음마다 수고한 만큼 소출로 다가온다는 뜻이다. 즉 이 말의 참뜻은 부지런히 농사에 전념하면 곡식도 농부의 발걸음 소리를 듣고 그 발자국만큼 영근다는 말이다.

"지성이면 감천이다."라는 말과도 일맥상통한다. 부지런한 농부가 정성을 다하여 농사를 지으면 곡식들도 더 잘 자란다는 말과 같은 말이다. 말 못하는 곡식들조차 듣는 귀가 있어 주인의 발소리를 듣고 감탄하여 소출을 많이 만들어 마침내 주인의 온몸에 흘렀던 땀을 닦아준다는 숨은 뜻이 정말 가슴에 와 닿는다. 이 말은 진정으로 땀을 흘리며 정성을 다하면 내 마음이 하늘에 닿는다는 뜻과도 같다.

이처럼 농사를 지으며 흘리는 그 수많은 땀방울들은 절대 헛되지 않고 거짓 없이 그 집의 소출로 이어진다. 자고로 건달농사는 지어서는 안 된다는 경종을 전해주기도 한다. 매사에 정해진 철칙이 있듯 농사는 대충대충 해서는 안 된다는 말이다. 어떤 농사를 짓건 간에 농사에 필요한 모든 조건을 충실히 이행해 주어야 농산물도 풍요롭게 잘된다는 뜻일 게다.

비단 농사일뿐만이 아니다. 자고로 모든 일에 열정을 다 바쳐서 일해야 한다. 혼신을 다한 뒤의 결과는 말할 것 없이 흐뭇하다. 고생을 하며 흘렸던 땀방울은 절대 배신을 하지 않는다는 법을 나도 몸소 체험으로 배웠다. 그래서 "땀방울은 절대 거짓말을 하지 않는다."라는 말에는 일찌감치 공감을 하고도 남음이 있다.

필자는 교육자였으므로 교육활동의 실적과 결과로 이미 이 말에 대한 결과를 많이 도출해낸 바가 있다. 교사의 생명은 수업을 잘하는 데 있다. 바로 그것은 아이들을 가르치는 일을 잘해야 함을 되뇌어 주는 말이기도 하다.

교육자는 사명감과 교육자적인 품성이 제일 중요하지만, 그걸 다 갖춘 뒤에는 뭐니 뭐니 해도 단위시간의 수업을 소중히 여기고 교육현장에서 수업을 잘하는 교사가 으뜸 교사이다. 나도 그렇게 생각한다. 교육은 단위 시간의 수업이 모이고 모여서 교육의 질이 결정되기 때문이다. 그래서 교육을 흔히 이렇게 말한다. "교육은 교사의 질을 넘을 수 없고, 수업은 교육의 질을 결정한다." 이 말은 실력 있고 열성적인 교사가 교육의 질을 변화시킬 수 있고, 교사의 질이 낮으면 교육의 질은 자연히 낮아진다는 뜻이 숨어 있다.

이 얼마나 무서운 말인가? 이 말은 교사들에게 정말 큰 경종을 울려주는 무서운 회초리 같은 말이다. 그런 만큼 교사들은 교육에 열정을 갖고 부단히 연구하고 노력하여 학생들의 교육에 매진하라는 뜻이기도 하다. 그렇다. 교사라면 이 말이 아프게 폐부에 다가와야 한다.

그럭저럭 있는 실력으로 아이들 앞에서 구태의연한 선생님이 되어서는 안 된다. 그래서 이런 제도도 생겨났다. '수업연구대회'라는 제도가 생겨 자발적이든 자발적이지 않든 간에 여기에서 수업을 잘한다고 인정을 하여 선생님들에게 등급을 매기기도 한다. 여기에서 수업을 잘한 교사는 '으뜸교사'라는 칭호도 붙여준다. 그러나 이 제도가 좋다는 건 아니다. 그렇다고 이 제도가 나쁜 것만도 아니다. 모든 교사라면 수업에 임하여 수업을 잘하는 교사로 현장에 남아야 한다고 나는 생각한다. 노력하지 않고 그 자리에서 안주해 버리는 교사는 아이들에게 결코 꿈을 줄 수가 없다.

교사가 열정적이면 아이들도 활기가 돈다. 매 순간 수업을 할 때마다 쏟아내는 열정이 아이들에게 고스란히 전해지고, 교사의 열정이 아이들의 기억에 오래 남는 유의미한 수업을 이끌어내야 참 교사인 것이다. 적어도 교사는 그래야 한다. 아무리 어려움이 따른다 하더라도 아이들을 위한 수업이라면 열정을 다 불태워야 한다. 그래야 진정한 교사인 것이다.

당진에서 가동초등학교에 근무할 때이다. 가동초등학교는 갯마을 학교로 당진군에서도 송산면 가곡리에 위치한 아주 자그마한 갯마을 성구미포구에 있는 학교이다. 사시사철 갯바람 때문에 학교에 걸어둔 태극기가 몇 번을 찢어져 새 태극기로 여러 번을 바꿔 달아야 하는, 그야말로 바닷가 마을 학교이다.

아이들도 바닷가 마을 특성대로 다듬어져 있지 않아 매우 거칠었고, 생활방식 또한 매우 난폭하였다. 그건 부모님들께서 물때에 따라 조업을 나가시는 관계로, 아이들의 인성과 생활 습관을 교정해 줄 겨를이 없이 정말 자연 그대로 자라고 있었던 터였다.

나는 교사로 발령을 받은 첫해부터 맞춤식 방법으로 아이들의 인성을 다듬어가며 생활지도에 더 중점을 둔 다음, 차츰차츰 그들의 눈높이에 맞는 수업방식을 도입하여, 재미있고 솔깃하고 함께 체험하는 수업으로 이끌어나갔다. 처음엔 산란하던 아이들의 습관이 선생님이 물들이고 싶은 대로 스펀지처럼 흡수하며 내게로 따라왔다. 일거수일투족을 그들과 함께하며 체험한 내용을 수업에 반영하고, 아름다운 시로 표현하고 이끌어가기를 지속적으로 하니 아이들은 어김없이 순응하며 나와의 수업 방법에 매력을 느끼기 시작했다.

아이들에게 일기와 글짓기 활동을 꾸준히 시키고 수업 속에서 찾아내고 발표하고 하는 동안 아이들의 글짓기 능력은 눈부실 정도로 향상되었다. 아이들과 수업의 눈높이가 맞기까지 많은 고난이 따랐지만, 역시 아이들은 많은 가능성을 내포하고 있었다. 아이들 하나 하나가 작은 시인 같았다. 누가 보면 마치 다 가르쳐 주고 그대로 베껴놓은 것처럼 표현력이 나날이 늘어갔다.

그럴 즈음 2학기에 실시되는 수업경연대회에 당당히 참가해 보았다. 이만하면 다른 사람들이 보는 앞에서도 우리 아이들의 수업 방식이나 표현력이 다르다는 것을 내가 먼저 깨달았기 때문이다. 그러나 나는 그 한 시간의 수업을 위해서 내가 할 수 있는 최선의 노력을 다 기울였다. 수업에서 가장 키포인트가 되고 수업의 목표가 넌지시 드러나는 동기 유발 때는 가장 적절한 향토 자료로 고기잡이 때 부모님이 쓰시는 '통발'을 가운데 두고, 호기심으로 아이들의 가슴을 울리는 알맞은 수업 제재로 동기유발을 이끌어냈다.

정말 노력한 만큼 성공을 이루었고, 아이들도 모두 가슴을 송두리째 드러내며 그들만의 특유한 감성을 동시로 표현하는 수업을 실시하여 당진군에서 1등급을 여러 번 할 수 있었다. 사실 교사가 수업으로 1등급을 한 번 하기도 어려운데, 그곳에서 3년을 근무하는 동안 줄곧 좋은 수업으로 아이들의 인성에 조금이나마 좋은 영향을 주었다고 자부한다. 아이들도 각종 경연대회에 나가기만 하면 좋은 수상을 해 왔고, 그 작은 학교에서 '전국 농어촌 글짓기 대회'에서 대상으로 교육부 장관상을 두 번이나 휩쓸었다.

정말 내 가정과 너무도 멀리 떨어져 있는 지역 당진! 어차피 날마다 오고 가지는 못할 먼 지역이기에, 난 몸과 마음을 이곳에 송두리째 묻기로 했다. 이도 저도 아닌 바에는 철저히 아이들 교육에 미치기로 작정하였다.

학부모님들은 말하지 않았어도 달라지는 아이들을 보며 선생님을 정말 좋아하셨다. 아이들 교육에 일일이 간섭할 여건이 못 되었는데, 아이들을 위하여 열심히 땀을 흘려준 선생님을 위해 열심히 잡아온 꽃게랑 소라, 횟감 등을 학교로 가져오셔서 선생님들과 학부모님들과의 분위기가 최상이었다. 정말 땀방울은 절대 거짓말을 하지 않는 법이다.

가동에서 만 삼 년 아이들 교육을 하는 동안 그곳 마을이 가곡1리와 가곡2리뿐이어서 그곳의 가정 사항을 모두 알 수 있게 되었고, 가정방문을 가보면 한 집의 형제자매를 모두 담임하는 상황이 되었다. 아이들이 연년생도 있고, 2년 터울도 있고 하기 때문에 3년 근무하는 동안 그곳의 아이들을 거의 다 가르쳐 본 것 같다. 그래서 더 친근감을 갖고 3년을 내 집 가족처럼 여기며 혼신을 다 바쳤던 것 같다.

특히 6학년을 두 번씩이나 담임하였는데, 여기서 '이동호'라는 학생이 지은 동시를 소개해 보고자 한다. 이 시는 농협중앙회에서 주관하는 '농어촌어린이 글짓기 대회'에서 전국 대상을 차지했던 작품이다.

바다 닮은 할머니

이동호

우리 할머니
생활의 터전은
정든 바닷가
바윗돌에 엉겨붙은
굴을 따시려고
새벽부터 바다로 나가시는 할머니

파도가 칠 때마다
하나 둘
늘어나는 주름살
조쇄를 휘두르실 때마다
거칠어진
굵은 손마디

집에 오시면
아이고 힘들어
나의 마음은
미어지는 것 같다.
그렇게 힘든 일을 하시면서도
언제나 넉넉히 웃으시는 할머니
할머니 마음은
바다를 닮았나 봐.

동호는 손자로서 할머니의 일상을 어찌 그리도 잘 표현할 수 있었는지 지금 생각해봐도 너무도 대견스럽다.

추억은 영원히 녹슬지 않는다고 했던가? 이십 년 세월이 다 되어 가도 지금까지 새록새록 바닷가 마을의 그 아이들이 떠오른다. 아이들만 생각하면 아직도 은빛 파도가 달려오고, 바닷가를 맴돌던 끼룩 끼룩 갈매기도 날아오고, 바닷가에서 함께 체험했던 망둥이 떼도 몰려오는 것 같다. 정말 내 일생에서 가장 피땀을 많이 흘렸던 가동학교 아이들, 그 고생을 알아주기라도 한 것처럼 눈 녹듯 눈물을 씻어 주던 수많은 수상 실적들. 난 이곳에서 세상에서 가장 행복한 눈물을 많이 흘렸고, 세상에서 가장 값진 땀방울을 흘렸던 것으로 기억된다. 그래서 지금도 내 가슴에는 이런 슬로건이 새겨져 있다. "땀방울은 절대 거짓말을 하지 않는다."라는 이 사실만큼은 누구에게든 자신 있게 말할 수 있다.

15 열정의 온도가 성공의 모형을 만든다.

사람들 저마다 마음속에 품어 온 자신의 욕구가 있다. 그러나 그 욕구가 다 같을 순 없으며 그 욕구를 실현시키는 의지 역시 제각기 다르다. 어떤 사람은 욕구는 있으나 겉으로 드러나지 않은 사람도 있고, 욕구가 있는지 없는지 알 수 없는 사람도 있고, 욕구 자체를 갖지 않고 현실에 안주해 버리는 사람이 있는가 하면, 자신의 욕구를 실현시키기 위해 열심히 노력하고 있는 사람도 있다.

여러분은 이렇게 여러 부류 중 어느 쪽에 속한다고 생각하는가? 사람들마다 욕구란 개인 차가 있어 모두가 같지는 않다. 그러나 세상을 살아가면서 내가 이루고자 하는 목표와 욕구는 반드시 있어야 한다고 본다. 아니, 그 욕구가 있어야 함은 물론이고, 뜨거워야 한다고 생각한다.

욕구란 계획표처럼 자신의 꿈을 이루기 위해 품고 있는 의지라 할 수 있다. 자기가 품은 욕구를 말하지도 않고 실천해 나가지 않으면 아무도 그 의지를 대신 실현해 주지 않는다. 그러나 꿈의 계획표처럼 자신의 의지를 세워놓고 그걸 실천해 나가야만 실현 가능한 일이 된다. 누구에게나 꿈의 모형과 크기와 색깔이 제각각이듯이, 자신이 성취해내고 싶은 욕구 또한 모두가 다를 수밖에 없다.

뭐니 뭐니 해도 자신의 욕구, 즉 내가 꿈꾸고 있는 꿈을 이루기 위해서 가슴이 얼마나 뜨겁게 뛰고 있는가를 계측해 보는 일이 무엇보다 중요하다. 즉 숨은 '열정'을 찾아내는 것이다. 이 열정의 온도는 그야말로 천차만별일 것이다. 어떻게 재볼 수도 없으며, 형체로 보이지도 않기 때문에 열정을 측정하기란 매우 어렵다. 그러나 자신의 욕구와 꿈의 크기가 정해진 사람은 열정을 크게 가져야 한다. 모든 욕구를 실현시키기 위해서는 남모르는 고통의 기간이 흘러야 하기 때문이다. 그 고통 없이는 꿈에 다가갈 수도 없으며, 열정이 있다 하더라도 그 꿈을 위한 시간에 투자하지 않으면 무용지물이 될 수밖에 없다.

자고로 열정이란 용광로에서 쇳물을 녹이기 위해 펄펄 끓는 것처럼 뜨거워야 이루어진다. 뜨겁지 않고 금방 식어버리면 만들고자 하는 꿈의 형체는 영원히 나오지 않는 것이다. 내가 만들고자 원하는 바로 그것이 꿈인 것이다.

쉽게 이루어지는 꿈도 있지만, 시련과 고통을 통해서도 이루어지지 않는 꿈도 있다. 그러나 대부분의 꿈은 식지 않는 의욕과 열정으로 말미암아 비로소 형체와 모형이 만들어지게 된다. 그렇기 때문에 우리는 꿈을 이루기 위해 일평생을 열정 가득한 삶으로 살아야 할 것이다. 쉽게 꿈이 이루어진 사람도 꿈 너머 또 다른 꿈을 꾸어가야 하므로 우리는 꿈과 함께 일생을 식지 않는 열정으로 살 수밖에 없다.

안타까운 일은 일찌감치 자신의 꿈을 내려놓고 불가능이라는 말만 되뇌는 사람이 있는가 하면, 도중에 꿈을 포기해 버리는 사람도 적지 않다. 그러나 아무리 어려운 상황 속에서도 자신의 꿈을 잃지 않고 열망 속에 살아가는 사람 또한 많다. 이 얼마나 갸륵한 일인가?

쉽게 이루어지진 않지만 그 꿈을 놓지 않고 그 꿈과 함께 살아가는 그 사람이야말로 정말 행복한 사람이다. 그 꿈이 있기에 앞에 닥쳐오는 시련들을 의연히 견뎌가며 매일을 싸우고 있는 사람도 있다. 필자는 그런 사람에게 박수를 많이 보내고 싶다. 얼마나 지치고 힘들겠는가? 얼마나 지겹겠는가? 그러나 내 꿈을 이루기 위해 값진 땀방울을 흘리고 있는 사람은 모두가 위대하다. 설사 그 꿈이 이루어지지 않는다 해도 그 사람은 행복할 것이다.

필자는 그 꿈을 위해 자신의 일생을 다 바친다 해도 자신이 좋아하는 일에 종사하고 있는 사람은 행복하다고 생각한다. 가령 어떤 작곡가가 많은 곡을 히트시키며 명곡을 만들었다 해서 그 꿈을 거기에서 주저앉힐 순 없는 것이다. 그 작곡가는 또 다른 명곡을 만들기 위해 피나는 노력을 기울여야 한다.

글을 쓰는 작가들도 마찬가지이다. 지금까지 자기가 써온 책이 베스트셀러가 되어 인기를 얻었어도, 앞으로도 부단히 좋은 글을 쓰기 위해 또다시 뼈를 깎는 각고의 노력을 기울여야 한다.

내 생명이 붙어 있는 한, 내가 살아 숨 쉬는 동안에는 내 꿈이 결정되었어도 부단한 열정을 가지고 노력을 하지 않으면 전에 이루어 놓았던 금자탑마저 위태로울 수 있다. 그렇기에 더 노력하지 않으면 새롭게 돋아나오는 신예들에게 금방 묻히고 만다. 열정을 가지고도 꾸준히 노력하지 않으면 치고 올라오는 실력자들에게 가려버릴 수가 있다. 그렇기 때문에 한날한시도 열정의 불씨를 끄지 말고 살아 있는 한 열정을 불태워야 하는 것이다.

대중가요로 50여 년이 넘도록 인기를 누리며 우리에게 좋은 노래를 선사해 주는 가수 '이미자'와 '패티김'을 보라. 노력하지 않고 그토록 오랜 세월을 우리 앞에 설 수 있는 것인가? 노력하지 않았는데도 예전의 그 목소리 그대로라는 말을 들을 수 있겠는가?

절대 아니다. 노래를 사랑하는 열정과 남모르는 노력 없이 그 오랜 세월을 빛바래지 않고 더욱 오묘해지고 더욱 무르익어가는 노래로 답할 수 있겠는가 말이다. 필자는 절대 그건 아니라고 본다. 세월의 무게를 이기며 몸은 점점 나이를 들어가는데, 젊을 때와 똑같을 순 없지 않은가? 그런데 젊을 때 못지않게 더 아름다운 목소리와 세련된 창법으로 노래하는 그 가수들은 우리가 모르는 몇백 배의 수고를 아끼지 않고 노력하고 있음이 틀림없다. 비록 목소리는 타고났다고 하자. 그러나 그 감성과 기교와 노래의 맛과 멋을 상실하지 않은 데는 반드시 그만이 가지고 있는 숨은 비밀이 있을 것이다.

우리가 그 노력의 현장은 볼 수 없지만, 사람에게는 노력과 연습 여하에 따라 얼마든지 가능성이 나타난다. 그렇기에 50여 년, 아니 더 길게도 생명력 있는 가수로 우뚝 설 수 있는 것이다. 모르긴 몰라도 남들보다 다른 능력이 있다면 피나는 노력과 열정의 온도가 더 높을 것이란 생각이 든다.

생물학적으로는 나이가 들면 모든 기능이 다 노쇠해 가고 기능이 점점 상실되는 게 당연하다. 이것이 생물학적 견해요 진리이지만, 자신의 영역을 지키는 열정과 노력 여하에 따라 개인차는 얼마든지 극명하게 나타나는 것이다. 그러므로 우리 인간이 성공하기 위한 조건으로 열정을 빼놓을 수가 없다.

필자도 열정이라 하면 남에게 뒤지기 싫은 사람 중의 하나이다. 그리고 노력 또한 뒷받침되지 않고서는 성공이라는 무대에 절대 오를 수 없는 것이다. 지금도 그 열정이 식었느냐 하면 그건 아니다. 오히려 식으려는 열정도 더 끄집어내고 싶을 정도로 열정의 용광로는 아직 식지 않았다.

이쯤 해서 또 필자의 교직생활의 이야기가 대두되지 않을 수 없다. 그땐 참으로 어려운 길을 걸어서 관리자로 성장할 수 있었기 때문이다. 그것도 교직사회에서는 그토록 어렵다는 여성 관리자는 정말 뼈를 깎는 아픔 뒤에 이루어진 결과라 할 수 있다. 그 하고많은 교직의 길을 가고 있는 교사들 중에서 교감으로 승진하는 일은 그 어떤 직장의 승진체계보다 더 어려웠다고 생각된다. 교사로서 기본 근무 경력이 만 30년가량 되어야 비로소 승진의 대열에 낄 수 있었으니, 나이로 봐서도 50대가 되어서야 겨우 교감 차출 자격이 주어지는 셈인 것이다.

어디 그뿐이랴. 새내기 교사가 되어 겨우 1급 정교사 자격 강습을 받았을 당시 자신이 알지도 못하는 연수 교육 점수가 교감의 승진 요목에 포함되어 교사들의 발목을 잡고 있었던 것이다. 여교사인 필자가 1급 정교사 교육을 받을 당시에는 여교사들은 모두 육아에 온몸이 녹초가 되어 있을 시기이다. 그때에 자격을 취득하는 점수가 교감 승진 대상 차출 시 그렇게 발목을 잡을 줄은 예전엔 미처 상상도 못했다.

1급 정교사 이후 교직 생활을 해 오는 동안에 노력한 연구점수, 연수점수, 부장교사 점수, 농어촌지역 근무 점수, 벽지지역 근무 점수, 그 외에도 도서지역 점수, 나환자 지역 근무점수, 특수학급 담당 점수 등 셀 수도 없는 종목들의 점수를 도합해야만 한다. 그다음 가장 중요한 것은 자신의 근무평정 점수를 포함해야 하는 것이다. 다른 모든 점수는 본인이 열심히 노력하면 취득할 수 있다고 생각되지만, 단위학교장이 주는 근무평정점은 우리 스스로 볼 수도 없고, 어떤 평점을 받았는지조차 알 길이 없는 덕목이었다.

이렇게 우리가 넘을 수 없는 무서운 단계가 승진체계에서 도사리고 있었다는 건 정말 어려운 과제 중의 과제였고, 아무리 승진의 꿈을 가진다고 해도 자신이 어찌할 수 없는 부분을 넘어서기란 그렇게 녹록한 문제가 아니었다.

그래서 그토록 어려운 승진의 벽을 하늘의 별을 딴 기분에 표현하면 맞을까? 어쨌든 그때의 그 기억은 인생의 길에서 가장 어려운 외길이었다고 기억된다. 그래도 다행히 교감의 대열에 들어섰으므로 또다시 나머지 관문인 교직의 꽃이라 할 수 있는 교장직에 오를 수가 있었던 것이다.

교장 차출 자격은 더 말해 무엇하겠는가? 이젠 관리자로서의 경력점도 더 포함되고, 단위학교 교감으로서의 업무수행능력 점수, 그 자리에서의 연구 점수, 연구학교 운영 등의 능력들을 평가하고 마지막에는 교장과 교육장의 평정점까지 동원되는 것이다.

정말 학교 교장은 아무에게나 공히 오는 기회는 절대 아니다. 길을 가다가 줍는 것도 아니다. 또 교감이라고 모두 다 교장 승진이 되는 것도 아니다. 이 단계에서부터는 교감들끼리의 평정이 좌우되는 것이기에 단위 학교 운영 실적과 근무평점이 절대적으로 좌지우지하는 것이다. 몸담고 있는 학교 교장과 그 군의 교육장이 함께 주는 점수는 우리가 어찌할 수 없는 불가항력의 요소이다. 이렇기 때문에 마지막까지 가는 관리자 승진의 기회는 교감 모두에게 다 같이 다가오는 승진의 기회가 아닌 것이다.

교직자의 숫자가 많은 만큼 경쟁 또한 치열한 것이 지금까지의 교육 현실이다. 관리자로서의 모든 품성을 다 지녔어도 승진 여건에 부합한 점수를 보유하지 못하면 승진의 기회는 타인에게 비껴가는 것이다. 이렇듯 교직에서 내 몸 사리지 않고 교육에 온통 내 몸을 태우니 교육의 꽃이라는 마지막 단계까지 무사히 마칠 수가 있었다. 정말 어려웠지만 꿈을 내려놓지 않았기에 가능한 도전이었다.

지금도 생각해 보면 꿈만 같다. 비사계 출신으로, 더구나 타 지역에서 타도 이동을 한 나로서는 너무 먼 길이었다. 어찌 교사로서 열정을 불태우지 않고 교직에서의 성공이라는 이 강을 건널 수 있었겠는가? 그리고 황조근정훈장까지 받았음은 또 하나의 인생의 행운이라고 생각한다. 그 영예로운 훈장은 40여 년 외길로 교직의 가시밭길을 걸어온 내게 주는 꽃다발이라 생각한다.

그렇기에 내가 갖는 열정이 나의 꿈의 모형을 결정짓는다는 사실은 지금도 나를 꿈꾸게 한다. 그리고 아직도 열정의 온도가 내려오지 않도록 매일매일 나를 체크하고 있다. 내가 나태해지지 않도록 채

찍질도 하고, 늘 새로움으로 지적 추구를 하며 나를 행복하고 아름답게 가꾸어가고 있다. 나머지 내 생활도 늘 보람차고 향기 나는 매일이 되도록 말이다.

16 차별화로 희망을 승부하라.

지금은 개성이 돋보이는 시대이다. 옛날에는 보편적인 것이 가장 편안하고 좋은 것이었는데, 요즈음 사회는 다변화 사회에서 다원화 사회로 전환되어서인지 개인의 요구가 매우 분분하다. 그래서인지 개인의 욕구 또한 매우 중요시되어 하늘을 찌를 듯 자기주장이 강해지고 있다. 이게 어디에서부터 기인된 사실일까?

얼마 전까지만 해도 양이 중요시되던 것이 지금은 질을 따지는 시대로 바뀌어 버렸다. 물론 질은 참 중요하다. 양이 충족이 된 지금은 배가 부르니 더 나은 질을 요구하기에 이른 것이다.

여기에는 양면성도 나타난다. 양을 섭렵하며 삶이 먹고 사는 데 치중되었던 시기에는 그래도 인심이 사납지 않았다. 어딜 가든 풍요하고 어딜 가든 나눔의 손길을 만날 수 있었던 것이다. 그러나 지금은 어떠한가? 사회는 발전에 발전을 거듭하여 풍족하지만 가족들은 모두 핵가족으로 흩어져 자유스러움이 그야말로 극에 달하고 있다.

거기에서 그치는 게 아니고, 잘 살고 풍요롭게 살기 위해서 아이들을 안 낳는 풍조가 늘어나고 한 자녀 내지는 결혼 자체를 안 하려고 하는 독신자가 자꾸 늘고 있다. 이렇게 개인주의가 우위를 점하고 보니 모든 것이 이기적이 되어 가고 있다. 그래서 사회가 날로 각박해지고, 물질은 나날이 풍요해졌지만 정신적 빈곤은 반비례를 이루고 있다.

농산물도 지천에 깔리고 양산이 되다 보니 가격경쟁에서 밀리고 밀려 푸대접을 받는 부문이 날로 늘어나고 있다. 그러다 보니 농작물을 경영하는 분들도 이제 그 물결에 맞서 다품종 소량생산에 열을 올리고 있다. 그중에서도 다 살아남는다는 보장도 없다. 아무리 생산 자체를 적게 한다 해도 그 품질이 우수하여 품종 자체를 인정받아야 한다. 이제 그걸 평가하는 자는 다름 아닌 맛을 추구하는 소비자인 것이다. 그래서 똑같은 품종을 경작하더라도 그 우수성에서 품질로 평가를 받게 되는 것이다.

옛날에 농작물을 경작하며 풍년이 들면 우습게 떼돈을 벌었다는 종목들도 지금은 판도가 달라졌다. 동일 품종에서도 차별화로 우수성이 인정되지 않으면 가격경쟁에서 밀릴뿐더러 소비자 입맛에도 제일 먼저 외면을 받게 된다. 그렇다면 일 년간 죽어라 하고 농사를 지었건만 죽는 건 경쟁에서 밀린 경작자인 것이다. 그러면 손해는 누가 보게 되는 것인가? 그건 말할 것도 없이 고스란히 생산자의 몫인 것이다. 이런 현실을 직시하고 그 경쟁에서 이길 수 있는 방법은 무엇인가?

비단 이 논리는 농사에만 적용되지는 않는다. 성공을 하려는 모든 이들이 한 번쯤 숙고하여 경각심을 가져야 하는 부분이다. 경쟁에서 이겨야 살아남는 사회에 살면서 어찌 차별화된 전략을 세우지 않고 경쟁사회에서 살아남을 수 있으랴. 여기에서 필자는 지금의 세종시 안에 있는 조치원의 복숭아밭을 예로 들어보고자 한다.

자고로 연기군에서는 복숭아가 유명하다. 복숭아꽃이 필 무렵이면 조치원에서는 도원문화제가 열렸다. 여러 가지 행사가 진행되지만, 조치원의 복숭아를 빼놓을 수 없다. 그리하여 복숭아 미인 선발대회, 그리기 대회, 글짓기 대회, 전통 농악 놀이 등 다채로운 문화행사가 열리고 있다.

그런데 언제부터인가 개발붐이 일어나고 그 많던 복숭아밭이 아파트로 바뀌면서 복숭아 재배 수효가 예전만 못하다. 따라서 옛날의 그 맛있던 복숭아 맛도 시들해져 버렸다. 그러나 전동면 송곡리에 살고 있는 혜영이네 집은 오히려 경작 면적이 점점 늘어났다. 다른 집들은 하던 복숭아 농사도 접고 있는데 혜영이네 집은 농사짓던 터전까지 늘려 집안 들녘까지 온통 복숭아 농원으로 탈바꿈시킨 것이다.

거기에는 혜영이 아빠의 철두철미한 농사 기법과 톡톡 튀는 차별화 전략이 숨어 있다. 다른 재배 농가와의 모든 경쟁에서 이미 품질로 우위를 차지한 것이다. 그도 그럴 것이 혜영이 아버지는 원래부터 철저한 모험심과 연구심이 아주 뛰어나신 분이다. 젊으셨을 때는 축산업에 종사를 하셨지만, 늘 경영 방법이 남들과 다름을 느꼈다.

혜영이는 필자가 송곡초등학교 교사로 재직할 당시 내 애제자였다. 당시 1학년이었던 혜영이는 유난히 총명하고 눈이 반짝거려 나의 총애를 받던 그런 아이였다. 다른 과목에서도 두각을 나타냈지만, 특히 내가 좋아하는 국어 과목에서는 단연코 빛이 났다. 구연동화는 물론이고 시 낭송 같은 것도 시키는 대로 척척이었다. 음정, 감정, 언어 구연상태가 남들을 늘 앞섰다. 어찌나 사랑스럽고 예쁘던지 지금까지 그 빛나는 눈동자를 잊을 수가 없다. 지금은 숙명여대를 졸업하고 기업은행에서 일을 하고 있는 재원이다.

인연은 그뿐이 아니었다. 혜영이는 나의 충남 교직생활에서 첫 번째 학교인 전동초등학교에서 만나 뵌 김정극 교장 선생님의 손녀이기도 했다. 지금은 고인이 되셨지만 필자가 교직에 몸담고 있을 무렵 그 교장 선생님은 교육관리자들 중에서도 삼사관학교장이라 할 만큼 교육관이나 교육력이 반듯하신 분으로 정평이 나셨다. 잘하는 건 칭찬을 아끼지 않으시지만 잘못에 대해서는 더욱 엄격하셨던 것 같다. 그래서 혜영이네 가족을 모두 잊을 수가 없다. 그리고 혜영이 어머니께서도 교육계 집안의 며느리답게 어찌나 교육에 대한 애정과 선생님에 대한 예우를 잘 하시는지 제자와의 인연으로 시작된 학부모 관계이지만 지금까지도 소식을 전하며 연락의 끈을 놓지 않고 지내고 있다.

혜영이네 집은 다른 사업체도 있지만 주로 복숭아 농사에 주력하고 있다. 조치원 복숭아 하면 우선 혜영이네 복숭아를 단연 첫째 손가락으로 꼽는다.

재작년으로 기억된다. 혜영 엄마의 전화연락을 받고 전동의 농원을 찾아갔다. 옛이야기를 주고받으며 참으로 좋은 시간을 보내고 돌아왔다. 혜영이 아버지께서 경작하고 계신 복숭아 농원은 남들의 농사방법과 확연히 달라 보였다. 혜영이네는 완전 유기농으로 농사를 경작하고 있었다. 요즘 시대에 유기농으로만 농사를 지어 여러 경쟁에서 어찌 이길 수 있겠나 싶었다.

그런데 그게 아니었다. 혜영이 아빠가 유기농법을 시작하면서부터 갖은 수고를 하셨지만 고생한 만큼 효과가 나타났던 것이다. 첫째는 복숭아의 맛에서 어떤 복숭아도 그 맛을 따라올 수 없었다. 정말 기가 막힐 정도로 향기와 당도가 특별히 높았다. 그리고 두 번째로는 복숭아의 때깔과 크기가 어찌 그리도 예쁘고 튼실한지에 또 한 번 놀랐다. 늘 시골에서 사셨지만 혜영이 어머니의 얼굴이 그렇게 복숭아

빛처럼 곱고 예뻤는데, 지금 그 복숭아가 모두 그 모습으로 탐스럽게 매달려 있는 것이었다. 그리고 복숭아의 양을 봐도, 다른 집보다 훨씬 많이 매달린다는 것이다. 그래서 소비자들이 선전을 안 해도 한번 와서 먹어보고 가면 그 자리에서 입소문이 나서 퍼지고 하는 것이었다. 그래서 먹고, 사 가고, 택배로 부치고, 다른 사람들에게 소개하여 혜영이네 복숭아는 금방 동이 나 판로 걱정이 없었다.

이렇듯 남들이 하지 않는 유기농법으로 농사를 시도한 혜영이네 복숭아는 조치원에서 단연 으뜸이었다. 복숭아 농원을 혜영 엄마와 거닐며 감탄이 절로 나왔다. 복숭아나무 밑으로 검은 차양막이 씌어 있어서 여쭈어 보았다. 그랬더니 그 차양막 안으로 퇴비를 듬뿍 넣어 주고 물을 주면 자연히 그 퇴비가 뿌리 밑으로 스며들어 가 우리 몸에 좋은 유기농 복숭아가 만들어지고 있었던 것이다. 다른 인공 비료는 아무것도 안 한다고 하셨다. 그런 개발방법도 다 혜영이 아빠께서 책을 보고 몸소 연구 실험하신 결과라고 하신다. 그래서 그 차양막을 친 이후 풀 한 포기 얼씬거리지 않아 풀을 맬 필요가 없어졌다고 하신다. 그러니 힘든 작업이 얼마나 줄었겠는가?

또 그뿐만이 아니다. 흔히 농촌에서 땅 위로 기어나오는 뱀이나 두더지, 그리고 다른 벌레들도 올라오지 않아 일석 삼조라고 하신다. 정말 과일 농사를 지으면서도 이렇게 차별화된 유기농법 농사를 지으니 자연히 소비자들의 입맛이나 관심은 혜영이네 집 복숭아를 선호하게 된 것이다. 이렇듯 혜영이네 집 주변에는 많은 과일나무들로 꽉 차 있는데, 이 모두가 맛과 질 소비자가 선호하는 맛있는 과일로, 혜영이 아빠가 땀으로 연구하며 생산해 내고 계셨다.

항시 시행착오를 겪으면서 성실과 꾸준함으로 농사에서 선두 주자로 달리고 있는 혜영이네 가족에게 한없는 박수를 보내고 싶다. 나도 해마다 그 맛있는 복숭아를 택배로 보내주시어 잘 먹고 있다. 달콤한 그 맛, 단물과 향이 혀끝에서 오래도록 떠나질 않는다. 정말 감사와 고마움으로 내 가슴을 가득 채우고 있다.

또 부여에서 차별화 농업을 하고 계신 지인 한 분을 더 소개해 보고자 한다. 그분은 오래전부터 친하게 지낸 지인으로, 남편의 몇 십 년지기 친구이다. 지금은 대흥농장을 경영하고 계시는데, 그분 역시 차별화의 귀재이시다.

처음은 포도농사를 지으며 이웃 농가에 기술 보급도 하고, 모범적 경영에 선두주자이셨는데 지금은 포도는 손을 떼고, 호두 농사에 매진하고 계신다. 대흥농장 사장님은 정찬홍 사장님으로 이미 포도 농사를 지으실 때 신지식인으로 새농민상까지 수상하실 정도로 농사에 혼신을 다한, 우리가 본받을 모범 일꾼이다.

일찌감치 산속으로 들어가 농장을 개척할 당시 산 전체를 밤나무와 호두나무로 가득 채웠다. 그때 그 업종을 바꾼 일도 비전을 내다볼 줄 아는 안목이 있었기 때문이리라.

지금은 호두나무에서 나오는 소득만으로도 힘든 일 안하고 수입이 짭짤하다고 하신다. 외국에서 들여온 호두와 질 경쟁에서 엄연히 앞선 것이다. 더구나 늘 농업에 대한 연구심을 놓지 않아 호두품종 콘테스트에서 1위를 하셨다고 한다. 호두의 크기도 단연 1등급이지만 그 맛에서는 견줄 바가 아니라는 것이다. 그리하여 호두 전량을 판매하지 않고 직접 농사짓는 호두를 전량 수거하여, 농원에 하우스를 지어 그곳에서 말리고, 호두 까는 기계를 들여와 직접 도매로 판매까지 하는 것이었다. 1년에 한 차례씩 전량 수매 하던 것을 지금은 호두 알갱이를 직접 까서 국내산 호두로 판매에 이르니 수익이 배가 되더라고 한다.

이렇듯 자기가 경작한 업종에서 차별화를 위해 노력한 결과 정찬홍 사장은 수입해서 들여온 수입호두와 확실한 차별화로 맛과 품질에서 단연 앞서가는 사업가가 되었다고 한다. 그래서 지금은 호두 모종을 보급하는 일도 하고 있다고 한다.

대흥농장에 들어서면 해마다 색다른 꿈들이 피어나기도 한다. 작년엔 석류와 왕대추가 하우스를 가득 메우기도 했다. 언제나 정 사장님의 열정적인 농사 기법이 해마다 우리를 놀라게 하고 있다. 차별화로 예전에 없던 것을 창조해 가며 늘 희망을 이야기하고 있다.

우리는 오늘도 내일도 남과의 경쟁 사회에서 이겨내려면 끝없는 차별화로 변화를 시도해야 한다. 그래야 앞날에 희망이 보이고 우리가 희망적인 삶을 살 수 있는 것이다.

　필자는 여기에서 두 분의 농업경영의 참모습을 여러 해 보아왔다. 그리고 그분들의 삶을 직접 겪어 보아서 너무도 잘 알고 있다. 정말 타인과의 경쟁에서 살아남으려면 색다른 차별화 시책으로 혼신을 다 바쳐야 한다. 그리하면 희망은 우리 앞에서 반드시 행복한 웃음을 띨 것이다. 남과의 경쟁에서 결코 밀리지 않는 탄탄한 차별화로 승부하면 반드시 성공의 반열에 진입할 것이라 필자는 굳게 믿고 있다.

추억 열차

김숙자

열차가 달린다.
눈을 감고 앉아있어도
어디쯤 지나고 있는지
이젠 알고도 남는다.

힘겨운 산굽이 돌아갈 때면
모시울 혜영이 동네일 테고
간이역 쉬지 않고 지나칠 때는
무용 잘한 전동 미영이 동네다.

사람 많이 내린 플랫폼에는
글 잘 쓰는 전의 다솜이가 사는 동네지
눈을 감고 앉아 있어도
추억 열차는 잘도 달린다.

17 철저히 미쳐야 성공할 수 있다.

우리 주위에서 성공하는 사람들을 보면 뭐가 달라도 조금은 남다른 점이 있다. 성공하는 사람들의 요인을 분석해 보면 참으로 많은 양상이 있겠지만, 공히 내세울 수 있는 덕목은 단연코 본인의 확고한 의지의 차이라고 필자는 말하고 싶다.

그 다음에는 어떤 일을 수행하는 과정에서의 성실성이라고 말할 수 있다. 사람이 기본적으로 성실하지 않고서는 그 강인한 의지와 집념을 결코 관철시키기가 어려운 것이다. 성실한 삶의 자세야말로 그 사람을 성공시키는 데 가장 으뜸가는 덕목이라 할 수 있다. 그다음이 바로 내가 하고자 하는 일을 수행하는 태도에 있어 온갖 정성과 힘을 다 기울이는 것이다. 즉 그 일에 몸과 마음을 오롯이 다 바쳐 혼신의 힘을 다 기울여야 한다는 뜻이다.

혼신을 다 바쳐야 한다는 말은 말로는 쉬운 것 같지만 실천은 결코 만만치 않다. 우리가 성공하기 위해서 어떤 일을 계획하고 실천할 때는 아무것도 보지 말고, 아무것도 듣지 말고, 오로지 그 일에만 매달려 올인해야 한다. 즉, 앞도 뒤도 돌아보지 말고 그 일에 미쳐야 한다는 것이다. 미치지 않고서는 그 일을 성공으로 이끌기는 정말 어렵다. 그만큼 성공을 기대하는 내 정신과 태도가 혼연일치되어야 한다는 뜻이다.

하고 싶은 것 다 하고, 놀고 싶은 것 다 놀면서 성공까지 이끌어낸다면 그야말로 일거양득일 것이다. 그러나 어찌 똑같은 경쟁 조건을 갖고서 남보다 더 잘할 수 있으랴. 그건 도저히 불가항력인 것이다. 남들이 놀러다닐 때 똑같이 놀고, 남들이 잠잘 때 똑같이 자고서야 어찌 냉정한 경쟁사회에서 살아남을 수 있으랴.

필자는 여기에서 단연코 강조하고 싶은 게 있다. 성공하는 사람은 일을 대하는 마인드와 정신이 남다르다는 말이다. 그 남다른 점이란 엄청난 차이는 아니다. 그렇지만, 일을 대하는 데 집념과 근성이 남달라야 한다는 것을 알아야 한다. 똑같은 일 앞에서 차별이 있을 수 없다고 생각되지만 조그마한 생각과 견해의 차이가 바로 큰 차이로 이어지는 것이다.

그리고 또 한 가지 분명한 차이가 있다. 어떤 일을 대하는 성실성 다음으로 그 일에 대한 열정이 다르다는 것이다. 열정이란 뜨거운 정신력이란 뜻인데 그게 바로 성공의 수레바퀴를 굴리는 동력으로 작용한다. 그렇기에 성공할 수 있는 사람은 마인드부터가 다르다. 일 앞에서 쉽게 포기하고 쉽게 주저앉지 않는다. 그것을 근성이라고 도 한다. 성공을 이루는 사람은 일을 대하는 근성부터가 남다르다. 그 일에 매달려 미치지 않고서야 그 수많은 경쟁자들을 이길 수 없는 것이다.

근성이 있는 자와 근성이 없는 자의 차이는 정신적인 차이인 것 같지만 그러한 상대와의 자그마한 다름이 후에는 큰 다름으로 바뀌어 다가오는 것이다. 그래서 필자는 성공하기 위해서는 혼신을 다 바쳐, 미칠 바에는 그 일에 철저히 미치라고 권하고 싶다. 그런 주인 정신, 장인 정신, 승부 근성 같은 악착같은 근성 없이는 절대 성공할 수 없다고 본다.

18 마지막 혼불마저 태워야 명작이 탄생한다.

명품과 명작은 아무에게서나 태어나지 않는다. 어떤 물건 하나를 만들어내는 데에도 피나는 노력과 불굴의 장인 정신이 도모되지 않고서는 결코 명품이 만들어질 수 없다.

하물며 명작이라 하면 예술적 가치가 더해져 영원히 그 가치가 파괴되지 않고 세월과 더불어 더욱 그 진가가 발휘되는 것을 명작이라 말할 수 있는 것이다. 그렇기에 명품과 명작은 쉽게 탄생되지 않는 것 같다. 그리고 우리가 그 물건을 명품이라 명명하기까지에는 분명 수많은 습작과 고난의 기간이 흘렀을 것이다.

그림을 그리는 사람은 수많은 시간을 그림 그리기만으로 물감과 종이 사용이 산더미 같았을 것이고, 도자기를 만드는 장인이 되기까지에는 수많은 종류의 흙과 유액 그리고 그 뜨거운 불가마에서 숙련과 인내의 시간이 필요했을 것이다. 그러고도 마음에 들지 않은 작품들은 무수히 깨트렸을 것이다.

또 붓글씨를 잘 쓰는 명필 서예가가 되기까지에도 이루 헤아릴 수 없는 화선지와 먹물을 쏟아부었을 것이 틀림없다. 어찌 노력과 수고 없이 명작을 탄생시킬 수 있으랴.

필자도 글을 쓰는 사람으로서 집필할 때 사용하는 메모지와 원고지를 수없이 버린 사람 중의 하나이다. 그래도 아직 이렇다 할 명작은커녕 베스트셀러에도 이름을 못 올렸다. 그렇기에 아직 문인으로서의 갈 길이 멀었다고 생각한다. 지금까지의 저서가 열 권은 훨씬 넘었지만 아직도 독자의 사랑을 듬뿍 받은 베스트셀러 한 권 못 만들어 냈다는 건 부끄러운 일이다. 그러나 아직 꿈은 잃지 않았다. 죽기 전에 더 나은 글을 내놓기 위해 열심히 더 노력할 것이니까 말이다.

이렇듯 명품과 명작은 그냥 아무에게서나 탄생되는 게 아니다. 아무래도 그 종목에서 철저히 연구하고 노력하는 사람들에게서 탄생될 것임이 틀림없다. 즉 장인 정신으로 똘똘 뭉쳐 자신의 혼까지 몽땅 불어넣어 작품활동을 열심히 하고 있는 사람들한테서나 나올법한 일이다.

남보다 노력을 기하지 않고 슬슬 놀아가며 취미생활로 하는 사람들 안에서 명품이 나올 수 있는 확률은 그야말로 낮은 것이다. 적어도 그 분야에서 오랜 세월을 함께 뒹굴고 함께 고민하고 함께 가슴을 태웠던 애환이 작품 속에 올곧게 배어 있어야 비로소 명품으로 인정을 받을 수 있는 것이다.

명품이란 작가 혼이 곁들여지지 않고서는 결코 명품이 될 수 없다. 명품은 그 분야에서 오랫동안 습작을 통해 꾸준한 장인 정신으로 연구하고 닦아온 작품 혼이 살아 있는 작품으로 평가를 받는 것이다. 그러니 하루아침에 명품을 만들어낼 수는 없는 것이다. 명품이 되고 명작이 되는 일은 결코 쉬운 일이 아니다. 일평생에 한 작품이라도 나올까 말까 한, 어렵고도 험난한 과정 중의 하나이다.

필자가 10여 년 전에 인도를 여행한 적이 있었다. 그때만 해도 책에서만 명품 명작을 만났을 뿐 직접 찾아가 명품을 만나보지는 못했다. 그러했기에 필자가 인도 무굴제국의 수도 아그라에 위치한 타지마할을 만났을 때의 감동은 매우 컸다. 정말 죽기 전에 꼭 한 번은 그곳을 다녀오라고 권하고 싶다.

타지마할은 페르시아, 터키, 인도 및 이슬람의 건축양식이 잘 조합된 무굴제국의 가장 훌륭한 건축물이다. 인도의 뉴델리 남쪽 아그라에서 그 작품을 만났는데, 정말 우리 인류가 만든 최고의 걸작이라는 것을 한눈에 보고 알게 되었다. 어찌 그리도 아름다울 수가 있는 건가? 정말 꿈속에서나 만나볼까 하는 아름다운 건축물이었다.

그런데 그 타지마할이 만들어진 계기가 무굴제국의 가장 화려한 권력과 영화를 감싸 안았던 왕 샤 자한이 아내 뭄 타지마할을 위해 22년간이나 공을 들여 만들었다고 하니 그 정성 또한 대단하다고 느꼈다. 그러니까 아내의 사후에 아름다운 대리석으로 그의 무덤을 그렇게 아름답게 만들다니 이해가 잘 안 되었다. 그런데 그 작품이 훗날 이렇게 유네스코 세계 문화유산으로 등재된 아름다운 명품이 되었던 것이다.

아내 뭄 타지마할은 1년에 한 명씩 아이를 낳았고 열네 번째 아이를 낳다가 사망하였다고 한다. 그래서 그 아내를 추모하기 위해 그토록 아름다운 대리석으로 유해가 영원히 안장될 묘를 만들 생각을 했다는 것이다. 그것도 뭄 타지마할이 유난히 흰색 대리석을 좋아했기에 모든 건축물이 새하얀 대리석으로 만들어졌다고 한다.

그런데 그 아름다운 작품을 만든 후 모든 건축 기술자들을 눈을 빼서 죽였다고 한다. 이 얼마나 잔인한 일인가? 그러나 거기엔 너무나 깊은 뜻이 숨겨져 있었다. 그건 더 이상 타지마할보다 아름다운 명품 건축물을 만들지 못하게 하기 위해 그 건축가들을 모조리 죽였다고 한다. 그렇게까지 해야만 했을까 하는 의구심이 들었지만, 명작이라는 희소가치 때문에 그랬을 것 같기도 했다.

그렇게까지 잔인하기 짝이 없는 명품을 기대해서는 안 되겠지만 타지마할의 예술적 가치는 앞으로도 전무후무할 것 같다. 그 명품을 만들기 위해 수많은 사람들이 희생되었을 것이 뻔하다. 그리고 그 오랜 공사로 인해 무굴제국의 경제는 또 얼마나 어려웠겠는가? 아무리 한 나라의 왕이라 할지라도 국민의 혈세를 다 털어 사적인 욕심을 채웠다는 데에는 박수를 보낼 수만은 없다. 그러나 타지마할은 인도의 문명의 꽃을 피워낸 걸작이라 아니할 수 없다.

이렇듯 명품과 명작은 값을 떠나 예술적 가치와 빛나는 작가정신과 예술혼이 깃들어야 더욱 빛날 수 있음을 알게 되었다. 그리고 명작은 존재가치가 영원해야 하고, 연년세세 그 가치가 더 빛나고 상승되어야 할 것으로 생각된다. 자고로 명작을 만들어 내려면 작가정신 안에 깃들어 있는 마지막 혼불까지 다 태워 작품에 승화시켜야 비로소 명품이 탄생하는 것이다. 이렇게 만들어진 명작이야말로 오래도록 만인들의 가슴 속에서 영원히 그 가치가 반짝거리며 명품으로서 우뚝 서게 되는 것이다.

우리나라에서도 보기 드물게 세상을 밝히는 종 박물관이 개관되어 그곳을 방문한 적이 있다. 충북 진천에 종 박물관이 새롭게 문을 열었던 것이다. 종은 우리의 영혼을 깊숙이 깨우고 마음을 맑게 해주는 울림을 우리에게 전해준다. 그리고 우리나라의 발전 그리고 문화와 깊은 관련을 맺고 있기에 새롭게 관심을 갖게 되었다. 더 나아가 한국의 종은 예술적 가치와 창의성으로 이미 세계적으로 그 우수성을 인정받은 바 있다.

진천 종 박물관에 들어서니 마음을 맑게 해 주는 긴 여운의 아름다운 종소리를 내는 범종을 직접 타종해볼 수 있었다. 어디서 그렇게 한국의 모든 종을 연구·수집·전시해놓고 그 예술적 가치와 우수성을 알리는지 그만 머리가 숙여졌다.

그중에서도 천 년의 소리를 이어가는 거인 주철장 원광식 장인을 만나고 정말 깜짝 놀라고 말았다. 세상에서 한국의 아름다운 종소리만을 위해서 삼 대째 종을 만드는 장인 집안의 거장을 만난 것이다. 그가 제작한 종이 무려 8,000구에 이른다고 하니 입이 다물어지지 않았다. 그는 일제 강점기에 사라져버린 천 년 전의 전통 주조기술을 다시 찾아내어 재현해낸 종의 거장이었다. 그는 그 기술력을 바탕으로 천 년의 울림을 이어가고 있는 명장 중의 명장이었다.

2005년도에는 그가 평생 모아온 종들을 충북 진천에 기증하여 이렇게 훌륭한 종 박물관이 개관된 것이다. 그 주철장 원광식이 만든 주요 작품으로는 보신각 새종을 비롯하여 낙산사 종, 내소사 종 등 국가의 중요한 종들이 다 이 분의 손으로 복원 및 제작되었던 사실을 알게 되었다. 오늘날 이런 국가 중요무형문화재가 살아 있다는 사실이 더욱 든든하게 느껴지고 자긍심까지 갖게 되는 계기가 되었다.

이렇듯 한 종목에서 명품 명작으로 평가를 받는 뒤안길에는 이렇게 보이지 않는 수고를 아끼지 않고, 땀을 흘려온 명장과 거장들이 숨어 있다는 것을 알아야 한다. 그분들은 남모르는 예술혼을 아낌없이 불태운 분들이라 의심치 않는다.

천상궁궐 타지마할이여

김숙자

밤새 구름 한 점 허용치 않던
청아한 물빛 풀어놓고
하얀 천상궁궐 하늘에 띄웠다.

너무 아름다워 입 다물 수 없는 요술 궁전이여
하늘 아래 걸작품이
너 아니고 누구더냐

스물 두 해 빚은 땀의 결정
무굴 역사에 빛나느니
천상궁궐이라기엔
너무 아름다운 너의 자태

인도 역사 수레바퀴와 함께
영원히 살고 있는 뭄 타지마할
세상에서 가장 아름다운 천상궁궐이여

시련은 아무에게나 꽃이 되지 않는다

chapter 3

흔들리며
사는 게
맛깔난 인생이다.

이 세상은 나 혼자 고고해서는 안 된다.

어우러지지 않고 홀로 피어 아름다운 꽃이 어디 있으랴.

곰삭은 젓갈에서 맛깔스러운 맛이 우러나오고

잘 숙성된 누룩에서 장맛이 더 깊지 않은가?

자고로 우리는 어떤 어려움 앞에서도

혼자 가는 것보다 밀어주면 더 잘 가듯

세상은 흔들리며 사는 게 맛깔난 인생이다.

19 시련은 날개일 수도 굴레일 수도 있다.

　　인생을 살아가면서 우리는 여러 가지 시련들을 만나기도 한다. 어떤 사람은 그런 시련을 자주 겪는가 하면 또 어떤 사람은 그 시련이 짧게 지나가기도 한다. 시련들은 모두 개인차가 있기 때문에 뭐라고 딱 부러지게 결론을 내리기가 곤란하다. 어쨌든 우리 모두는 남이 겪는 고통은 모두 짧게 느껴지고 빨리 지나간다고 느낀다. 그러나 내가 겪고 있는 어려움은 줄기차게 오래 지속되고 더 고통스럽다고 느끼게 된다. 누구를 막론하고 남의 떡은 더 커 보이고, 남의 고통은 내 고통보다 덜하다는 느낌을 가지고 있다.

　　남의 집 귀한 아들이 군대에 갔다가 제대를 하고 오면 "아니 벌써 그렇게 됐어?"라고 말들 하지만, 우리 집 아들이 군대를 다녀오는 기간은 왜 그리도 길고 더 오래 고생한다고 느껴지는지 모르겠다. 그러니까 아무 관련이 없는 남들이 하는 고생은 고생도 아니고, 내가 처해 있는 고생은 정말 막중하고 더 크게 느껴지는 것이 현실에서 느끼는 솔직한 감정이다.

인생을 살아가면서 위기나 시련이 언제 내 앞에 닥칠지는 아무도 모른다. 올 수도 있고, 비켜갈 수도 있고, 가볍게 올 수도 있고, 견디기 어려울 정도로 오랜 시련에 휩싸일 수도 있다. 언제 그런 위기가 내게 올지는 그 누구도 모른다. 그리고 앞일을 미리 예견할 수도 없다. 아니, 미리 예견해서 미리 겁을 집어먹을 필요도 없다.

그러나 나에겐 시련은 없을 거라고 호언장담해서도 안 된다. 언젠간 자질구레한 시련들이 바다의 파도처럼 왔다가 가고, 갔는가 하면 또 밀려오는 게 우리네 인생의 사이클이기 때문이다. 그러니 우리는 일단 시련의 경중에 대해서 따지지 말고, 우선 시련 앞에서 의연해야 한다.

우리가 살아가면서 불가항력인 시련도 있을 수 있지만, 시련이란 우리가 감당할 만큼 찾아오리라는 생각이 든다. 우리가 감히 감당치 못할 시련이 닥친다면 우리 모두는 땅에 주저앉고 말 것이다. 그러나 시련을 마주하는 태도는 정말 의연해야 옳을 것이다. 너무 겁을 먼저 집어먹으면 빨리 일어설 일도 정신이 없어 그르치기 십상이기 때문이다.

옛말에 "호랑이에게 물려가도 정신만 똑똑히 차리면 산다."라는 말이 왜 생겨났겠는가? 이 말은 어떤 어려움 앞에서도 정신을 바짝 차리고 잘 대처하면 그 고난을 잘 피할 수 있다는 말일 게다. 정말 맞는 말이다. 호랑이를 만나서 혼비백산하여 거꾸로 도망만 치다간 도리어 호랑이가 저를 해치는 줄 알고 달려와 잡아먹을 수도 있다. 이렇듯 어려움 앞에서도 정신만 똑똑히 차리고 이성적으로 생각하고 대처만 잘하면 반드시 탈출구가 보일 것이다.

시련 앞에서 오랫동안 당황만 해서는 안 된다. 어서 그 시련을 헤쳐나가는 방법과 탈출구를 찾아야 하는 것이다. 그래야 닥쳐오는 시련을 빨리 물리칠 수 있다. 언제까지 고민만 하고 좌절하고 침통한 분위기에만 젖어 있으면 그 시련의 길이가 자꾸 길어질 수밖에 없는 것이다.

어떤 시련이라도 이왕 내 앞에 닥쳐온 거니까 그걸 감내할 수밖엔 없다. 아무도 그 시련을 대신해 줄 수는 없다. 인생의 무대에는 언제나 대타가 없기 때문이다.

만약 연극이라면 나 대신 삶을 사는 역할을 맡아 줄 누군가가 반드시 있게 마련이다. 그러나 내 인생의 실제 무대는 아무도 나 대신 서줄 사람이 없는 것이다. 바로 내가 주인공이고, 바로 내가 해결해야 하는 주체적 인물이니까 어느 누구도 대신 해줄 수는 없는 것이다. 설령, 대신해줄 수 있는 인물이 있었다고 하자. 그러나 언젠가는 또

닥쳐올지도 모르는 시련을 또 누군가에게 전가하거나 대신 짊어져

달라고 울부짖을 수는 없는 것이다.

　시련 앞에서 좀 더 당당해져야 한다. 무릎을 꿇으라는 말은 아니

다. 시련 앞에서는 그저 슬기롭게 극복해 나가면서 그 위기를 기회로

만들어내야 한다. 한번 어려운 시련을 맛본 사람은 그다음에 엄청난

성숙을 가져온다. 그 시련이 바로 인생의 위기를 가르쳐 준 선생님이

되었다는 이야기다.

　그러나 시련 앞에서 외면만 하고 일어설 준비를 하지 않으면 더

큰 시련에 맞닥트리게 된다. 그리고 그 시련을 자신의 힘으로 타개하

지 못하면 처음의 시련에서 느끼는 중량감보다 훨씬 더 무겁게 느껴

질 수가 있다. 그래서 쉽게 좌절해 버리고 쉽게 방황하고 자신도 모

르는 사이에 무기력해질 수밖에 없다.

　아무쪼록 시련 앞에서는 의연해지고 더욱 슬기로워야 한다. 그

래야 그 시련을 벗어나면 훨씬 더 성숙해진 자신을 만날 수 있다. 만

약 시련에 굴복해 버리고, 적극적인 대처를 못한다면 다음에 찾아오

는 더 큰 시련 앞에서는 쉽게 무릎을 꿇고 말 것이기 때문이다.

　누구에게든 찾아오는 시련은 다 있기 마련이다. 그러나 그 시련

에 당당히 맞서 이긴 사람은 하나의 날개를 더 얻은 사람이 되는 것

이고, 시련 앞에서 무기력해져 버린 사람은 그 시련이 평생 굴레가

되어 생을 살아가는 데 늘 허우적거릴 수밖에 없다. 인생은 결코 누

가 대신 살아줄 수 없는 자신만의 무대이기 때문이다.

그러니 어떤 시련 앞에서도 꿋꿋이 이겨내 꼭 희망의 날개 하나씩을 더 달고 세상을 멋지게 날아보기 바란다. 이 세상은 정말 살아볼 만한 가치가 반드시 있는 것이다.

20 자신만을 위한 승부수를 던지지 마라.

인간의 마음엔 늘 내 앞에 큰 감을 놓고 싶은 마음이 도사리고 있다. 사람마다 조금씩 견해의 차이는 있지만 이 말에 정색을 하며 부정을 하고 싶은 사람은 진정한 내 마음을 보여주지 않는 사람일 것이다. 인간의 내면세계에 다소간의 차이는 있을지언정 진솔한 마음의 소리를 허물없이 털어놓는다면 전자와 같은 견해가 대부분일 것이다. 사람에겐 누구를 막론하고 경쟁의식이 내재하고 있기 때문이다. 그건 타고난 본성이므로 어쩔 수 없는 일이지만 사람에 따라서는 강약이 있을 수 있다. 경쟁의식이 강한 사람과 그렇지 않은 사람과 정도의 차이는 있을 수 있다.

선의적인 경쟁의식이란 서로 간의 발전을 가져다주기도 한다.

그렇기 때문에 경쟁의식은 아주 나쁜 것만은 아니다. 아무 경쟁자도 없이 무덤덤하게 세상을 살아간다면 모두가 발전적인 일에 노력을 게을리할 것이다. 그러므로 어떤 분야이든, 친구 간이든, 피를 나눈 형제들이든 다소간의 경쟁의식은 내재해 있어야 한다. 그래야 진정한 발전을 도모할 수 있는 것이다.

그러나 도가 지나쳐 자기 자신만을 위해 승부수만을 던진다면 서로 간에 위화감이 조성될 것이고 평형마저 깨질 수가 있다. 그렇기 때문에 무슨 일을 할 때나 큰일을 앞에 두고 계획을 세울 때는 절대 나 자신에게 더 유리한 고지를 차지하게 해서는 안 된다. 모든 사람은 저마다 자기 의견과 의사가 더 중요하다고 개진을 하기 때문이다. 그러나 무슨 일을 할 때나 이권이 발생하는 일에는 절대 나 자신에게 먼저 유리한 조건을 제시해서는 안 된다. 그 결정을 하기까지는 여러 사람 모두가 다 자기 앞에 유리한 조건을 놓고 싶은 건 너무도 당연하기 때문이다.

한 발 더 나아가, 제시된 내용이 설사 나의 이권과는 거리가 멀어지더라도 많은 사람을 위해 더 나은 방향이라면 그 결정에 손을 들어줘야 한다. 만약 각자가 자기 이익만을 고수하는 의견에 찬동한다면 금방 서로 간에 큰 소리가 나고 의견일치를 이루기가 매우 어려워진다.

사람에게는 공통의견이 반드시 있기 마련이다. 그리고 형평상

다수의 의사가 결정되는 대로 따르면 아무 병폐가 없다. 그런데 아무리 다수결 원칙이라 하여도 가장 최상의 조건에 부합하지 않으면 그 결정은 곧 잘한 결정이 아니다.

가장 좋은 결정이란 여러 가지 원칙에 잘 부합하여야 한다. 바로 형평성을 잘 맞추어야 하는 것이다. 경제적으로 가장 많이 가진 자가 가장 최상의 조건을 또 가져간다면 그건 부당한 결정인 것이다. 부에 부가 더 쌓이는 격이 되기 때문이다.

앞에서도 얘기했듯이 서로 자기 몫을 챙기는 일에 앞장서기보다는 먼저 공익을 우선하고, 그다음의 조건은 약자를 배려하면서 가장 적절한 형평성에 어긋나지 않아야 하는 것이다.

사람에겐 약간 손해를 보더라도 마음이 홀가분한 쪽이 훨씬 낫다. 끝까지 내 몫을 손해 보지 않으려고 고수하다 보면 상대방과의 위화감이 조성되어 서서히 거리감이 생겨 멀리하고 싶어지는 게 인지상정이다. 그런 만큼 당장 눈앞에서 다소간의 손해를 보더라도 공익을 위한 정당한 일에 결정이 내려지도록 자신을 비워내야 한다.

내 앞에 큰 감을 놓는 것에만 혈안이 된다면 모든 걸 다 잃게 되는 것이다. 인격은 물론이요, 상대방과의 친분도 금이 가게 되고, 사회적인 만남도 자연히 줄어들게 된다. 정의가 승리를 하는 것은 너무도 당연하다. 그러므로 나 자신만을 위한 승부수를 던지지 말고 타인을 위해 한 걸음씩 더 양보해 보자.

다음은 필자가 교감 재직 시 있었던 이야기이다. 함께 근무하고 있는 L여교사의 이야기이다. 그 여교사는 언제부턴가 영어에 관심이 많고 굉장히 몰입을 하고 있는 모습을 많이 보여 왔다.

그 여선생님에겐 원대한 꿈이 있었던 것이다. 그 꿈은 여건이 되면 아이들과 미국으로 건너가서 교환 근무를 하고 싶다는 것이었다. 나도 그 꿈에 찬동을 해주고 싶었다. 그 후 그 선생님이 집에서도 학교에서도 영어에 올인하고 있는 모습을 여러 곳에서 발견할 수 있었다.

교실에 가 보면 작은 입식 달력에도 영어단어가 빼곡히 수록되어 있고, 관사에서도 아침 6시면 어김없이 일어나 '굿모닝 잉글리쉬'라는 영어 회화수업을 빠짐없이 듣고 있는 것이었다. 그 맹렬한 영어 공부가 꽤 오래도록 지속되었다. 몇 년을 같이 근무하다 보니 자연스레 그녀에게 관심도 갖게 되고 또 그 꿈을 위해서는 할 수 있는 지원도 해 주고 싶었다.

마침 학교교육에도 영어교육이 확대되어 교사의 외국어 활용능력을 강조하게 되었다. 교사들의 질적 향상을 위해 많은 돈을 들여 외국인을 초빙해 놓고 일주일에 1회씩 교육청에서 교사들을 연수시키는 방법으로 특별히 교육청에 외국인이 배치되었다. 그 연수교육으로 인해 자연히 학기마다 교사를 1명씩 차출해야 했다. 당연히 왕성한 의욕을 표현한 그 여교사를 연수자로 차출시켜 열심히 연수받는 모습을 보게 되었다.

그러나 그녀가 영어에 심혈을 기울이다 보니 다른 교과목은 관심이 줄어드는 걸 볼 수 있었다. 너무 영어에만 올인해 있는 그 선생님을 볼 때마다 조금씩 경계심을 갖게 되었다. 교감은 장학활동을 통해 수업시간의 활동사항도 체크를 해야만 한다. 그러나 그 선생님의 관심은 온통 영어에 매달려 있었다. 교실에서도 수업시간을 제외하고는 모두 영어 공부에만 매달려 다른 업무에도 소홀함이 드러났다.

그런 후, 다시 2학기 영어연수자를 지명해야 하는데 또 그 여선생님이 교육을 가고 싶다는 것이었다. 그러나 학교에서는 한 사람의 교사에게만 기회를 주는 게 아니라 여러 선생님들에게 공히 기회를 넓혀 교사의 질을 높이는 게 교육의 목적이라 알고 있기에 선생님을 불러 이해를 시켰다. 똑같은 고학년 선생님 다른 분에게도 기회를 주어야 하지 않느냐고 하면서 이해를 시켰더니, 내 뜻을 오해하며 대번에 울면서 교실로 가버리는 것이었다. 참으로 난감한 노릇이었다.

바로 교장실로 올라가 교장 선생님께 이 사실을 말씀드렸더니, 웃으시며 다른 희망자가 있느냐고 물으셨다. 그때까지는 없었지만 의무적으로라도 다른 선생님을 차출하여 기회가 균등한 교육을 시켜야 한다는 생각을 말씀드렸더니 교장 선생님께서는 의욕적인 선생님이 없을 때는 의욕을 갖고 열심히 하는 선생님 또 가도 된다는 것이었다. 필자는 그건 올바른 차출 척도가 아니라고 생각되었으나, 그땐 교장 선생님의 결정에 따를 수밖에 도리가 없었다.

다행히 2학기에도 그 선생님이 원어민 영어 연수를 가게 되었지만 난 그 선생님을 미워해서가 아니라 기회 균등의 원칙에 부합하고 싶어 그랬을 뿐이었는데, 그 뒤로 나를 보면 얼굴을 피하고 안색이 좋질 않았다.

정말 관리자란 참 어려운 자리였다. 언젠간 한번 조용히 대화를 나누며 풀어보고자 했으나, 그 감정의 골은 매우 깊었나 보다. 그 뒤 내가 교장으로 승진하여 그 학교를 떠난 뒤로 지금까지 소식 한마디 없이 지내고 있다. 정말 자존심이 무척 강한 선생님이라 생각된다.

기회가 균등해야 할 교직에서도 자신에게만 오로지 승부수를 던지고 있는 그 여선생님이 높게 평가되지는 않았다. 조금만 더 다른 사람에게 기회를 양보했더라면 교육청에서 의도하는 바대로 여러 교사들의 외국어 능력이 향상되는 기회가 되지 않았을까? 하는 생각을 떨치지 못하고 있다. 지금도 아쉬움이 남는다. 그녀는 자기만의 계획에 충실하면서 남의 입장은 조금도 배려하지를 않은 것이다.

우리가 조금만 더 남에게 이권을 양보하고 배려한다면 사회는 더욱 밝아질 것이다. 그리고 여러 사람에게 도움이 돌아가는 일에 승부가 내려지도록 마음 씀씀이를 넓게 써야 할 것이다. 그게 바로 눈 앞에 보이는 당장의 이익은 아닐지라도 그다음은 반드시 내가 승자가 되는 것이다. 아니, 모든 사람들이 그렇게 나를 만들어줄 때, 그 아름다움은 더 많이 창출되는 것이다. 양보의 미덕도 이런 아름다움

속에서 탄생이 되기 때문이다.

우리 모두가 다 이런 마음의 자세를 갖게 된다면 우리 가정, 우리 사회, 더 나아가 우리나라는 더욱더 발전될 것이며 성숙한 민주시민으로서의 자질도 자연히 형성될 것이다. 그리고 자신을 위한 승부수를 먼저 던지지 않는다 해도 남들이 더 먼저 알고 그 사람을 만들어 낸다. 이렇게 된다면 우리 민주주의도 더욱 아름답게 꽃피게 될 것이다.

21 쉬지 않는 물이 물레방아를 돌린다.

모든 사람들은 저마다 조금씩 능력에 차이를 느낀다. 모든 사람들이 다 똑같은 능력을 타고났다고 한다면 매우 어려움이 따를 것이다. 모두가 다 잘났기 때문에 무슨 일에서든 양보의 미덕은 찾아보기가 어려웠을지도 모른다. 그래서 조물주는 정말 공평하다는 생각을 가끔씩 해 본다.

어떤 사람에게는 좋은 체력을 주었는가 하면 어떤 사람에게는 노래를 잘하게 하고, 또 어떤 이에게는 좋은 손재주를 갖게 해 주셨다. 그래서 저마다 소질과 능력이 달라 제각기 자긍심을 가지고 살아간다. 그리고 조금씩의 부족함이 있기 때문에 우리가 더 겸손해지는 게 아닐까?

만약 한 사람이 모든 걸 다 타고나서 혼자만 세상 것을 다 갖고 행복을 누리고 산다면 다른 사람들은 서럽고 분해서 살기 힘들 것이다. 그리고 하고자 하는 의욕도 사라져 버릴 것이다. 그러나 사람들에겐 누구나 잘하는 것도 있고, 못하는 것도 있고, 도저히 안 되는 것도 있고, 정말 불가항력인 것도 있게 마련이다. 한 사람에게만 모든 능력을 다 주었다면 다른 사람들은 억울해서도 살 수 없을 것이다.

그러나 사람들은 이런 개인차를 극복해가며 슬기롭게 살아간다. 조금 부족하다 싶을 때 더 채우고 싶은 욕구가 생기고, 모자란 게 없을 때는 사람이 게을러지기에 십상이다.

사람들의 타고난 성품도 저마다 가지가지이다. 부지런한 사람, 좀 느린 사람, 성격이 급한 사람, 차분한 사람, 이 또한 제각각이다. 그리고 머리도 영리한 사람, 조금 아둔한 사람 등 여러 종류이다. 머리가 좋은 사람은 자기 머리를 믿기 때문에 조금 우쭐한 경향이 있고, 머리가 좋지 않은 사람은 자기 방식대로의 노력으로 모든 것에 성실히 임하게 된다.

필자는 '과연 어떤 사람이 더 좋을까?' 생각해 보지만 이 물음엔 정답이 없을 것 같다. 그러나 이 말은 경험에 비추어서 잘 정리할 수가 있다. 조금은 능력이 못 미쳐도 열심히 하는 사람을 당해낼 도리가 없는 것이다.

'토끼와 거북이' 이야기가 왜 대두되었을까? 거북이처럼 타고난 능력이 조금 미진하더라도 노력하여 끝까지 성공하는 사람을 더 높이 사기 때문이다. 그래서 "노력하는 사람을 당하지 못한다."고 하는 말은 정말 맞는 말이다. 상대와 견주어 능력은 조금 떨어지더라도 성실한 태도와 꾸준함이야말로 성공의 첩경이란 뜻이다.

인생은 짧다면 짧고 길다면 매우 길다. 그러나 요즈음은 모두가 다 수명이 길어졌다. 모두 자기 건강만 잘 다스리면 다 같이 100세 시대를 살 수 있는 것이다. 그렇기에 환경이나 여건이 충족지 못해 미처 하지 못했던 취미생활이나 공부 등도 얼마든지 자기 의지만 있으면 다 이룰 수가 있다. 그래서 옛날엔 감히 엄두도 못 낼 어려운 시험에 생각지도 않았던 사람이 합격의 영광을 누리지 않는가?

그러나 성공을 하는 데는 두뇌가 일시적으로 작용하는 게 아니라 꾸준하고 식지 않은 도전정신이 성공을 이끌어냄을 알아야 한다. 졸졸 흐르는 시냇물을 보라! 아무것도 하지 않고 그냥 막연히 흘러가는 것 같지만, 결국 모이면 물레방아를 돌리고 또 바닷물을 이루는 것이다. 정말 하찮은 것들을 오랜 세월 잘 갈고 닦으면 거기에서 진가가 우러나온다. 그래서 쉬지 않고 끝까지 도전하면 못 이룰 게 없는 것이다.

필자에겐 여러 친구가 있다. 그중에서 화가 홍정남이라는 친구는 중학교 때의 친구이다. 공부도 열심히 하여 여고를 졸업하고 대학은 진학하지 못했다. 그 시절에는 부모의 교육열이 뚜렷하지 않으면 대학 교육은 쉽게 시키지 않았다. 다행히 교육자에게 시집을 가서 광주에서 다복한 가정을 꾸렸고, 슬하에 삼 남매를 남부럽지 않게 두어 매우 단란한 생활을 하고 있는 것으로 여겨진다.

그런데 친구지만 결혼하여 헤어져 지낸 이후 소식조차 모르다가, 우연히 미술작품 전시회를 개최하는 데 친구로서 도록에 축하의 글을 써 달라는 것이었다. 그 친구는 이미 화단에 이름을 올려놓은 상태였다. 그림으로도 어느 정도 입지가 선 시점이었다. 부랴부랴 친구의 그림세계를 들여다보며 그 속에서 가장 반짝이는 보석을 발견할 수 있었다.

친구는 호가 소연이다. 주로 산수화를 수묵으로 많이 그렸고, 이따금 수묵담채화도 그렸고, 문인화도 그렸으나 주요 소재는 우리가 살아왔던 정든 고향 언덕, 엄마 품 같은 따스함이 묻어 있는 작품들이었다. 시대적 배경 탓인지 색상은 화려하지 않고 은은하였지만 그 기법이 매우 치밀하였다. 혼자 공부한 화가로서는 몹시 부지런하다는 걸 작품에서 느낄 수가 있었다.

가장 훌륭한 선생님은 부지런함이 아니던가? 광주에서 아이들을 어느 정도 공부시킨 후 다시 서울로 아이들이 떠나고, 그 작은 시간이 주어질 때마다 그는 화실에서 온종일 화선지와 씨름을 했던 것이다. 하고 싶었던 것들이 어찌 그림뿐이었으랴! 그러나 그는 시간을 금쪽같이 여기고, 화선지와 먹물로 고통의 세월을 이겨냈던 것이다.

부지런히 가족을 출근시킨 뒤에는 화실로 들어가 수묵의 기교를 익히며 습작을 하였고, 야외 스케치도 열심히 다니고 사진을 찍어와서 그리고 또 그린 결과, 여러 곳에서 입상도 많이 하였다. 개인전도 여러 번 열만큼 화단에 멋지게 소연 홍정남이란 이름을 올려놓았다.

정말 깜짝 놀랄 일이다. 미술대학에 입학해서 미술을 전공해 본 전공자도 아니고, 혼자서 독학으로 무조건 화실에 들어가 부지런함 하나로 꾸준히 그림에 일관해 왔던 것이다. 그러기를 오랜 세월 붓과 물감을 손에서 떼지 않고 노력한 결과 화단에서 훌륭한 여류 화가가 되어 있었던 것이다. 정말 마음껏 축하할 일이었다. 친구가 작품 전시회를 개최할 때 달려가 축하도 해 주었다.

그 뒤로도 매년 갤러리를 빌려 순회전시도 하고, 동인전도 꾸준히 준비하여 지금은 미술대회 심사위원으로도 이름을 날리고 있다. 이처럼 정식으로 미술 전공은 하지 않았어도 전공자 못지않게 더 노력하여 지금의 화려한 스펙을 쌓아 놓았다. 이 얼마나 장한 일인가? 친구의 삶이 얼마나 노력한 삶이었는지 깨달을 수 있었다. 한시도 쉬지 않고 이룩한 결과여서 두고두고 손뼉을 쳐 주고 싶다.

이처럼 계속해서 쉬지 않고 흐르는 물은 이끼도 끼지 않고, 훌륭한 물레방아도 돌릴 수 있는 것이다. 성공이라는 물레방아는 쉬지 않고 꾸준히 흐르는 노력의 물에서만 가능한 것이다.

불굴의 의지

김숙자

언제부터였을까
꽁꽁 동여맨 언 가슴 속
차디찬 묵정밭에
남몰래 싹트고 만
뜨거운 사랑의 불꽃
온갖 비바람 맨살로 막아내며
비실거리다 말거라고
눈길조차 거부했건만
열정 품은 콩알 사다리 하늘을 훔쳤다.

부여잡을 버팀목 하나 없는
빈 허공에 발을 딛고
몸부림치던 날 몇 날이고
번개 낙뢰 맞으며 가슴 떨던
모진 밤 몇 날이었던가
시련의 소용돌이치던
절망의 빈 하늘가에
고달픈 인고의 세월
내 영혼 점점이 꽃술로 박혀
숙고의 신비 더욱 붉게 하늘 우러르더라.

22 곰삭은 젓갈에서 맛깔스런 맛이 더 나온다.

우리가 만든 음식은 대부분 손끝에서 우러나온다고 하지 않았던가? 그러나 이 말은 기본적인 염장 간장이 다 맛있는 경우에 나오는 말일 것이다.

음식을 잘 만드는 사람은 결코 많은 재료를 사용하지 않는다. 그저 장난한 것처럼 슬쩍슬쩍 주물러내도 맛은 기가 막히다. 이쯤 되는 사람은 음식의 고수라 할 만한 사람이다. 음식의 배합과 궁합을 너무도 잘 아는 박사이다. 슬쩍슬쩍 버무리기만 해도 그 맛이 과히 일품인걸 보면 말이다.

이런 음식의 고수는 이미 손맛과 음식 재료의 비율을 잘 알고 있기 때문에 손쉽게 그 맛을 낼 수 있는 것이다. 그러니 그 음식을 만드는 세월에 얼마나 많은 시간을 투자했으랴. 음식 맛이나 자신감은 오랜 세월 여러 차례 다루어봐서 이미 들어갈 용량과 간을 너무도 잘 알고 있는 것이다. 그러니 입으로 직접 간을 보지 않아도 이미 손끝에서 눈만으로 간파를 할 정도인 것이다.

그래서 그 직종에서의 경력을 따지는 것이 이를 두고 한 말이다. "서당 개 삼 년이면 풍월을 읊는다."라는 말이 왜 나왔겠는가? 하물며 서당에서 키우는 개도 오래 듣고 보면 사람이나 할 수 있는 풍월까지도 따라 읊는다는 말이다. 이 얼마나 합당한 비유인가? 그러니 그 직종에서 고수가 되려면 수없이 그 일을 반복하고 또 하고, 그러다 보면 눈을 감고서도 그 일을 해낼 수 있는 경지에 도달할 수 있는 것이다.

아무나 김치 맛을 그냥 낼 수는 없는 것이다. 여러 번의 경험, 여러 번의 실수가 재료가 되고 양념이 되어 오늘에 이르게 된 것이다. 그렇지만 우리가 보기에는 별다른 재료도 넣지 않은 것 같은데 특별함이 있는 것은 무엇 때문인가?

뛰어넘을 수 없는 건 감칠맛이다. 양념의 적절한 배합, 간, 그리고 그 재료의 특성을 그대로 살려내는 맛깔스런 솜씨가 바로 그 원인이다. 아무나 고수를 금방 따라 넘을 순 없다. 그 이면에는 세월이 앉아 있고, 시간을 함께했고, 수없는 짠맛 매운맛 등 갖은 양념의 눈물이 뒤엉켜서 이룩한 쾌거일 것이다. 그러나 똑같은 재료로 김치를 담그지만 유난히 맛깔스러운 건 또 무엇일까?

바로 재료의 적절성이다. 아무리 재료가 넘치고 많이 들어가도 오히려 그 맛을 망치는 경우가 허다하다. 음식에도 배합이 잘 맞는 궁합이 있는 것이다.

우리 집에서도 김치를 담가 보았지만 역시 무엇인가가 부족했다. 그 무엇인가는 바로 경험이었다. 경험이 바로 김치의 선생님인 것이다.

작년 가을엔 직접 기른 무공해 배추와 무로 딸과 함께 김치를 담그려다가 김치 잘 담근다는 고수에게 비법을 알아보았다. 오랜 세월 맛있는 김치를 잘 담그신다는 딸 친구 연희 어머니께 부끄러움을 무릅쓰고 여쭤보았다. 대답인즉슨 맛깔나게 잘 숙성된 젓갈 한 가지만으로도 김치 맛이 좌우됨을 알게 되었다. 결코 다른 양념은 많이 안 넣는다고 하셨다. 그저 맛깔스런 새우 젓갈 한 가지만 있어도 김치 맛은 일품이라고 하시더니 그 말이 정말이었다. 그냥 말로만 고수가 아니었다. 오랜 세월 그분만의 경험과 노하우로 얻어진 비법인 것 같다.

마침 우리 집에도 잘 숙성된 남도 새우젓이 있어서 작년엔 그 한 가지만 넣었을 뿐인데 김장 김치는 대성공이었다. 먹는 사람마다 칭송이 자자했다. 이렇듯 곰삭은 젓갈에서 우러나오는 맛깔스러운 그 맛 때문에 김치 고수가 내는 맛을 고대로 흉내 낼 수가 있었다.

우리 인생도 곰삭은 젓갈처럼 이렇게 오묘하고 맛깔스러운 맛이 우러나왔으면 좋겠다. 그러기 위해서는 얼마나 참기 어려운 시련과 고통의 응어리들을 곰삭도록 보듬고 삭혀내야 하는지 진지하게 생각해 봐야 할 것 같다. 정말 인고의 세월을 참고 견딘다는 건 아무나 할 수 있는 일은 아니다.

지금보다 한결 더 성숙된 나와 만나려면 수많은 시련과 인고의 세월을 어떻게 숙성시켜야 할까? 진정 맛깔난 인생의 맛을 우려낼 수 있는 방법은 무엇인지 우리 다 함께 고민해 보지 않을 수가 없다.

23 솟은 봉우리가 바람을 많이 맞는다.

산 위에 올라서 시원한 바람을 한번 만나 보았는가? 얼마나 상큼하고 달콤한가? 산을 오르면서 흘렸던 고생과 땀방울들이 한꺼번에 사라져 버린다. 그 상쾌함을 무엇에 비유할 수 있을까? 이런 맛 때문에 힘들게 산에 오르고 이런 맛을 알기 때문에 더 짜릿함을 느끼게 되는 것이다. 산 아래에서도 바람을 만날 수는 있겠지만 높은 정상에 오르고 보면 바람의 강도가 다르다. 아니, 바람의 그 신선함도 역시 다름을 알 수 있다.

우리 인생의 길 위에서도 우리는 수많은 바람을 만난다. 잔잔했다가도 거센 바람이 이는가 하면 폭풍우가 들이치듯 비바람이 사납게 불어 닥쳐 도무지 정신을 차리지 못할 때도 있다. 그런 것을 우리는 인생의 위기라 이름 짓는다.

인생에서 위기를 한 번도 만나보지 않은 사람도 간혹 있다. 그러나 인생 대부분은 크고 작은 위기와 시련에 휩싸일 때가 있는 것이다. 대부분 그 위기와 시련은 가볍게 넘어갈 수도 있고, 우리의 발목을 붙잡고 쉽사리 놓아주지 않을 때도 있다. 이런 때 우리는 위기 탈출을 위한 방법을 연구해야 하며, 위기를 기회로 만들 수도 있다.

우리가 산행을 할 때 어디에서 바람이 가장 세게 불까? 아무래도 높이 솟아 있는 봉우리에서 더 많은 바람과 만날 수 있다. 대체적으로 우리가 솟은 봉우리라고 하면 산봉우리로만 생각하기 쉬운데, 인생 가운데에서 솟은 봉우리라 하면 남들과 비교하여 독특한 개성의 소유자라고 말할 수도 있다.

개성이 강한 사람일수록 부딪치는 사람이 많다. 산봉우리가 솟아 있는 것처럼 개성이 톡톡 튀는 사람은 산봉우리가 솟아올라 있어 바람을 많이 맞는 것처럼 다른 사람들과의 충돌을 자주 만날 수가 있다. 그렇기에 사람들은 평범한 병풍산처럼 성격이 모나지 않아야 한다. 그래야 톡톡 튀는 흙탕물을 덜 뒤집어쓰게 되는 것이다.

만약 평범한 생각을 갖고 있지 않고 자기만의 고집과 아집에서 조금도 물러설 줄 모르는 사람들은 결국 의견일치가 안 되는 부류와 급기야 마찰을 자주 벌이게 된다. 이 모두가 자기 성격의 솟은 부분이 남과 융합을 이루지 못해 받게 되는 위기이다.

우리는 이런 위기를 잘 극복하려면 많은 자아 수련을 하여야 한다. 그러지 않고서는 그 위기에 머물러 탈출구를 보지 못한다. 그래서 손해를 보는 일이 한두 번이 아니다.

바닷가에서 뒹구는 조약돌을 보아라. 얼마나 날카로운 조약돌이 많은지 주위를 잘 둘러보기 바란다. 그러나 대부분의 조약돌들은 파도와 부딪치고 다른 조약돌끼리 부딪치다가 결국엔 그 날카로운 모서리들이 닳고 닳아 둥그스름한 예쁜 조약돌로 변해 있지 않은가! 이렇듯 우리도 날카롭게 대들고, 남들과 충돌하고 괴로워하는 고통의 시간을 잘 참고 연마하면 반드시 멋지고 예쁜 조약돌로 거듭나 있을 것이다.

지금 선진국이라고 하는 미국에서 빈번하게 일어나고 있는 대형 사건들을 눈여겨 보라. 대부분 자기들이 잘났다고 생각하기 때문에 자존심에 조그만 상처를 입으면 그저 총기로 상대방을 난사해 버리는 것이다. 그래서 신성한 학교 교정에서도 아주 빈번하게 총기 사건이 일어나고 있다. 정말 무서운 세상이 되어가고 있다. 부모나 선생님마저도 어찌할 수 없이 무방비상태로 당하고만 있다.

대부분은 극렬한 생각을 하지 않고 행복하게 잘 살아가고 있지만, 어쩌다가 그 소수가 갑작스러운 타격을 입으면 앞뒤 헤아릴 것도 없이 총기를 휘두르는 것이다. 제발 그 제도가 사라져가면 좋겠다. 그러나 미국에선 총기의 규제가 심하지 않은 것 같다. 그토록 수많은 총기 참사가 일어나도 더 이상 해결 방법을 내놓지 않으니 말이다. 제발 우리 아이들만이라도 그 무서운 범죄를 모방하지 않았으면 하는 바람이다.

그리고 우리 인간의 본성은 시기 질투가 너무 많다. 시기와 질투도 좋은 쪽으로 발전하면 자기를 더 업그레이드 시킬 수 있는 기회가 되지만, 조금만 개성이 튀거나 나보다 잘난 점이 솟아나 보이면 그걸 그냥 넘어가지 않는다.

벼가 익을수록 고개를 숙이듯 내가 잘나서 자신감이 넘쳐도 사람은 늘 낮게 수그리며 겸손할 줄 알아야 한다. 그래야 적을 덜 만드는 것이다. 잘났다고 우뚝우뚝 솟은 봉우리에는 언제나 바람 잘 날이 없는 것이다.

24 흔들리며 사는 게 맛깔난 인생이다.

　이른 봄에 제일 먼저 연둣빛으로 새 옷을 갈아입는 게 버드나무요, 늦가을에 가장 뒤늦게 제 잎을 떨구는 것도 역시 버드나무이다. 나무의 형상으로 보기엔 너무도 가냘퍼서 그 생명력 또한 나무 중에서 제일 약한 줄 알았다. 그래서 작은 실바람에도 축축 늘어진 가지가 흔들리는 모습을 보면 연약하기 이를 데 없는 것이다. 그래서 버드나무가 가녀린 여성에 비유되지 않았을까? 예로부터 여자의 마음을 바람에 잘 흔들리는 갈대나 버드나무에 비유를 해왔던 점도 그 때문인 것 같다.

　필자의 집 옆에는 유등천이 흐른다. 그 유등천을 따라 걷노라면 제일 먼저 버드나무가 나를 반겨준다. 그래서 그 냇가의 이름도 버드내로 불리고 있다. 가지가 바람에 한들한들 춤을 추는 모습이 얼마나 낭만적인지 모른다. 참으로 도심지에서 이런 아름다운 천변 가까이에 살고 있다는 건 큰 축복인 것 같다. 그래서인지 천변에 나서기만 하면 버드나무와 자연스레 마주치게 된다.

바람에 나부끼는 버드나무 잎 색깔을 보며 봄이 오고 가을이 짙어감을 더욱 실감하게 된다. 지금은 계절 중에서 가장 아름다운 봄으로 그 눈부신 연둣빛이 그야말로 매력적이다. 실바람만 불어와도 사뿐사뿐 나부끼며 춤을 추는 버드나무를 보며 시상이 절로 솟구친다.

그러나 버드나무는 생김과는 정반대로 생명력이 너무도 질기다. 바람이 부는 대로 제 몸을 맡겨 버리기에 아무 상처 하나 남기지 않는가 보다. 비바람이 부는 날도 가지 하나 부러짐을 보지 못했으며 그 숱한 폭풍우에도 날개 하나 꺾이는 걸 보지 못했다. 흔들림으로 인해 온전히 살고 있는 지혜는 언제부터 깨달았을까? 필자는 천변 버드나무를 보면서 인생의 큰 경종을 얻게 되었다.

우리가 사는 인간 세상에는 나무의 흔들림처럼 수많은 유혹이 뒤따른다. 저마다 어떤 유혹이든 한 번쯤은 현혹된 적이 있을 것이다. 유혹이라고 해서 다 큰 함정만 있는 것은 아니다. 자신이 생각지 않은 의지와 다르게 행해지는 행위 자체를 유혹이라 부르고 있다. 즉 술로의 유혹, 마약으로의 유혹, 여자의 유혹, 새로운 옷에 대한 유혹, 시와의 유혹, 그야말로 유혹에는 여러 양상이 뒤따른다.

한번쯤은 그 유혹에 빠져도 괜찮을 듯싶다. 유혹이 꼭 나쁜 것만은 아니기 때문이다. 커피의 유혹, 오페라의 유혹, 음악의 유혹, 춤의 유혹 등 참으로 그 종류는 헤아리기 어렵다. 그 유혹에 한 번쯤은 흔들려야 사는 맛이 나지 않을까?

가령 잘못된 유혹에 한순간 몰입이 되었다 해도 우리는 다시 제자리를 찾아 정상으로 돌아올 수가 있다. 가끔은 어떤 마약의 유혹, 마작의 유혹 등에 휘둘릴 때도 있지만 그것도 인생의 공부를 가르쳐주는 선생님이나 다름없다. 언제든 다시 흔들리는 버드나무처럼 나부끼다가 돌아오면 되는 것이다.

인생이 너무 각박하고 메말라도 사는 재미가 없다. 한번쯤은 내 궤도에서 이탈해 봄으로써 새로움을 발견해 내는 것이다. 인생의 과정에서 아무 풍파 없이 무미건조한 삶으로만 일관해 왔다면 그 인생은 훌륭한 멘토는 될 수가 없다. 풍파가 없었으므로 안일한 일생은 되었을지 몰라도 다른 사람에게 삶의 진면목을 이야기해줄 수는 없는 것이다.

그러나 크고 작은 시련에 흔들려 부대껴본 사람은 그만큼 아픈 경험이 축적된 것이다. 그리하여 그 노하우를 다른 사람에게 밑거름으로 뿌려줄 수 있다. 그러면 그만큼 시련에 대처하는 힘이 길러져 인생을 기름지게 살 수가 있는 것이다.

사람마다 한 가지 걱정 없는 집은 없다. 어느 집이고 크고 작은 흔들림은 다 있을 수가 있다. 필자의 가정에도 인생의 가장 중요한 시기에 큰 혼란을 겪은 적이 있다. "인생의 나이 40이면 자기 얼굴에 책임을 져야 한다."라는 말이 있지 않은가? 필자는 그 나이에 접어들어서야 겨우 남편과의 긴 헤어짐에 종지부를 찍었다. 남편이 외항선을 타고 있었으므로 그때까진 가정이 안정될 수가 없었던 것이다.

비로소 지천명의 나이가 되면서부터 우리 부부는 한 가정이라는 테두리 안에서 가족이 모두 모여 둥지 오붓한 삶이 문을 열게 되었다. 얼마나 기다려왔던 순간이었는지 모른다.

아이들에게서도 조금은 아빠 없는 죄책감에서 벗어나게 할 수 있었고, 나도 그 지긋지긋한 고독과 외로움에서 탈출할 수가 있었다. 그러나 남편과 함께 지내는 기쁨 곁에는 고민거리가 더 많이 늘어났다. 결혼 후 달콤한 신혼살림을 꿈꿔왔던 나의 소망과는 너무 거리가 멀었다.

경험도 없이 직업을 바꾼 남편의 생활은 그렇게 녹록지가 않았다. 해상의 직업을 가졌던 남편이 우연히 육상의 직업으로 전환하면서 선택한 것이 단 한 번도 경험이 없는 우유대리점 사업을 선택한 것이다.

남편은 가족과 함께 사는 것만으로도 행복하다며 하루에 수없이 옷을 적셔 내는 비지땀을 흘리며 우유대리점을 운영하느라 별의별 고생을 다했다. 그러나 서류상으로는 이익을 창출한 것으로 나타나지만, 어쩐 일인지 자꾸만 경제 사정이 뒤틀려가기 시작했다.

일하는 사람은 사람대로 쓰고 남편은 남편대로 우유배달 일까지 직접 해가면서 대리점을 열심히 운영해 갔지만 작은 지역의 매출로는 한계가 있었다. 매달 적자가 나는데도 대리점을 운영하려면 기사와 경리를 안 두고 할 수는 없었다. 그런데 어쩐 이유인지 그 적자를 감당할 수가 없는 것이다.

여기저기 금융기관에서 대부를 받아 메꾸고 메꾸고 했지만 한 달도 적자가 안 나는 달이 없었다. 벌어도 시원찮은데 자꾸만 투자와 적자가 쌓여가 빚이 늘어가기 시작했다. 그러기를 10년을 지속했으니 경제사정은 더 말해 무엇할까?

아무리 생각다 못해 대리점을 접어보려 해도 인수를 받을 사람도 나타나지 않았다. 더는 이끌어 나갈 수가 없어 아주 싼 가격에 그만 대리점을 인계하기에 이르렀다. 경제적으로는 많은 손해를 보았지만 가정이 안정되었으므로 더 이상 이해타산을 따질 일이 아니었다. 그리고 빚이란 살아가며 갚으면 되는 것이었다. 우리는 이 사업을 계기로 돈보다 더 귀한 산 경험을 선물로 얻었다.

그리고 고생과 성실한 땀을 흘린 대가는 반드시 무엇으로도 보상을 받는다는 사실을 깨달았다. 대리점에서는 적자를 면치 못했지만 자그마한 농토를 사 두었던 게 우리의 땀을 닦아 주었다. 우리 부부는 결혼 후 육체적으로는 너무 힘든 시련의 10년이었지만 처음으로 가정의 기틀이 만들어진 중요한 행복의 시간이 되었던 것이다.

필자는 흔들거렸던 시련의 시간으로 인해 더욱더 맛깔나는 인생으로 살아갈 수 있는 모든 배경을 얻었으므로 값진 경험이 되었다. 인생은 가끔은 버드나무처럼 흔들리며 사는 것도 사는 맛을 더해 준다는 생각을 하게 한다.

25 고난의 언덕을 넘어야 희망봉이 보인다.

우리가 살아가는 인생길은 즐거운 일도 많지만 무수한 고난의 연속이다. 그러나 인생에서 찾아오는 고난의 과정을 어렵다고 아니 갈 수는 없다. 그리고 그 고난을 막무가내로 피해 도망쳐 갈 수도 없는 것이다. 고난이란 어렸을 땐 그 강도를 가늠하지 못하다가 점점 자라면서 고난에 대해 고민하기 시작한다. 그러다가 사회로 진출을 해나가는 과정에서부터는 진짜 많은 고난이 봉착하게 된다.

아무 근심 걱정 없이 평탄한 길만 나타나리라 기대하지만, 인생이란 넓은 무대 위에는 수많은 희로애락이 뒤따르게 된다. 그러나 힘이 든다고 해서 주어진 내 인생을 포기해 버릴 순 없다. 그것처럼 무의미한 짓은 또 없을 것이다. 어떤 고난도 우리가 기꺼이 넘으면 반드시 그 뒤엔 행복이 기다리고 있기 때문이다. 우리가 고난을 극복할 마음의 자세만 가지면 얼마든지 그걸 박차고 일어설 수 있다.

다가올 미래를 너무 비관적으로 예견하면서 일찌감치 생을 포기해서는 결코 안 된다. 우리나라의 자살률이 세계 1위라는 사실은 우리에게 얼마나 수치스러운 일인가? 어려웠던 지난날에도 선조들은 그 고난을 극복해 오며 잘 살아왔는데, 왜 더 나아진 지금의 현실을 그렇게 함부로 포기해 버리는가? 이건 너무 자기 본위에 빠져 있는 잘못된 분출이다. 왜 살아보지도 않고 그리 쉽게 생을 접느냔 말이다. 살아보면 얼마든지 아름답고 가치 있는 우리 인생을 너무 극단적으로만 바라보지 않았으면 좋겠다.

누구에게든 고난이 찾아오는 건 머지않아 즐거움이 기다리고 있다는 예고편이다. 우리가 힘들긴 해도 지금의 고난을 참고 견디어 이겨내면 반드시 그 희망봉은 우리에게 웃으며 다가와 줄 것이다. 어찌 힘든 과정 없이 보람된 나날을 맞이할 수 있으랴.

필자는 요즈음 공직사회에서 찾아보기 힘든 희망의 전도사 한 분을 소개하고 싶다. 다른 사람들을 위해 희망의 깃발로 나부끼고 싶은 마음은 누구나 같을 것이다. 그러나 하고 싶다고 아무나 그렇게 하기는 어려울 것이다.

요즈음 찾아보기 힘든 사회의 희망봉이 되고 있는 어느 구청장님에 대한 이야기다. 필자가 살고 있는 지역의 구청장님이기에 가감

없이 이야기하고 싶다. 그 분은 현직에 계시면서 누구든 감히 어려워 실천을 못 하고 있는 가장 힘든 일을 매일 실천하고 계신다. 구청장으로 꼭 그 일까지 직접 해야 하는가에 의문도 갔지만, 그분은 모든 행정을 직접 몸으로 현장을 뛰어다니며 실천하는 분으로 인정받기에 이르렀다.

다른 일은 말할 것도 없지만 구청에서 가장 취약한 부분 '새벽 쓰레기 미화사업'만 보더라도 남다르다. 남들이 곤히 자는 그 힘든 시간에 미화원들과 똑같은 쓰레기 치우는 일을 매일 실천하고 있는 것이다. 몇 년간 지속하고 있는 이 일 한 가지만 보더라도 남다르다.

어려움을 현장에서 그들과 함께 동참해 가면서 문제점이나 개선되어야 할 일들을 하나하나 체크하고 있는 것이다. 그래서 지금보다 더 나은 방향으로 개선해 나가는, 요즈음 찾아보기 힘든 실천과 행정가인 셈이다. 어떤 가식이 아닌 실천으로 말하며 직접 발로 뛰는 행정에 정말 박수를 보내 마땅하다.

그 이면에는 남다른 성장과정이 발판이 되었던 것도 있었을 것이다. 어린 시절 너무도 어려운 가정에서 6남매의 장남으로 태어나 남다른 고통과 시련을 많이 겪어온 탓도 있으리라.

일곱 살 때부터 부친을 여의고 가족의 생계를 위해 껌팔이부터 구두닦이 등 안 해본 일이 없었다고 한다. 그런 가운데 어려운 가정 사정으로 인해 초등학교 외엔 중고등학교에 다니지 못했다고 한다.

그러나 배우고자 하는 꿈은 버릴 수 없어 낮엔 일하고 밤에는 공부하여 중고등학교 과정을 검정고시로 마쳤다고 한다. 그리고 대학은 고사하고, 취업 일선에서 복싱선수도 해 보고, 온갖 어려운 일을 다 감당해가며 동생들의 대학 교육까지 책임져온 똑 부러진 사람이다.

정말 부지런하고 소신이 강하여 자신의 꿈을 위해서도 항시 '희망'이라는 글자 하나만을 가슴에 품고 온갖 고생과 시련을 다 견디어낸, 요즈음 보기 드문 사람이다. 그 뒤로도 자신의 꿈을 위한 공부를 하기 위해 주경야독으로 야간대학을 나와 경영대학원에서 석사과정까지 마친 재원이 되었다.

그리하여 자신처럼 어려웠던 사람도 희망을 버리지 않고 성공하는 사람이 되어 어렵고 힘든 사람에게 희망봉이 되고 싶었던 것이다. 그래서 어려운 정계에도 당당히 입문하여 근면과 성실로 그 능력을 인정받기에 이르렀다. 정말 요즈음 보기 힘든 사표(師表)이자 우리 모두의 희망봉으로 뛰고 있다.

우리도 이처럼 혹독한 시련이 찾아와도 절대 무릎 꿇지 말고, 성실과 끈기로 희망의 언덕을 줄기차게 올라야 한다. 그래서 더 부지런히 발로 뛰고 남들보다 몇 배 성실하게 노력한 결과 지방선거에서 당당히 청장으로 부름을 받았고 재선에도 성공하였던 것이다. 이 일은 결코 우연이 아닐 것이며, 부단히 준비해온 희망을 품은 자의 몫일 것이다.

수많은 고난의 언덕을 쉼 없이 오르다 보면 성실한 자는 반드시 그 희망봉에 도달하게 되는 것이다. 고난은 힘들지만 피해 가서는 안 되는 우리들의 디딤돌이요, 성공의 원석이라 여겨진다.

희망봉

김숙자

자욱한 안개 너머로
아스라이 가물거리는
살가운 속살 하나
보이지 않는 그 걸 향해
오르고 또 오른 험준한 준령
보여줄 듯 말듯 약을 올리며
쉽사리 올 하나 풀지 않는 희망의 날개옷

이젠 지쳐 포기하겠다고
원망의 화살을 날리고
요지부동 옹고집에도
눈 하나 꿈쩍하지 않던 너
오만과 허욕을 벗어던지고
진실로 낮게 엎드리니
바로 내 안에서 웃고 있다.

chapter 4

시련은
빈 수레로
돌아오지 않는다.

시련은 내가 감당할 만큼 찾아오며
시련은 행복의 전주곡이라 할 수 있다.
시련의 언덕을 넘어야 반드시 희망봉이 보이고
시련은 절대 빈 수레로 돌아오는 법이 없다.

26 인생 9단은 향기도 남다르다.

　우리는 흔히 인간관계에서 자신감이 있는 사람 앞에서는 저절로 고개가 숙여진다. 그 자신감이란 어느 누구에게서나 다 우러나오는 게 아니기 때문이다.

　모르는 사람과의 만남에서도 자신감이 있어 보이는 사람은 왠지 모를 향기까지 스며 있는 것 같다. 우리가 직접 보진 못했어도 그 자신감은 그냥 생겨나지 않았을 것이다. 어떤 어려운 일들을 몇 번의 실패를 거듭해가며 끌어올린 결과가 바로 자신감으로 나타나기 때문이다.

　실험실에서 처음으로 메스를 들고 사람의 몸을 해부해야 한다고 생각해 보라. 얼마나 떨리고 무섭고 진저리가 나겠는가? 그러나 여러 차례 그 무서운 실험을 시행하다 보면 나도 모르는 사이에 자신감이 생겨 의연해지게 될 것이다. 의사들 중에서도 왜 명의가 따로 있겠는 가? 그 분야에서는 수많은 수술의 집도로 인하여 확실한 실력을 인정받았기에 명의라는 명칭이 주어질 것이다.

이처럼 그 분야에서 오랫동안 그 일을 해오면서 경력이 쌓임으로 인해 나도 모르게 자신감이 붙게 되는 것이다. 하물며 인생 9단이라 하면 삶의 이모저모, 이것저것을 짭짤한 경험을 통해 다 경험해본 사람을 이름 함이다. 그러니까 온갖 어려움과 시련으로 인하여 잘 다져진 인생을 그리 부른 것이다. 그러니까 인생의 멘토라고나 할까? 인생 선배나 선생님이라 할까? 아무튼 온갖 고초를 다 잘 겪고 나온 인생의 매니저라 할 수 있다.

아무나 인생의 매니저가 될 수는 없다. 인생 9단은 우리 인생길을 허둥대며 멀게 돌아오지 않고, 손쉽게 길을 찾게 해주는 등대라고 할 수도 있다. 또 삶의 어려운 해답을 쉽게 풀어주는 족집게 선생님이라고도 말할 수 있다.

정말 인생을 살아가면서 쌓인 풍부한 경륜을 절대 무시해서는 안 된다. 수많은 사람들 중 경험을 많이 쌓은 사람을 우리는 존경해야 한다. 인생 9단이란 우리로서는 도저히 경험해보지 못한 험난한 과정도 다 거쳐 온 사람들이다. 그렇기에 감히 따라갈 수 없는 실력과 자신감으로 똘똘 무장이 된 사람이라 할 수 있다. 그런 분들에게

선 남다른 향기가 우러나온다.

　강원도 원주에 수녀님들이 운영하고 계시는 '피정의 집'이 있다. 이 집에서는 우리는 감히 상상할 수가 없는 좋은 일을 하고 있다. 죽음을 앞둔 환우들이 인생의 마지막 과정을 잘 마무리 하고 행복하게 하늘나라로 갈 수 있도록 도와주는 일을 하는 집이다.

　말은 쉬울 것 같지만 정말 아무나 그 일을 할 수는 없는 것이다. 환우의 임종이 임박하면 그 환우의 가족들을 모두 불러 남은 시간을 함께 생활하면서, 얼마 남아 있을지도 모르는 그 촌각의 추억을 사랑하는 가족과 공유하게도 한다. 그리고 그간 가족 간에 얽힌 복잡미묘한 실타래를 다 풀고 갈 수 있도록 화해의 시간도 갖게 해 준다. 그런 다음은 환우가 정말 가족의 사랑을 받으며 행복하게 눈을 감을 수 있도록 도와준다.

　이 얼마나 숭고하고 아름다운 일인가? 한 가족만 감당하는 게 아니라 전국에서 찾아오는 수많은 가족들이 그런 아름다운 이별을 행복하게 겪도록 도와준다.

　정말 여기에서 수고하시는 모든 수녀님들에게 절로 고개가 숙여진다. 그분들이야말로 정말 살아 있는 천사이다. 그리고 가족의 이별이 슬픔으로만 간직되지 않게 가족들을 위한 후속 프로그램이 또 마련된다. 어쩔 수 없이 이별을 맞이하지만 그 아픔과 슬픔을 극소화시켜주는 이분들이야말로 천사요 인생 9단이라 아니할 수 없다. 그분들한테서는 아름다운 인간에게서 풍겨 나오는 무한한 향기가 솟아나온다. 다른 사람은 범접할 수 없는 그런 존경감이 앞선다. 정말 좋은 일을 하고 있는 그 사람들은 영혼마저도 너무 아름답다. 그렇기에 그분들 앞에서는 절로 고개가 숙여진다.

생의 과정도 다 중요하지만 마지막 그 이별의 과정도 너무나 아름다운 생의 한순간인 것이다. 우리에게도 언젠간 그 순간이 찾아오지만, 이처럼 숭고하고 아름다운 일을 하는 그분들의 영혼에서는 남다른 향기가 풍겨 나온다.

27 시련의 경력이 성공의 아름다운 이력서다.

우리가 생의 강물을 건너가다 보면 예기치 않은 많은 시련의 파도가 밀려온다. 그러나 그 밀려오는 파도에 속수무책 당할 수만은 없다. 작은 파도든 큰 파도든 넘지 않으면 안 된다. 그러나 그 파도가 우리의 의지대로만 다 평탄하게 피해 가는 게 아니다. 우리는 밀려오는 그 파도의 위기를 슬기롭게 극복하여야 한다.

그러나 우리에게 밀려오는 시련의 파도가 결코 우리를 위협만 하는 것은 아니다. 우리를 적당하게 단련시켜 큰 파도를 타고 넘을 수 있는 지혜와 능력을 키워주는 것이다. 그래서 시련에 대처한 경력이 우리가 살아가는 데 인생의 많은 지침이 되기도 하고, 또 자신감을 길러주기도 한다.

시련을 많이 만나 본 사람은 그렇지 않은 사람에 비해 어떠한 고난에도 잘 대처해 나갈 능력이 길러져 있다. 그래서 많은 시련을 경험해 본 사람은 성공으로 향하는 등대를 빨리 발견할 수가 있는 것이다. 그렇기에 시련은 우리에게 고통만을 주는 게 아니다. 그 시련을 딛고 일어서는 사람에겐 반드시 성공의 땅으로 들어서게 해 준다. 그래서 젊은 시절의 고생은 사서라도 해야 된다는 선인들의 말이 많은 시사점을 주는 것이다.

　다음은 필자의 제2의 고향 마을에서 실제로 있었던 이야기이다. 옛날 속담에 "개천에서도 용이 난다."라는 말을 많이 들어왔다. 그러나 지금은 어디 그러한가? 개천에서 용이 나는 일은 불가능한 일은 아니지만 아주 드문 일이라고 생각한다. 여건도 갖추지 못한 악조건에서 무슨 용이 나오랴! 아무래도 어려운 가정환경보다는 그렇지 않은 환경에서 요즈음 말하는 용이 나올 확률이 많은 것이다. 뭐니 뭐니 해도 교육적 뒷바라지가 더 잘된 가정에서 자식을 더 잘 키울 수 있는 게 엄연한 사실이지 않은가? 그렇지 않은 경우는 어쩌다 극소수에서나 일어날까 말까 하는 경우의 수에 불과하다.

　이처럼 좋은 환경 속에서 좋은 미래가 보장된다는 사실은 누구나 믿고 있는 불편한 진실이다. 그러나 우리가 감히 생각지도 못한 불우한 환경에서도 너무도 잘 성공한 고향 후배 한 분을 소개하고자 한다.

이 후배가 태어난 가정환경은 그야말로 눈물 없이는 쳐다볼 수 없는 그런 불우한 가정이다. 집이라고 하기에는 너무나 부족한 게 많은 움막 같은 곳이었다. 벽지 한 장 신문지 한 장 벽에 붙은 게 없는 흙집 그대로이다.

더 안쓰러운 사정은 그의 부모 모두 장애를 갖고 있다는 것이다. 아버지에게는 지적장애가, 어머니에게는 지적장애와 함께 지체장애가 있었다. 그런 두 분 부모님 사이에서 8남매가 태어나 고생한 이야기는 눈물겨워 이루 다 말로 표현할 수가 없다.

이런 부모 밑에서 어찌 교육이 가능했을까? 그들에게 교육은 정말 사치였고, 한 끼 식사만 만족스레 해결하는 것도 그들에게는 힘에 겨운 일이었다. 동네에 사는 사람들이 가끔씩 보살펴 주기도 했지만 그건 아무 도움도 되지 못했다.

그런 환경에서 교육이란 있을 수도 없는 일이었다. 온종일 그런 몸으로 남의 농사를 짓는다고 아이들을 들로 밭으로 데리고 다니며 일만 시켰지 공부는 제때에 할 수도 없었다.

그러나 그 자녀 중에서도 유독 공부가 하고 싶어 학교 교실을 기웃거렸던 친구가 바로 내가 말하려고 하는 그 후배이다. 이를 기특하게 생각한 선생님이 학교에 들어오도록 조치를 취해 주었던 게 그가 공부를 할 수 있는 유일한 출구가 되었던 것이다.

아버지를 따라 일을 해가며 하던 공부가 재미있어 열심히 한 그 후배는 학급에서 1위를 놓치지 않았고, 우등생으로 중학교에 진학한 그는 지방 유지들의 도움으로 도시로 유학해 고등학교를 다니게 되었다. 주위에서 쏟아준 뜨거운 온정 덕분에 그는 서울대 교육학과를 나와 지금은 시 교육청에서 중책을 맡고 있는 부교육감의 직위에서 그의 능력을 유감없이 발휘하고 있는 성공인이 되었다.

나는 그 후배에게 개천에서 용이 나왔다는 말 대신 이렇게 말하고 싶다. "수많은 시련을 극복한 경력이 바로 화려한 성공의 이력서를 만들었다."고 말이다. 그리고 그의 남다른 성공에 뜨거운 박수갈채를 보내고 싶다.

28 여성의 창조적 뇌류가 기적을 만들어낸다.

"여자는 약하나 어머니는 강하다."라는 말에 여러분은 어떤 생각을 하고 있는가? 필자는 한 번쯤 반문해 보고 싶다.

물어보나 마나 한 이야기이지만 예전에는 여성이 열세인 사회에서 오랜 세월을 짓눌려 살아오다 보니 그 모성마저도 대우를 받는 일이 드물었다. 그러나 요즈음은 그렇지 않다. 여성의 제약이 풀리면서 남성, 여성 차별이 많이 없어졌다. 그리고 평등 교육이 시작되면서부터는 여성성이 그 능력을 인정받는 일이 비일비재하게 일어나고 있다.

우선 대학 입학에서부터 남녀의 비율이 무너지고 있고, 어렵다고 하는 여러 고시에서도 거뜬히 여성이 그 자리를 많이 차지하고 있다. 이렇게 된 것은 여러 가지 요인이 좋아진 데서 기인한 사실이다.

능력만 되면 지금의 시대는 남녀를 가리지 않고 여성에게도 많은 지원을 아끼지 않는다. 교육의 기회 균등은 말할 것도 없고, 관직에서도 인식의 구조가 바뀌어 여성의 관리직 진출도 그 수를 늘리는 추세에 있다.

여성이라고 남자보다 못할 것이라는 고정관념은 이제 내려놓아야 할 시대인 것 같다. 필자도 여성이지만 교육계에서 어엿이 관리자를 하지 않았는가 말이다. 그렇기에 이제 그 관념은 서서히 무너지고 있다고 봐도 좋을 것이다.

여성이라서 못할 것이라는 지론은 너무 낡은 발상이다. 가끔 운전하는 모습만으로도 "저 사람 여자 아니야?" 하며 여성운전자들을 무시하는 말들을 자주 듣곤 한다. 이런 것만 보더라도 여성 경시풍조는 우리 사회에 너무나 만연해 있다. 그러나 지금은 우리나라도 더 이상 여성 남성을 가릴 필요가 없어졌다.

능력만 되면 구태여 성별을 따져서 무엇할까? 이제는 잘하는 일을 다 같이 칭찬해 주고, 남녀가 함께 어깨를 나란히 하고 동반 성장을 해야 할 시대가 도래한 것이다. 우리나라에도 여성 대통령이 엄연히 존재하고 있지 않은가? 어찌 여성이라고 무조건 브레이크를 밟을 필요가 있느냐는 것이다.

여성은 타고나기를 감성과 뇌류가 남성보다 더 잘 발달되었다고 한다. 그건 타고날 때부터 이미 장점으로 작용하고 있는 것이다.

여성의 뇌류란 어떤 일을 하고 있으면서도 동시에 여러 가지 일을 동시에 할 수 있는 능력을 말한다. 그것은 남성보다 뇌류가 더 넓기 때문이라고 한다. 즉 엄마가 아기의 젖을 주고 있으면서도 다른 한 손으론 전화를 하고, 또 한 손으로는 방바닥을 닦을 수 있는 것도 남자에게는 불가능한 일이다.

큰일은 아니더라도 동시다발적인 일을 거뜬히 해낼 수 있는 게 여성의 뇌류가 넓기 때문인 것이다. 이건 장점이라면 장점이고, 단점이라면 단점이지만 족히 그 가능성은 인정을 해야만 한다.

그리고 여성은 타고나기를 섬세한 관리능력이 남자보다 더 강하다. 그렇기 때문에 육아에서도, 직장에서도 섬세한 고유의 능력을 발휘할 수 있다는 장점을 인정해야 한다. 모성성이 매우 강한 점도 칭송할 점이다. 자식을 위해서라면 죽음을 불사하고서라도 그 자식을 지키려는 본능이 남성보다 강하다.

분명한 것은 체력적으로는 여성이 우위를 점하진 못한다. 그러나 모성성이 강하고 인내력과 뇌류가 넓어 어떤 일을 해내는 데 어려움을 꿋꿋이 이겨내는 강인함도 타고난 것이다. 그렇기에 여성의 강점을 잘 인정해 주고 타고난 뇌류로 인해 작고 큰 일을 한꺼번에 해낼 수 있는 점 등을 높이 사야 한다. 그리고 책임감과 인내심이 강한 것도 타고난 강점이라 할 수 있다.

앞으로 다가오는 21세기는 문화와 감성의 시대요, 창조의 시대임이 틀림없다. 여성이 타고난 모든 능력을 발휘할 수 있는 무한의 능력을 펼칠 수 있는 시대가 이미 도래했다. 그런 만큼 자기의 잠재 능력을 무한 발휘하여 창조의 기적을 만들어내야 한다.

여성의 숨은 인력이 개발되어 어느 직종에서든 자기가 가진 바를 꽃피울 수 있도록 사회적인 배려를 더 기울여야 한다. 이렇게 될 때 우리 대한민국은 더욱 발전할 것이며, 선진국 못지않게 여성 능력이 어우러져 더욱더 꽃필 것이다.

여성의 잠재적 능력이 세상을 바꿀 수 있는 날도 머지않았다. 각자의 위치에서 타고난 뇌류를 십분 발휘하여 다각도에서 창조본능을 일깨워 보자. 그렇게 노력을 기울일 때 반드시 각양 각처에서 수많은 기적을 창출해낼 수 있을 것이다.

빛과 소금

김숙자

아홉 개 앞에 놓고도
열을 채우려는 우리들
온전한 하나 아니어도
없는 하나마저 내주는 곳
없음이 부끄러움이 아니고
행하지 못함이 부끄러운 곳
가짐보다 모자람 채우며
더 낮은 자 배려하는
서지도 앉지도 못하는 배상 시인
말로 사랑을 전하고
감사를 시로 노래하며
행복을 온몸으로 말하는
맑은 영혼 앞에서
진정한 빛과 소금을 배웠다.

29 시련은 결코 빈 수레로 돌아오지 않는다.

인생에는 여러 가지 고난이 도사리고 있다. 잠시 한눈을 팔거나 헛생각에 빠져 있으면 고난은 기다렸다는 듯이 그 틈바구니를 넘본다. 단 한 순간도 헛되이 살아서는 안 된다는 경종의 메시지이기도 하다.

그렇다면 고난은 왜 호시탐탐 그 기회만 엿보고 있는 것인가? 불가항력적인 고난도 있을 수 있지만 대부분은 부주의나 위기 극복 능력이 없이 안일한 생각을 하고 있는 데에서 기인된 말인 것 같기도 하다. 그리고 인간은 끊임없이 서로 경쟁하며 살아가고 있기 때문에 자못 나태한 사람들은 앞서가는 사람들을 따라갈 수가 없다. 또한 사람들은 유기적인 관계를 맺으며 살아가기 때문에 사람들 간의 관계에서도 자칫 난관이 찾아오기도 한다.

정말 시련이나 행복은 일직선상에 존재하는지도 모른다. 호사다
마라고 하는 말도 있지 않은가? 좋은 일만 있으리라는 보장은 절대로
없다. 좋은 일 끝에는 늘 나쁜 일이 자꾸 연달아 일어날 수 있다는
말이다. 이 말도 많은 경험에서 이루어진 말이다. 가끔 어떤 좋은 일
로 마음이 들떠 기뻐하고 있는 사이 순식간에 고난이 그 자리를 파고
든다는 말이다. 그만큼 모든 일에 신중해야 하고, 기뻐도 너무 기쁜
나머지 자중하지 못해서도 안 될 일이다. 경험자들의 이야기가 어느
정도는 다 들어맞는다.

그러나 시련도 겪을 만큼은 겪어야 사람이 현명해진다. 사람들
은 고통에도 다 그 대가가 따른다고 한다. 고통스러운 만큼 얻는 것
도 많다. 그러니까 시련은 절대 혼자 찾아오지 않는다. 그리고 시련에
는 절대 공짜가 없다. 시련을 한 번 맛본 다음에는 알게 되는 게 더
많기 때문이다.

시련은 우리에게 행복의 복근을 만들어 주는 트레이너와도 같
다. 사람들이 몸짱이 되기 위해서 얼마나 복근에 신경을 쓰는가? 고
생도 우리에게 행복의 복근을 만들어 주기 위해 찾아오는 것인지도
모른다.

예기치 못한 고난과 시련을 마주할지라도 우리는 결코 뒷걸음질
해서는 안 된다. 이미 내 앞에 닥쳐 온 시련이라면 우리는 의연히 맞

서야 한다. 그래서 시련과 싸워 반드시 이겨야 한다. 자그마한 시련 앞에서 두 손 들기 시작하면 더 강도가 높은 시련이 찾아오면 피신할 방도부터 찾을 것이다.

절대 시련 앞에서는 무서워 도망칠 생각만 해서는 안 된다. 그 시련에 대처할 방법을 강구하여 현명하게 그 시련에서 벗어나야 한다. 한 가지 더 명심해야 할 점은 극과 극으로 정면 돌파를 해서는 안 된다는 것이다. 인내심을 갖고 누가 이기나 끝까지 초심을 잃지 않아야 한다. 고난은 내 의지와 상관없이 당하는 고난도 있지만 너무 맘 편히 방관만 하고 있어도 언제든지 찾아올 궁리를 하는 것이다. 그런 만큼 만반의 준비를 하면서 차근차근 위험에 대한 준비를 게을리하지 말고 방심으로 인한 고난을 미리 예방해야 한다.

시련이란 참고 견디어 내면 반드시 그 대가를 물어다 준다. 자고로 시련은 빈 수레로 돌아오는 법이 없기 때문이다. 참기 어려운 시련을 잘 극복하면 반드시 행복의 선물을 채워다 준다.

사업 실패로 빚을 많이 진 어느 귀농인의 이야기이다. 사람이란 순식간에 사업 실패로 모든 재산을 다 잃고 누구든 빈털터리가 될 수도 있다. 그 사람은 너무도 큰 빚을 진 후 도저히 갚을 길이 없어 처음 몇 년은 도피를 하며 여기저기 피해 다녔다고 한다.

그러나 아이들은 키워야 하고 식구들은 먹여 살려야 해서 급기야 시골로 무작정 귀농을 해 보려고 내려갔지만, 경제사범으로 실형을 살다 나온 이력이 삶의 덫이 되어 도저히 수군대는 그 경멸을 이겨내지 못했다는 것이다.

오랜 좌절 끝에 죽을 생각으로 농약을 마셨으나 동네 어른께 발각되어 병원으로 실려 가서 다행히 생명은 건지게 되었다고 한다. 차차 병은 회복되었지만, 가장 가혹했던 시련은 사람을 의심의 눈초리로 쳐다보며 인정해 주지 않는 것이었다.

그러나 다시 마음을 바꾸어 죽을 각오로 무슨 일을 못하랴 싶어 일단 '마을 청소'부터 매일 시작하였더니, 동네 어른들이 탄복하여 '마중물'로 십만 원 돈을 만들어 주며 살아보라고 인정해 주었던 게 지금의 귀농인으로 정착하게 된 계기라고 한다. 그리고 땅 500평을 마을 어른들이 선뜻 내어주어 그 땅에 딸기 하우스를 지어 열심히 농사를 지은 결과 지금은 빚을 다소 갚아가며 안정을 찾게 되었다.

그 과정에서 가장 눈물겨운 건 가장이 가족에게 인정받는 것이었다고 한다. 그 귀농인은 아내와 딸에게 자신을 인정받고 지금 건실한 가장으로 탈바꿈하여 희망의 끈을 잡고 잘 살아가고 있다. 자신에게 재기의 마중물이 되어 준 동네 어른들을 한시도 잊지 않으며 지금은 행복한 농부로 희망을 가꾸어 나가고 있다.

그 귀농인이 재기에 성공하는 데는 남다른 눈물과 시련 또한 많았다고 한다. 그러나 그 시련을 극복하며 열심히 살아가니 '시련은 절대 고난을 견딘 사람을 빈 수레로 돌려보내는 법이 없다.'라는 걸 피부로 잘 보여준 사례라 할 수 있다.

　시련은 참으로 의리가 있다. 시련을 잘 견뎌낸 사람에게는 반드시 커다란 보상과 표창장을 함께 얹어주는 것이다.

30 재주보다 집념과 실력으로 승부하라.

사람은 각자 타고난 능력과 자질이 조금씩 다르다. 어떤 사람은 보기만 하면 하는 것마다 척척 잘하는 사람이 있는가 하면, 또 어떤 사람은 손에 쥐어 줘도 도무지 흉내조차 못 내는 사람도 있다. 또 어떤 사람은 하나를 알려주면 열을 척척 알아차리는 사람도 있다. 그렇기 때문에 사람마다 능력과 자질은 모두 조금씩 다르게 태어난다.

그러나 삶을 살아가다 보면 재주가 많은 사람도 일이 순조롭게 그냥 술술 풀리기만 하는 건 아니다. 재주가 있다고 생각하는 사람들은 오히려 자신감이 넘쳐 때로 일을 크게 그르칠 때도 많다. 어떤 일 앞에서 너무 자신의 능력만 믿고 겁을 내지 않고 대범하게 달려들다가 오히려 일을 크게 저지르는 경우도 허다하다.

타고난 능력은 조금 미진하더라도 돌다리도 두드려가며 건너는 것처럼 어떤 중요한 일 앞에서 차근차근 일을 풀어간다면 오히려 실패가 적다고 생각한다. 괜한 자만심 때문에 성급하게 일을 추진하려다 오히려 실패의 늪에 빠져 오랫동안 허우적거리는 사람도 많이 보아 왔다.

조금은 늦게 가는 한이 있더라도 실수 없이 차근차근 일의 앞뒤를 가려가며 성실하게 추진하는 사람은 크게 사고를 저지르지 않는다. 남이 성공하니까 나도 성공할 것이라고 무턱대고 일에 착수하는 사람은 백발백중 실패 확률이 더 높은 것이다. 작은 일에서부터 남을 무턱대고 모방하거나 남이 하니까 나도 따라 하는 사람은 실패를 자초하는 결과만 초래하고 만다.

"한술 밥에 배부르지 않는다."라는 말도 있다. 일을 시작하자마자 어찌 횡재만 있을 수 있는가? 실패를 자초하는 사람에게는 반드시 원인이 있게 마련이다. 어느 일 앞에서 특별한 복안도 없이 무턱대고 남이 잘되니까 나도 잘될 거라는 생각만으로 계획 없이 일부터 먼저 저지르는 사람은 절대 성공을 거두지 못한다.

아무리 자신의 능력이 출중하다 하더라도 먼저 성공한 경험자의 지론과 노하우를 면밀히 터득하여야만 한다. 그래서 처음은 미약하게 시작하더라도 그 종목에서 능력을 인정받고 만들어져 나온 제품과 상품에 대해 가치를 인정받게 되면 성공은 자연히 뒤따라오게 마련이다. 처음부터 체면만 생각하고 겉만 번지르르하고 화려한 장소에 화려한 소품들을 올려놓고 소비자를 부른들 그 화려함에 절대 속을 사람들이 없다는 것이다.

필자의 친척 중에서 성실하게 시골에서 농사를 지으며 방앗간을 운영하다가 좀 더 나은 환경에서 아이들을 교육시키고자 농촌 생활을 접고 서울로 생활 근거지를 옮겼던 사람이 있다. 그중에서 성실한 생활모토로 성공한 분의 사례를 예로 들어보고자 한다.

그분은 슬하에 1남 3녀를 두어 대가족을 거느리고 있었다. 가진 것도 많지 않고 특별한 기술도 없는 그들이었지만, 성실함과 음식 솜씨 하나는 남에게 꿀리지 않았기에 자구책으로 서울에서 단칸방에 달린 자그마한 가게 하나를 얻어 감자탕 집을 차렸다.

시골에서만 살아온 순박한 분들이었기 때문에 때 묻지 않은 성실함으로 처음부터 맛에 승부를 걸었다고 한다. 동네의 작은 감자탕 집이 맛있다는 소문이 돌자 여기저기서 찾아오는 손님들로 문전성시를 이루었다고 한다.

다른 사람들 같았으면 협소한 곳에서 장사가 잘되었으므로 금방 가게를 확장하고 더 큰 이익금을 노렸겠지만, 그분들은 20년간 그 자리에서 가게를 늘리지 않고 동네에서 가장 소문난 감자탕 맛으로 승부를 걸었다고 한다. 오랜 세월 맛을 인정받고, 동네에서 소문난 가게로 성장하기까지 우직한 집념과 소신 하나로 일관해 온 성실한 분들이었다.

그러다가 아이들 학교도 어느 정도 마치고 그 주변이 점차 상업 지역으로 바뀌게 되자 옆 가게를 조금 사서 늘리게 되었다. 그제서야 직종도 한식에서 일식으로 바뀌게 되었다고 한다. 그 와중에서도 일식집을 경영하기 위한 준비를 철저히 해왔다고 했다.

늦은 나이였지만 먼저 자격증을 따기 위해 학원도 다니고, 잘된다는 일식집에 가서 주방장 보조 일을 하면서 그 노하우를 익히기 시작했다고 한다. 그러기를 몇 년씩 되풀이하고, 더 잘 나가는 일식집을 돌아가며 직접 쓴맛 단맛을 전수받고, 자신감이 생긴 다음에 조심스레 일식으로 업종을 바꾸었다고 한다. 이런 준비된 숨은 노력이 뒷받침되었기에 일식집 경영도 역시 맛으로 인정받기에 이르렀다고 한다.

지금은 서울에서도 가장 잘 나가는 압구정동에서 '아라도'라는 일식집을 경영하며 지금도 가족 모두가 혼연일체가 되어, 협업을 하며 그 맛을 이어가고 있다.

그 아들은 대학을 갈 수 있는 환경이었지만 고등학교만 졸업하고 아버지가 하시는 일식집 전통을 이어받으려고 대학 대신 요리학원에 다니고 필요한 자격증을 딴 다음, 다른 일식집에서 갖은 고생을 하며 잡일에서부터 주방장 일까지의 모든 과정을 몸소 터득하고 일식 솜씨로 정말 인정받을 즈음 조심스레 아버지의 가업을 이어받았다고 한다. 지금도 결혼 적령기를 훨씬 넘긴 나이인데도 내 가정보다는 아버지의 가업 자체를 이어받는 장인이 되는 데 더 열과 성을 다하고 있다.

이들 가족이 작은 음식 사업에서 성공을 거두기까지는 가족 모두의 단합도 있었지만, 아버지의 꿋꿋한 집념과 실력이 실패하지 않고 성공으로 이끄는 지렛대 역할을 했다고 생각한다.

음식점 운영 외에도 어떤 사업에서의 성공은 자신만의 꿋꿋한 집념과 실력 외에는 다른 아무 무기가 없음을 시사해 주는 예로 꼽을 수 있다. 소문난 감자탕에서부터 맛의 비밀과 노하우를 인정받기까지는 그 가족들의 피눈물 나는 고생과 시련의 시기가 분명 많았을 것으로 본다.

그 어떤 일도 성공을 하려면 기초부터 탄탄히 다지는 일이 무엇보다 중요하다는 사실을 먼저 깨달아야 한다. 돈을 벌었다 하여 금방 자만심이 생겼다면 지금의 성공은 남의 얘기가 되었을지도 모른다. 그리고 그 가족만의 흔들림 없는 집념과 누구도 따라잡을 수 없는 실력을 쌓아 인정을 받기까지에는 어려움이 많았을 것이다. 그러나 우쭐한 자신감으로 처음부터 화려한 생활공간과 외적 조건만 가꾸었다면 탄탄한 성공은 결코 거두기 어려웠을 것이다. 그러나 왜 더 멋지고 화려한 부활을 꿈꾸지 않았겠는가?

사람들에게는 한순간에 우쭐대는 마음이 생겨 본연의 상태와 임무를 망각할 때가 더러 있다. 그러나 이들 가족처럼 실력이 미치지 않을 땐 절대 경거망동을 삼가고, 실력이 생겼다 싶을 때 비로소 행동에 옮기는 소소하지만 우직한 집념으로 승부하는 철칙 하나가 그 가족을 성공으로 이끌었던 것이다.

31 색다른 생각이 색다른 결과를 낳는다.

　　요즈음 젊은이들의 가장 큰 관심사는 취업이다. 모두가 한결같이 꿈꾸는 대기업 같은 곳은 취업의 문이 너무 좁고 어려워 모두들 걱정들이 늘어진다.

　　이 문제는 비단 젊은이들의 문제만은 아니다. 그들을 뒷바라지해 오고 교육기간 내내 함께 지켜본 부모님들도 젊은이들 못지않은 큰 상심에 젖어 있다. 그렇다고 열심히 공부하고 있는 자녀들에게 누가 될까봐 뭐라고 자극적인 말 한 마디 속 시원히 해줄 수가 없다. 밥만 먹으면 공부하고만 씨름하는 자식들을 바라보며 공부도 대신해주지 못하면서 뭐라고 입을 열 수가 없는 것이다.

　　이런 사회풍조가 어디에서부터 기인되었는지 한번 되짚어 볼 필요가 있다. 필자는 우리나라 젊은이들이 자기의 적성과는 상관없이 대입수학능력시험 점수에 맞춰 대학을 선택했기 때문에 기인된 폐단이라 여겨진다.

타고난 능력과 적성을 바탕으로 대학 진학을 한 사람들은 자신이 원하는 직업을 수월하게 선택할 수가 있다. 그러나 점수에만 매달려 자신이 잘할 수도 없는 전공과목을 선택한 명문대 학생들은 취업의 문 앞에서 큰 좌절을 겪을 수밖에 없다. 공부할 땐 몰랐지만 고시나 공무원시험의 문턱이 턱없이 높아서 너무도 난감한 현실의 벽에 부딪치는 것이다.

이게 다 개인들의 적성과 능력을 무시하고 아무런 편차 없이 한결같이 점수에 맞춰 대학교육을 받았던 결과가 고스란히 지금 난맥상으로 다가온 것이다. 누군가 그런 예측을 한 번쯤이라도 했던들 지금의 고통이 많이 덜어졌을 텐데, 누구나 똑같이 사회에 나와 그 좁은 취업의 문틈에 끼어들기 위해 발버둥치고 있다. 그러자니 그곳에서 홍역을 치르며 그 문을 통과하기란 하늘의 별을 따는 일처럼 어려운 일이 되었다.

예전만 하더라도 공부 잘하는 사람의 수효가 적었기 때문에 경쟁자가 적은 속에서 취업하기는 단연 공부 잘하는 사람의 몫이 되었었다. 그러나 지금은 누구를 막론하고 고학력에 대학원 교육까지 환경만 좋으면 유학도 가는 추세에 있기 때문에 학교를 졸업하고 시험을 치러 상대평가로 취업을 하기란 정말 쉬운 일이 아니다.

　필자의 형제자매의 가정에서도 지금 그 모습을 너무도 여실히 지켜보고 있는 실정이다. 그러나 당사자들은 오죽하겠나 싶어 조언 한 마디 할 수가 없다.

　지방에서 고등학교에 다닐 때만 해도 꽤나 공부를 잘하여 당시 학교에서 상위권을 지키던 두 조카들이 나름대로 서울 sky 대학에 무사히 입학을 하였다. 그때만 해도 모두들 부러워하는 집안이었는데, 대학을 졸업하고 30대 중반을 맞이한 지금까지 공부와 싸우며 취업준비에 안간힘을 쓰고 있다. 지켜보고만 있는 부모의 마음은 오죽할까?

　세상 탓만을 하고 있기보다는 무언가 문제점을 짚어보는 게 좋을 듯싶다. 왜 명문대만 나오면 한결같이 고시와 공무원 시험에만 목줄을 매고 있는 것인지 한심하기 짝이 없다.

　적어도 취업만큼은 내가 사회에 나가서 평생 일할 직장이니까 자기가 하고 싶은 일에 내 역량을 마음껏 발휘할 수 있어야 하는데, 한결같이 취업준비로 시험하고만 씨름을 하고 있으니 속수무책의 어려운 시간을 송두리째 공부에만 쏟고 있는 것이다.

　언제 그 원하는 취업의 문이 열릴진 몰라도 필자는 당사자들에게 지금이라도 방향전환을 하면 어떻겠냐고 권유하고 싶다. 그러나 정작 자신의 부모도 그 길을 못 말리는데 하물며 조카자식은 내 뜻대로 조율할 수는 없는 것이다. 정말 두고 보자니 속이 터지고, 기다리자니 인내심에 한계가 온다. 바로 가까운 조카 둘이 똑같이 명문대를 나와 둘 다 취업준비로 아직도 하루를 암울하게 보내는 것이 너무도 안타깝다. 그 조카들도 공부가 하기 좋아 아직도 고시촌과 학원을 돌며 공부에만 매달리고 있겠는가? 이 문제는 비단 우리 집안만의 문제가 아니고 바로 사회의 관심사가 되어 버린 것이다.

사람들은 저마다 세상을 살아가면서 분명 내가 하고 싶은 일이 있을 것이고, 내가 좋아하면서 잘할 수 있는 특성이 있을 것이다. 이제라도 그걸 살려서 그들의 취업이 연계되어야 한다고 생각한다. 우리나라 교육 정책이 대학수학능력고사 점수에 따라 학교 선정을 하는 바람에 이런 폐단이 생기는 것이다.

지금이라도 늦지 않았으니 적성과 잠재능력에 따라 학교 선택과 전공 선택을 잘해야 함을 뼈저리게 느낀다. 미래의 내 직업과 연계하는 학교 선택이 참으로 필요하다. 그동안은 모두가 자신의 점수에 맞추어 학교를 선택했으므로 점수에 맞춘 내 인생이 되어버린 것이다.

그렇다면 내가 잘할 수 있는 것이나 내가 꿈꾸던 것은 언제 찾을 것인가? 필자의 생각은 이렇다. 지금이라도 늦지 않았으니 나의 적성과 잠재력을 다시금 찾아보고 시험 위주의 취업이 아닌, 내 능력이 필요한 곳에 일자리를 마련하는 쪽이 훨씬 현명하다고 생각한다.

남과 조금씩 색다른 생각을 갖고 조금은 색다른 꿈을 꾸고 남과는 색다른 생각을 하면서 내가 가장 잘할 수 있는 직종을 찾았으면 좋겠다. 아무리 명문대를 나왔더라도 그런 체면치레로 일평생을 책임질 수야 없지 않은가? 과감하게 생각을 바꾸어 나만의 색다른 생각으로 과감하게 내가 좋아하는 일에 도전해 보면 어떻겠는가? 언젠간 잘될 것이라는 그 기대 때문에 앞으로도 긴 시간의 터널을 젊은 세대들이 방구석에서 공부와 씨름만 해서는 안 될 일이다.

시험이란 곧 될 듯, 될 듯싶지만 간발의 차로 또 낙오를 하다 보면 오히려 사회에서 점점 입지가 좁아지는 왜소한 삶만이 나를 기다릴 뿐이다. 지금이라도 내 조카들부터 과감하게 취업준비생 노릇만 하지 말고 내가 잘할 수 있는 일을 찾아 작은 중소기업의 문이라도 두드리며 방향전환을 하는 게 훨씬 현명한 일이라 생각된다. 지금은 비록 보잘것없는 작은 회사지만 내 꿈을 펼쳐볼 수 있다면 그 또한 가치 있는 일이 아닐까?

개개인이 각기 색다른 생각을 하며 내 꿈에 과감히 도전해 볼 수 있다면 결과 역시 색다른 결과를 얻을 수 있으리라 생각한다. 젊음은 한때지만 인생은 길지 않은가? 지금이라도 과감하게 내가 잘할 수 있는 일에 과감히 뛰어든다면 자신의 인생은 분명 행복할 것이고, 사회의 창조 경제에도 단단히 한몫을 하게 될 것이다.

남과 똑같은 생각 말고, 조금 남다른 생각을 해 보며 그 일에 혼신을 다해 매진한다면 결코 안 될 일은 없을 것이며, 그 결과 역시 색다른 모습으로 내 앞에 나타날 것이다.

chapter 5

혹독한 시련 속에
핀 난꽃이 더 향기롭다.

어려움에 처했을 때 내 참모습을 볼 수 있다.

벼랑 끝에 서봐야 생의 진수를 알게 된다.

상대를 제압할 무기는 땀과 노력뿐이다.

잔재주보다 집념과 실력으로 승부하라.

혹독한 시련 속에 핀 매화가 더 향기롭기 때문이다.

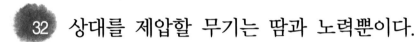

32 상대를 제압할 무기는 땀과 노력뿐이다.

우리가 살아가는 사회는 엄밀히 말하면 냉혹한 경쟁의 장이다. 단단한 실력으로 무장하지 않으면 언제든 경쟁에서 밀리고 만다. 기고만장한 자존심과 여러 가지 힘으로 상대를 누르려 해도 실력 앞에서는 그 실체가 제자리를 찾기 힘들다. 아무리 그 자리를 고수하며 버티고 싶어 해도 당당한 실력 앞에서는 고개를 들기 어렵기 때문이다. 경쟁사회에서는 철저한 실력과 전문성이 상대를 제압할 수 있는 무기인 것이다. 그만큼 당당히 전문성으로 상대에게 인정되기까지는 자신의 성실한 노력과 땀이 그걸 결정하게 된다.

모두가 똑같은 여건에서 출발한다고 해도 결과는 너무도 극명하게 차이가 난다. 어느 누가 상대보다 땀을 더 많이 흘렸고 누가 상대보다 더 많은 노력을 기울였느냐는 차이일 뿐이다. 필자가 살아온 삶이 바로 '땀과 노력' 그리고 '전문성'이란 무기밖에 없었으므로 가장 자신 있게 말해주고 싶은 말이 바로 이 말인 것이다.

사회에서나 직장에서 올바른 경쟁에 돌입하여 등위를 매기게 되는 엄정한 상대평가의 현실 앞에서는 당당한 실력과 자기의 전문성이 그 어려운 판가름의 잣대가 된다.

앞 장에서도 다소는 거론했지만, 실력과 전문성을 다 가졌다고 한다면 그 미묘한 차이는 그걸 이루기 위해 값지게 흘린 땀방울과 최선을 다한 노력의 차이일 뿐이다. 거기에서 얼마나 더 정성을 기울이고 최선의 땀방울을 더 흘렸는가에 따라 결정이 지어진다.

필자가 속한 교직사회에서는 모두가 교육이란 덕목 아래 그 중요성을 가리기가 참 힘이 든다. 왜냐하면 교원들 모두가 다 중요한 교육에 참여를 하고 있기 때문에 객관적인 잣대를 들이대고 교원들의 서열을 매기기가 매우 어려운 것이다. 그래서 교원평가를 할 때나 성과급을 주려고 할 때도 등급 매기기가 한없이 어려워진다.

외견상으로 볼 때는 교원 모두가 다 중요한 교육에 종사하고 있지만, 똑같은 처우를 하지 않고 서열을 매겨 차등 지급을 하기 때문에 나름대로 불만의 소지가 많다. 모두가 다 자기도 일을 열심히 했다는 것이다. 모든 교원이 다 같이 교육에 최선을 다했다는 것이다.

그러나 교육자로서 교육의 직무는 필수적으로 하는 것이고, 땀을 흘린 결과가 구체적으로 입증이 되어야 하는 것이다. 그래서 교육자들만이 알 수 있는 덕목을 만들어 그 요건에 합당치 않으면 자연히 상대의 서열보다 낮아지는 것이다. 한결같이 아이들을 교육시키는 결과로 키재기를 해야 하기 때문에 수업 자체를 잘하고도 결과가 시원치 않으면 그토록 수업에 땀을 흘렸건만 가산점이 주어지지 않는다. 참으로 냉혹하고 불평등하다는 데에는 이견이 있을 수가 없다. 그러나 어떤 식으로든 상대와 선의의 평가나 경쟁이 필요할 때의 무기란 부끄러움 없는 땀과 노력의 산물임을 잊지 말아야 한다.

상대를 제압하는 데 필요한 무기는 상대보다 조금 더 노력하고 상대보다 조금 더 많은 땀을 흘리는 것이며, 그 후에 초연한 마음으로 후회 없는 결과를 기다려야 하는 것이다.

33 긍정적 사고가 걸작을 창출시킨다.

인생은 대부분 자신이 꿈꾸는 목표와 그 목표를 위한 노력 여하에 따라 달라진다. 절대 마음속으로 꿈 한 번 꾸지 않았는데도 어느 날 갑자기 어떤 인생이 내 눈앞에 이루어지는 일을 보지 못했다. 인생이라는 무대에는 절대 거짓된 삶도 없으려니와 리허설 또한 없는 법이다. 그래서 내 인생의 한 순간 한 순간을 소중하게 생각하지 않을 수가 없는 것이다.

인생이라는 무대 위에서 멋진 작품을 완성시키는 데에는 시간과 노력이라는 소중한 삶의 퍼즐 조각이 절대적으로 필요하다. 그 존귀한 작품을 완성하기까지에는 인생의 과정이 실린 퍼즐의 작은 한 조각 한 부분이 어찌 소중하지 않을 수 있단 말인가?

만약 그 작은 한 조각이라도 없다면 완전한 작품이 완성될 수 없는 것처럼 내 인생에도 안 채워진 미완의 부분이 생긴다. 때문에 전체를 조망할 때 멋진 작품으로 완성하기 위해서는 지금 내 앞에 주어지는 한순간 한순간, 자신에게 주어진 퍼즐 조각이 다 주옥같은 시간인 것이다. 이런 순간들을 잘 완성시키려면 먼저 마음에서부터 우러나오는 긍정적인 생각이 앞서야 한다. 그 긍정적 발상이 곧 성공적인 인생을 불러오는 것이다.

성공으로 가는 길은 여러 갈래이지만 기본적인 밑그림에는 중요한 공통점이 있다. 자신의 인생에서 무엇이 진정한 성공인지 성공에 대한 본인의 확고한 철학이 깃들어 있어야 한다는 점이다.

그다음으로 중요한 것은 분명한 목표이다. 목표가 없다면 그것은 이미 성공과는 거리가 먼 인생을 살고 있다는 증거이다. 그래서 내가 가지고 있는 삶의 가치관이 뚜렷해야 하는 것이다. 앞에도 말했듯이 우리 인생은 한 번밖에 주어지지 않으며 결코 리허설이 없기 때문에 매 순간순간을 진실되고 진지하게 생각하며 살아야 한다.

이렇듯 성공한 인생으로 가는 길에는 몇 가지 원론적인 원칙이 있어야 한다. 그중에서 가장 중요한 덕목이 바로 긍정의 생각이다. 무슨 일을 시작할 때나 성공의 길로 들어서려면 먼저 내 마인드가 긍정적이어야 한다. 긍정적인 생각은 바로 또 긍정을 낳기 때문이다. 그래서 "말이 바로 씨가 된다."라는 말은 이를 두고 하는 말이다.

긍정적인 생각을 갖는 사람에게는 모든 일을 긍정으로 끝나게 하는 마력이 숨어 있다. 긍정적인 생각은 마음속에서 벌어지는 사건을 그대로 인식시키고, 긍정의 색깔을 그대로 입히기 때문이다. 그래서 마음속에서 생각하고 행해지고 있는 말과 행동이 현실에서 그대로 실현되는 일이 대부분이라는 것이다.

무엇이든 '나는 할 수 있다.', '그렇게 될 수 있다.'라는 자신감 있는 생각으로 임하면 모든 일이 그대로 이루어지는 법이다. 정말 긍정적인 생각, 긍정적인 마인드는 안 되는 일도 되게 할 수 있다며 내 마음속에 주문을 외워도 좋다.

여러분들 곁에서 성공한 사람들을 돌아보라. 꽉 막힌 사고와 꽉 막힌 마인드로 어떻게 어려운 조건을 해결하고 힘든 조직을 이끌어 가겠는가? 자고로 성공을 이끌어 낸 사람들을 보면 항시 생각과 마음이 열려 있고, 편협한 자기만의 생각을 절대 고집하지 않는다. 그래서 긍정적 사고나 긍정적 마인드를 지닌 사람에게는 자기가 소망하고 있는 생각과 목표를 더욱 확실하고 견고하게 하는 능력이 숨어 있기 때문에 마침내 각 분야에서 걸작을 창출해 내는 대단한 일을 하게 되는 것이다. 그것이 긍정이 갖는 각별한 변화이자 자신감이다.

기다림의 미학

김숙자

예쁜 새싹이 나오려면
꽁꽁 언 땅에서
긴 동면의 시간을
참을 수 있음이다.

매미가 한 여름을
구슬피 우는 까닭은
숱한 인고의 세월 속에
짧은 삶이 주어진 때문이다.

벼이삭이 통통 여물려면
뿌리 촉촉이 담굴
모태의 힘이 있어야 함이다.

산다는 건
기다림도 삶처럼
인고의 세월 꿋꿋이 이기며
하많은 고난의 강 위를
찬란히 뒤따르는 나룻배이다.

34 벼랑 끝에 서봐야 생의 진수를 알게 된다.

'역지사지'라는 말이 있다. 얼핏 생각하면 상대방과 입장을 바꾸어 생각해 보는 거라고 간단하게 생각하기가 쉽다. 그러나 역지사지란 말은 참으로 쉬운 것 같지만, 그 말의 뜻이 시사하는 바는 자못 어렵고 크다. 상대방과 내 처지를 바꾸어 상대방의 입장에 그대로 내가 서 보는 것이 그리 쉽고 간단한 문제가 아니기 때문이다.

아무리 내가 상대방의 입장으로 들어가려고 안간힘을 써 봐도 상대방과 똑같은 처지와 환경에 그대로 처해 보지 않고서는 절대로 상대방을 완전히 이해할 수 없다. 그냥 말이야 상대의 처지와 형편을 한 번쯤은 바꾸어 생각볼 수 하겠지만, 어디까지나 상대방과 아주 똑같은 여건과 환경에 정작 놓여보지 않고서는 상대방의 입장을 그대로 잘 이해하기란 그만큼 어렵다는 것이다.

인생의 길을 걷다 보면 편하고 행복한 길도 있지만 아주 곤혹스럽고 참기 어려운 난관을 우리는 여러 번 만날 수도 있다. 그만큼 우리가 살아가는 길이 평탄한 길만 존재하지 않기 때문이다. 우리 인간 모두에게 편안한 길만 주어지면 걱정이 없겠지만, 개개인에게 다가오는 어려움과 시련은 다 같지 않다.

어떤 사람은 어려서 어려운 일을 많이 겪는가 하면, 어떤 사람은 어렸을 땐 고생을 잘 모르다가 어른이 되어서 내 가정을 꾸려나가다가 어려움을 만나는 수가 있다. 아니면 중년까지 별 탈 없이 지내다가 은퇴를 앞두고 다가오는 시련, 은퇴 후에 자식이나 사업 실패로 오는 시련, 별의별 어려움과 시련은 사람에 따라 달라서 도무지 종잡을 수가 없다. 그러나 평소에 위기에 대처하여 잘 훈련하거나 준비한 사람들에겐 그 위기가 결코 두렵지만은 않을 것이다.

위기가 올 거라는 예측을 전혀 안 해 본 사람에게 위기가 닥쳤다 하자. 그 사람의 입장에서는 닥쳐온 위기가 매우 당혹스러울 수밖에 없다. 준비 없는 위기를 불쑥 맞이했기 때문이다. 그에 비해 어느 정도 위기에 대한 준비나 가능성에 대비해서 다른 대안을 준비해 둔 사람은 위기 극복이 상대적으로 쉬울 수밖에 없다. 그러나 앞으로 닥쳐올 위기에 대한 준비를 미리 해 놓은 사람은 극소수에 불과하다. 그래서 불가항력으로 닥쳐온 위기엔 속수무책으로 당할 수밖에 없다.

과거에 복싱선수로 유명했던 박종팔 씨를 모르는 사람은 없을 것이다. 그만큼 복싱계에서 한창 날렸던 사람이기에 그분의 이야기를 해 보고자 한다. 지금은 나이가 들어 은퇴한 지 오래지만, 복싱선수로서는 참 훌륭한 전적을 가지고 있다.

그는 우리나라에서 복싱선수로 슈퍼미들급 챔피언을 지냈으며 통산 전적 46승을 거두었는데, 그중 39번 KO승을 한 훌륭한 선수였었다. 한꺼번에 부와 명예를 거머쥐었지만 잠깐의 실수로 행복은 오래가지 못했다. 은퇴 이후 그분의 인생에 여러 번의 참을 수 없는 위기가 찾아왔던 것이다.

복싱선수로 성공하자 여기저기서 돈을 빌려 달라는 청탁이 오는가 하면, 복싱 은퇴 이후 사업 실패로 있는 돈 90억을 몽땅 다 날리기도 했다. 가장 어려웠던 위기는 젊은 나이에 사랑하던 부인이 자식들을 다 성장시키지 못하고 암으로 먼저 하늘나라로 떠난 것이었다. 인생에서 만나지 않아야 할 온갖 위기가 그를 괴롭혔다.

그러나 그는 그대로 주저앉아 있을 수만은 없었다. 눈앞에 장성해가는 자식들을 앞에 두고 아버지로서 폐인으로 전락하여 절대 좌절할 수만은 없었다. 나이가 들어가도, 어려운 고통이 찾아와도 맘만 먹으면 다시 돌아갈 링이 기다리고 있기 때문이다. 그래서 그는 마음을 다잡고 인생 2라운드를 맞아 다시 재기를 준비해 나갔다.

불행 중 다행으로 박종팔 씨의 처지를 잘 이해해주는 멋진 반려자를 만나 인생 제2라운드를 다시 새롭게 꿈꿀 수 있게 되었다. 그는 새 반려자와 함께 밑바닥에서부터 다시 시작하는 마음으로 궂은 일을 함께하며 재기의 발판을 다졌다. 그러다가 평생 복싱 인생으로 몸에 익었던 권투를 놓을 수 없어 다시 복싱 후배를 키우는 일에 열정을 발휘하였다. 그리고 다시금 타이틀에 도전하였다. 역시 송충이는 솔잎을 갉아 먹고 살아야 하는 게 맞는가 보다.

이렇듯 인생의 위기를 만나보지 못한 사람은 아무도 그 사람의 입장을 모르는 법이다. 박종팔 선수가 자기 이름을 딴 스포츠센터에 투자를 시작하였는데, 갑자기 사업 준비를 시작한 후배가 죽게 되어 고스란히 빚더미에 올랐던 것이다. 이처럼 인생에 찾아온 위기로 인해 다시 벼랑 끝에 내몰리게 되자 박종팔 선수는 참기 어려울 만큼 곤혹스럽고 죽을 위기에까지 내몰렸을 것이 뻔하다.

박종팔 선수는 인생의 벼랑 끝에 내몰린 후에야 비로소 생의 진수를 배우게 되었다고 한다. 현재를 인생의 3라운드라 생각하고 처음부터 인생을 다시 시작한다는 마음으로 초연히 그 3라운드를 시작하고 있다.

다행히 생의 반려자를 잘 만나 인생을 새롭게 쓰기 시작했고, 다시 링 위의 선수로 돌아가고 싶은 불타는 마음에 연습에 연습을 거듭하고 있다. 정말 인생이란 벼랑 끝까지 내몰려 봐야 비로소 그 진가를 맛볼 수 있는 것이다.

박종팔 선수처럼 갖은 시련 위에서 차돌처럼 잘 다져진 인생만큼이나 다시 찾아올 박종팔의 제3라운드 인생이 또 다른 색깔과 맛으로 아름다운 꽃을 피우기를 기원해 본다.

35 열정의 뜨락 위에 핀 꽃은 더욱 아름답다.

인생을 살아가노라면 본의 아니게 생존 경쟁에 수없이 부딪치게 된다. 필자는 평생을 교육이라는 울타리 안에서만 살아왔지만, 경쟁 아닌 경쟁을 겪기도 하고 실력 있는 교육자로 살아남고 싶어 남모르게 부단히 노력해 왔다.

교육이란 처음부터 경쟁을 하기 위해 시작된 건 아니다. 인간다운 인간을 육성하는 것이 교육의 기본 취지이지만, 교육을 하다 보면 여러 가지 학습방법이 뒤따르게 마련이다. 아무래도 효율적인 교육을 위해서 여러 가지 학습 방법이 대두되었다. 그렇게 학습 방법을 달리하다 보니 교육에서도 선의의 경쟁의식이 서로 간에 싹트게 된 것이다.

열심히 하다 보니 자연히 선의적인 경쟁이 이루어졌고, 교원 간이든 학생들 간에든 교육평가가 이루어지는데, 그중에서 상대평가를 하다 보니 자연스레 경쟁의식이 고조된 것이다. 그리고 사회에서도 어떤 제도를 받아들이거나 인적 선발 과정에서 상대평가가 주어지기 때문에 노력하지 않은 사람은 상대보다 낮은 결과를 받아들일 수밖에 없다. 그러다가 잘한 사람에게는 모두 다 좋은 평점을 받을 수 있는 절대평가가 도입되었다.

그러나 대학 입시 제도나 선발 시험 제도에서는 석차를 중요시하기 때문에 경쟁을 안 할 도리가 없게 된 것이다. 아무리 경쟁을 안하려 해도 모든 제도가 결과를 통해서 결정되는 만큼 상대적 평가는 안 할 도리가 없는 것이다.

21세기는 치열한 경쟁사회이다. 모두가 고학력으로 학벌 수준은 공히 높아졌지만 좋은 명문학교를 졸업하고도 취업하는 데 어려움을 겪고 있다. 문턱은 높은데 인원은 적게 뽑다 보니 악순환이 반복되는 것이다. 취업준비로 공부가 지속되는 바람에 결혼도 늦어지고, 2세 출산도 자연히 늦어지면서 사회의 폐단은 날로 심각해지고 있다.

모두가 남보다 더 공부를 잘해서 일등을 하려고 하고, 남보다 더 앞서 가려 하고, 남을 이겨야 내가 살아남는 생존 경쟁이 더 치열해진 사회로 바뀌어 버렸다. 이런 경쟁에서 원천적인 폐단을 없애기 위해서 다소 완화적인 여러 방법들이 동원되고는 있지만, 대학입시제도에서부터 더 다양한 선발제도로, 아름다운 경쟁체제로 바꾸어 가야만 한다.

그러나 본인이 목표로 하는 어떤 꿈을 이루려면 남이 모르는 부단한 노력과 숨은 내공이 반드시 필요하다. 이처럼 숨은 노력과 내공 없이는 절대 이루고자 하는 꿈은 나의 것이 될 수가 없다. 남들과 똑같이 해서는 결코 남다른 결과를 기대하기가 어렵다. 남들보다 더한 내공과 노력이 숨어 있어야 뒤따라오는 결과가 더 나은 법이다. 남보다 더 적은 노력과 연습으로는 절대 빛나는 꽃을 피울 수 없다.

필자는 평생을 교육의 길을 걸었으므로 교육의 질과 열정으로 다가갈 수밖에 없었다. 앞에서도 약간 언급이 된 이야기이지만 교육 사회에서 교사는 수업의 질을 높이기 위해 부단히 몸부림을 해야 한다고 생각한다. 교육자라고 모두가 다 교육자는 아니다. 실력으로 무장하지 않고 열정이 없이는 아이들 앞에 설 생각을 말아야 한다. 교사는 모름지기 학생을 위한 열정으로 모든 걸 말해야 하며 교육의 질을 다듬기 위해 피나는 몸부림을 거듭해야 한다. 그래야 진정한 교사로 거듭나는 것이다. 정말 교사다운 교사가 되는 것이다.

학생의 수업에 최선을 다하려면 우선 교재 연구부터 철저히 해야 한다. 그리하여 그 시간과 그 차시에 도달해야 하는 수업 목표를 위해 수업안을 면밀히 잘 짜야 한다. 어떤 공사를 시작할 때 기초가 중요하듯 수업을 잘하려면 먼저 학습지도안을 잘 작성하여야 한다.

그러려면 먼저 교재연구를 철저히 하여 단위시간의 수업에 잘 대비하여야 한다. 그런 다음 학습자의 지역을 고려하여 학습지도안을 먼저 그 지역의 특성을 고려한 지역교육안으로 다시 재구성을 해야만 한다. 그리고 나서 단위 수업에 도달할 학습 목표를 세우고 그 목표를 달성하기 위한 학습 내용에 최선의 노력을 다 기울여야 명품 수업을 기대할 수 있다.

명품 수업은 학습자와 교사가 혼연일체가 되어 생명력 넘치는 열정의 꽃을 피울 때 가능하다. 그리하여 그 열정의 뜨락에 보람의 꽃송이들이 흐드러지게 피어나는 것이다.

열정의 뜨락 위에 핀 꽃

김숙자

눈만 뜨면 삶의 그릇
우무질처럼 흔들거리고
날만 새면 아이들 모습
프리즘 속을 드나드는데
사람의 질을 다듬는 교단은
더욱 다채로워야 한다.

우리 큰 힘 없었어도
누구 앞에서도 당당했고
우리 가진 것 없었어도
가슴 한 자락 떳떳했으며
남들 오욕의 늪에서 허우적일 때
우린 맑은 눈빛 쳐다보며
행복의 샘에서 뛰놀았음은
무엇보다 값진 재산이었다.

작은 밀알 하나가
썩은 거름 속에서 더 빛 푸르듯
우리 값진 체험과
올곧은 정신으로
황폐한 가슴 다독여야 한다.

지금보다 더 뜨거운 열정으로
바로 세우고, 바로 잡고
바로 걸러내어
열정의 뜨락 위에
보람의 꽃 흐드러지게 피워보자.

36 혹독한 시련 속에 핀 난꽃이 더 향기롭다.

우리 집 아파트 베란다에서 혹독한 겨울 추위를 견뎌낸 두 그루의 개선장군이 있다. 여러 개의 난 화분이 있었지만 올해는 더 반가운 난꽃이 피어 그 향이 방안을 가득 채우고 있다. 뭐랄까? 그 고고한 향기를 어찌 코티분에 견줄 수 있을까? 향기 주머니만 있다면 필요한 모든 이에게 향수처럼 팍팍 뿌려주고 싶다. 혼자만 느끼는 이 행복감이 함께할 수 없는 모든 이에게 미안하기까지 하다.

요즈음 건조한 일기와 단조로운 일상에서 내 기쁨조가 되어 준 난꽃! 하나씩 차례로 번갈아 가며 뿌려 준 그 난의 향에 올봄 내가 매료되고 취해 버렸다. 그리고 나만의 사랑에 빠져 급기야는 난향이라는 시 한 수를 하나 이끌어 냈다.

난향

　　　　　김숙자

영혼 뒤흔드는 마에스트로의
광기 어린 몸짓이다.

봄날 첫발 내디딘 새아가의
사랑스러운 눈웃음이다.

시련의 강 끊임없이 휘젓는
뱃사공의 손길이다.

명장의 손끝에서 빚어진
향기로운 질그릇이다.

숙고로 얼룩진 마리아의
눈물겨운 기도이다.

　혹자는 난을 마치 여자에만 비유하여 그 아름다움과 자태, 향기
등을 노래하는데, 필자는 거기에 반기를 들고 싶다. 시는 보는 사람의
눈과 마음에서 각자의 생각과 시상을 자기만의 독특한 영혼으로 승

화시켜 자기만의 시를 끌어올리지만, 나는 올해 우리 집에서 만나는 이 난꽃이야말로 어느 해보다 반갑고 또 애틋하고, 개선장군처럼 눈물겹기까지 하다.

혹독하고 잔인한 세월을 혼자 이겨내며, 단 한 마디도 환경을 탓하지 않았으며, 있는 그 자리에서 묵묵히 고통과 시련을 참아내고 견디며, 아무런 원망도 없이 무조건적인 사랑을 내주었다. 정말 숨어서 불평 한마디 없이 매서운 추위와 땡볕을 맨몸으로 막아내고 산고의 아픔을 혼자 감내하며 이렇게 멋진 옥동자를 낳았던 것이다. 그래서 승리의 여신처럼 제 할 일까지 다했으니 어찌 칭송받지 못하리오. 정말 극한 시련 속에서 자신만의 꿋꿋한 정열과 집념으로 빚어낸 값진 금메달이다.

첫 번째 나를 눈멀게 한 난숙은 너무 반가워 입을 다물지 못했으며, 나의 사랑을 독차지해 버리기에 충분했다. 무조건 그가 나에게로 와서 꽃이 되어 주었으니 어찌 고맙지 않으랴. 앉으나 서나 입에서 난숙이 칭찬이 흘러나왔다.

그 뒤를 질세라 따라온 난영은 이름 그대로 자기만의 고고한 자태를 더 뽐내고 은은한 향을 두 배로 더 쏘아 주었다. 사랑의 쟁탈전이라도 한 듯 둘이서 나를 눈멀게 했다. 지금도 나들이를 가려고 쪽 찐 머리에 한복 곱게 차려입고 연지곤지 분을 바른 새색시처럼 온 방 안이 향으로 도배를 한 것 같다.

이렇게 방 안 가득 향기가 찼는데도 가엾게 향취를 못 맡는 향맹도 있다는 걸 처음 알았다. 우리 집 같은 방에서 함께 기거를 하고 있는 내 동반자는 이 독특한 난향이 얼마만큼 고고하고 향기로운지를 모른다는 사실이다. 색맹, 컴맹, 길맹 등 매사에 맹은 있다지만, 이렇게 불란서 향수보다 더 매력적인 향기를 공짜로 뿌려준 비너스들의 향취를 모른다니 이질감까지 느껴진다.

집안에서 글을 쓰거나 일을 할 때 내게 용기가 필요한 순간이면 이 순간을 놓칠세라 순간순간 이 아름다운 향수 주머니를 터트려 주며 본인들의 사랑을 부각시킨다. 이런 사랑싸움도 바라볼 만하다. 그럴 때마다 내가 얼마나 행복감에 사로잡히는지 모른다. 남자들도 이런 아름다운 향을 발산하는 매력적인 여인을 만나면 사랑하지 않곤 못 배길 것이다.

마치 코티분보다 더 매력 있는 이 향을 많은 사람이 함께 맡지 못하는 데서 아쉬운 마음까지 든다. 오감을 풍부하게 느끼는 자의 행복이 얼마나 큰 것인가를 새삼 또 느껴보는 봄이다. 올봄 정말 우리 난숙과 난영은 나에게 살맛 나는 봄 선물을 내게 해주어 그렇게 반갑고 고마울 수가 없다.

이처럼 갖은 시련을 다 겪어가며 그 고난을 이겨낸 모든 것들은 다 숭고하다. 온갖 고통과 시련을 이겨내며 올림픽에서 금메달을 딴 운동선수들, 열악한 쪽방촌을 전전하며 열심히 공부한 끝에 마침내 고시에 합격한 사람, 자신만의 색깔과 독특함으로 예술성을 인정받아 국전에 입상한 예술가들, 밥 먹기보다 뼈를 깎는 고통으로 글쓰기에 매달려 온갖 난관을 다 이겨내고 생명력 있는 명작을 이끌어낸 베스트셀러 작가들, 버려진 고아로 갖은 고생 다하고 마침내 자신의 꿈을 이룬 팝페라 가수, 피겨의 여왕으로 잘 알려진 김연아의 혹독한 맹연습 뒤에 멋지게 다듬어진 명품 연기 등은 다 그 좋은 예라 할 수 있다.

비단 혹독한 환경에 맞서 갖은 시련 끝에 피워낸 향기로운 꽃이 난꽃만은 아니다. 다른 어떤 분야에서든, 자기가 처한 일터에서든 나름대로 향기로운 사람들이 얼마든지 있다.

열악하고 척박한 환경에서 그걸 이겨내고 승리로 이끌어낸 주인공들도 우리에게 더 멋진 향기가 된다는 사실을 잊지 말아야 한다. 정말 감동 100℃에서 들었던 수많은 시련의 주인공들을 다시 한 번 떠올려보자. 이 밖에도 밝혀지지 않았지만 불굴의 의지상을 받아 마땅한 사람들도 수없이 많다. 갖은 시련을 박차고 승리한 시련의 주인공은 우리 주위에 수없이 많기 때문이다.

난꽃보다 더한 시련에 결연히 맞서 이기고 멋진 향기를 선사해 준 아름다운 개선장군들에게 아낌없는 박수갈채를 보내고 싶다.

37 실력보다는 사랑과 감동으로 승부하라.

　필자가 교장으로서 두 번째 부임을 하게 된 학교가 바로 천안에 있는 청룡초등학교이다. 청룡초등학교는 충남 천안시 용곡동에 위치한 36학급 규모의 신설학교이다. 도심 속 작은 공원에 마련된 자연친화적인 배움터로 2006년 9월에 새롭게 'New Dream'이라는 꿈을 안고 웅비의 큰 뜻을 머금은 채 그 역사적 첫 문을 활짝 열었다.

　2006년 9월 1일 개교를 시작으로 31학급을 편성하여 153명의 신입생을 맞이하였고, 총 99여 명의 학생과 50여 명의 교직원이 한마음으로 뭉쳐 새로 첫 문을 여는 새 학교를 위해 굵은 땀방울을 무수히 쏟아 부은, 내 생애 가장 애정이 깃든 학교이기도 하다.

　말이 쉽지, 신설 학교 교장은 참으로 할 일도 많고 챙길 것도 많다. 학생과 교직원의 복지에도 신경을 많이 써야 하는, 그야말로 숨 돌리기조차 어려운 학교라고 할 수 있다.

신설학교는 처음에는 건물 모든 곳이 깨끗하고 시설이 좋아 외관상으로는 퍽 좋아 보이지만 역사가 없고, 전통이 없으므로 교육에 필요한 학습 자료 기자재나 많은 소프트웨어가 마련되지 않아 준비에 만전을 기해야 하는 어려운 점도 많다. 그리고 초대 교장은 역사가 생기지 않은 새 학교가 기틀을 잡기 위한 모든 것들을 다 제자리에 안목 있게 안착시켜야 하는 어려움이 막중하게 뒤따른다.

어떻든 새 어린이들을 맞이하여 첫 문이 열리는 날, 교정엔 꿈을 간직하고 세계화의 주역이 되라는 뜻에서 '개교 시비'를 제작하여 제막식도 함께 가졌다.

희망으로 나부낄 청룡의 깃발

교장/김숙자

하늘 아래 조심조심 첫 문 열렸다.
청룡골 새 꿈터 배움의 요람
저마다 소망 담겨 옹골차거라.

오색 찬란 꿈 무더기
서기 어린 청룡 둥지
새골 새터에 새로 품은 고운 꿈

청룡의 새 역사 첫 장 여는 날
옹달샘 맑은 정기 하늘 치솟고
초롱초롱 꿈 발자국 교정에 가득 차라.

지구촌 구석구석 회오리치며
세계만방 휘감을 청룡의 깃발
장대히 파도치리라.
가슴 뛰도록 휘날리리라.

이렇듯 원대한 꿈을 품고 청룡초등학교는 '사랑이 넘치는 교실, 감동 주는 청룡 교육'이라는 교육지표를 세우고 새로움으로 날마다 새 꿈을 키워나갔다. 모든 게 처음인 신설학교의 학교 경영은 참으로 남달라야 하고, 교장의 경영 마인드가 그야말로 반짝거려야 한다.

학교가 4층 건물로 웅대하여 그 많은 공간을 무얼로 채울까를 고민하였다. 그러다가 각 층마다 특색이 있는 공간으로 만들어야겠다는 생각을 했다. 그래서 1층은 아이들의 정서 순화에 도움이 되는 '야생화와 시가 있는 공간'으로 만들어갔고, 2층은 '명화와 사진이 있는 갤러리 공간'을 연출했고, 3층은 창조 과학의 공간으로 꾸미고, 4층은 역사와 문화가 살아 숨 쉬는 공간으로 꾸며나갔다.

짧은 역사 안에서도 알차고 야무진 교육 추진으로 해마다 그 성과들이 눈부시게 빛을 발하게 되었다. 특히 충남 및 천안에서는 독서논술로 가장 인지도가 높은 학교로 자리매김하였고, 2007년, 2008년 예능경연대회 우수학교 표창까지 받게 되었다. 그리고 2008년도부터는 충청남도 지정 아토피·천식 예방 시범학교로 지정받아 학생 건강과 관련된 유기농 식자재를 사용한 급식 및 학교교육이 두드러졌었다.

이것은 전 교직원과 교육공동체가 모두 손을 맞잡고 '희망이 넘치는 교실, 감동 주는 청룡교육'의 지표를 안고 밀레니엄 시대를 선도할 유능한 꿈나무들을 육성해 나가는 데 온 마음과 정성을 다 쏟아부었던 덕이기도 했다. 그리고 청룡초등학교는 사랑, 존경, 봉사라는 교훈 아래 36학급 규모의 교사와 학생들이 함께 철저한 교육과정 중심의 학교 운영으로 지역의 자랑거리가 되기도 했다.

필자는 교장으로서 사랑과 감동 주는 교육을 실천하기 위해 타고난 열정과 연구를 바탕으로 사제동행을 해가며 예절 바르고, 창의적이고, 실력까지 겸비한 학생을 기르는 데 구슬땀을 흘리고 또 흘렸다. 해를 거듭할수록 봉사와 애정으로 학교 교육에 적극적으로 참여하고 지원하는 학부모와 지역사회를 통해 청룡초의 교훈인 사랑, 존경, 봉사가 하나 되어 행복한 감동을 이어가게 하였다.

또한 특색사업으로 매일 아침 전 교직원과 학생들이 30분의 독서활동을 통해 독서에 대한 흥미와 관심을 지속적으로 발전시켜 나갔다. 동시에 독서의 습관화와 자기 주도적 학습능력 신장이 아이들의 어휘력과 사고력, 문제해결 능력, 창의력 등을 신장시키고 평생교육의 기틀을 마련해 주었다.

필자는 이렇게 신설학교의 개교와 더불어 독서·논술 교육의 중요성을 일찌감치 강조하여 아이들의 생각을 열고, 꿈을 키워주는 독서·논술 교육을 본교의 가장 중요한 특색사업으로 삼고 지속적인 실천을 하였다. 여기에 '독서·논술로 꽃피운 나의 꿈'이라는 독서본을 제작하여 전교생에게 배부하고 독서를 통해 꿈을 키우는 방법을 톡톡히 마련해 주었다. 이렇게 독서교육에 심혈을 기울인 나머지 '사제동행 아침독서 30분' 운영으로 독서교육의 효과도 배가 시켰다.

그 외에도 책 읽어 주기, 다양한 독서 표현, 독서 골든벨 대회, 독서 발표회, 학부모 명예 사서 주관 도서바자회, 도서관 활용수업을 통한 독서 토론 및 논술까지 그야말로 독서 논술 교육의 산실로 당당히 자리매김을 하였다.

그리하여 향기로운 영혼의 그릇을 매만지고 지식기반 사회를 주도할 유능한 인재를 기르기 위한 도서관도 개관했다. 개관한 명품 청룡도서관 '아낌없이 주는 나무'는 다양한 도서를 보유하고 창의적 지식정보의 장이 되어 독서교육의 시너지 효과가 톡톡 나오기 시작했다.

또 학생들의 심미적 발달을 중시하는 필자의 경영 의지에 따라 다양한 예능 계발 관련 활동 부서를 조직하였다. 개교 이후 연속해서 2007년, 2008년 우수한 성적을 거두어 예능지도 우수 학교로 두 번씩이나 표창을 받기에 이르렀다.

매년 11월에는 개교기념 시화전을 개최하여 전 교육과정 운영을 통하여 개개인의 특기를 신장시키기도 했다. 이 기회를 제공함으로써 예술적 활동의 성취감은 물론 소질 계발, 심미적 정서순화와 전인적 인성 발달과 함께 세계화의 의지를 다지는 계기로도 삼았다.

그리고 필자는 교장이면서 시인이라는 책무성으로 인해 우리 학생들에게 많은 시를 읽게 하고, 정서적 발달을 통한 인성교육의 중요성을 강조해 왔다. 학교 복도엔 언제나 아이들의 신선한 시가 게시되어 '시가 있는 공간'을 연출하기도 했다. 아이들 입학 선물로도 동화

책을 선물할 정도로 책에 남다른 애정을 기울이기도 했다.

　필자는 바로 교육현장에서 가슴으로 사랑을 실천하고, 그 사랑 교육을 통하여 교육가족 모두에게 감동을 주는 청룡교육을 실시해 온 것을 지금도 감사와 보람으로 여기고, 아직까지 아이들의 인성교 육에 누구보다 자긍심이 가득하다.

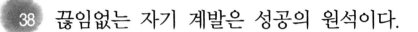

38 끊임없는 자기 계발은 성공의 원석이다.

세상에 꿈이 없는 사람은 아무도 없을 것이다. 그러나 자신들이 꿈을 이루려는 노력 여하에 따라 눈부신 결과를 내놓은 사람도 있고, 또 그러지 못한 사람도 얼마든지 있다. 꿈을 이루었다 해서 그 사람이 성공했다고 볼 수도 없는 것이다. 사람에겐 저마다 이루고 싶은 소망의 그릇이 다 다르기 때문이다.

우리가 보기에 별 보잘것없는 사람들도 저마다 자신만의 만족감에 행복하게 살고 있는 사람이 있는가 하면, 외관상 보기에 괜찮은 여건을 만들어가며 행복스레 살 것 같은 사람에게도 뜻밖에 행복하지 않은 삶의 어두운 귀퉁이를 만날 수가 있다.

누구나 꿈을 가지고 살아가지만 그걸 행복의 잣대로 정확히 잴 수는 없는 것이 우리들의 삶이요, 꿈인 것 같다. 그러나 특별한 걸 추구하려는 특이한 사람을 제외하고는 한결같이 꿈을 향해 부지런히 걸어가고 있음은 부정할 수 없는 사실이다. 다만 그 꿈이 언제 이루어지느냐는 것은 심히 어려운 결론이라 할 수 있겠다.

꿈이 원대한 사람은 이 세상에 살면서 끝까지 이루지 못할 꿈도 있을 것이다. 가령 생명체의 비밀을 연구하는 사람들은 내가 얻고자 하는 어떤 결과를 죽기 이전에 이루지 못할 수도 있는 것이다. 그래도 그 분야에서 그 연구를 해 나가는 동안은 갖은 고초가 다가와도, 연구를 하고 있는 그 순간이 행복하면 결과야 도출이 안 되었다 하더라도 꿈을 향해 달려왔으니 행복할 수밖에 없다.

사람은 저마다 꾸고 있는 꿈이 다르므로 누가 더 행복할지는 그 아무도 알 수가 없다. 그리고 인생을 살아가면서 우리는 마음먹은 대로 되는 일도 있지만 마음먹은 대로 되지 않은 일들도 무수히 많다. 모두가 그 일 앞에서 작건 크건 시련이라는 걸림돌을 만나기 때문이다.

그러나 그 무거운 걸림돌을 끝까지 치워가며 자신의 꿈에 도전해 가는 사람은 바로 성공의 관문으로 들어갈 수 있다. 시련의 문턱 앞에서 걸림돌을 만났다고 그냥 모든 걸 일시에 내려놓는 사람들은 그 꿈으로 가는 길목에서 참으로 안타까운 퇴보를 하고 만 사람이다.

옛말에도 삼세판이라는 말도 있고, 칠전팔기라는 말도 있듯이 한번 마음먹은 꿈을 문전에서 걸림돌을 만났다고 바로 포기해 버리는 사람은 고생 끝에 행복이라는 말을 내 것으로 만들지 못할 사람인 것이다. 어떤 일을 할 때 어찌 어렵지 않은 일이 있겠는가? 어렵기 때문에 그 어려운 일을 다 해결하고 보면 뿌듯한 보람이 찾아와 자신을 위로해 주지 않느냐 말이다.

필자는 고난 앞에 쉽사리 무너져 버리는 그런 의지 약한 사람은 좋아하지 않는다. 고난 앞에서도 다시 정신을 차리고 의기 백배하여 다시금 그 고난 앞에 떳떳이 맞서 다시 재기하려는 사람을 진정 아름다운 사람이라 생각한다.

노력하는 사람에게 누가 돌을 던질 것인가? 특히 교사는 자신이 가르치는 학생들이 제일 먼저 자신을 평가하게 된다는 사실을 잊어서는 안 된다. 학생들 앞에서 먼저 제일 떳떳해야 하고, 다음은 자기 스스로에게도 만족점을 받아야 하는 것이다. 내가 무엇이 부족한지 스스로에게 먼저 물어보고 그 부족한 점을 채워가는 보람도 정말 쏠쏠하다.

필자는 비사범계로 교직생활을 출발하였기 때문에 아무리 사범계열을 나온 사람보다 열심히 노력하고, 교육 결과를 우수하게 산출하여도 도무지 인정을 해 주지 않는 교육계의 현실을 바라보면서 죽는 날까지 배움의 길을 지속하리라는 굳은 결심을 하였다.

방학 때면 편안히 놀지 않고, 방송통신대학의 초등교육학과에 입학하였다. 과락 없이 4년제 교육대학출신의 학벌로 갱신하기까지에는 피눈물 나는 노력이 숨어 있었다.

방송통신대학은 5년제 학사 과정이다. 그 시절이 바로 아이들의 육아와 맞물려 있어서 여성이라면, 도저히 내 공부를 한다고 아이들과 가정을 소홀히 할 수 없는 그런 어려운 시기였다. 그러나 한번 이를 악물고 도전한 공부 앞에서 절대 백기를 들 순 없었다. 바로 나 자신과의 약속인 동시에 내 의지와 결연히 맞서보는 시험대이기 때문에 어렵다고 포기해 버릴 수 없는 일이었다.

정말이지 의지대로만 모든 일이 술술 풀리지는 않았다. 자꾸만 포기를 할 수밖에 없을 정도로 유혹이 생기고 자신의 의지도 자주 흔들리는 위기들이 찾아왔다. 그러나 그 위기를 정말 꿋꿋이 넘겨가며 어려움의 파고를 넘고 또 넘었다. 그리하여 비사계 선생님이라도 사범계열을 나온 선생님들보다 모든 걸 더 노력하고 더 앞장서고 열정을 불태웠던 것이다.

졸업 후 내친 김에 바로 초등교육으로 대학원 공부를 더 하고 싶었지만 자라나는 자녀들이 어려운 공부에 진입하는 시점과 맞닥 트리게 되었다. 어쩔 수 없이 내 꿈을 몇 년 뒤로 넘겨놓고, 내면적으로 끊임없는 공부를 자행해 나가고 있었다.

그러던 중 나의 큰딸아이가 대학의 문을 들어가기 위해 힘들게 공부할 무렵 나도 똑같이 공부를 시작하였다. 딸이 대학에 들어가던 해에 나도 교육대학원 석사과정 초등교육과에 원서를 내고 특별전형으로 면접을 보고 교육대학원에 입학을 하였던 것이다. 그리고 딸은 대학 공부를 열심히 하고, 엄마는 대학원 공부를 시작하게 되었다.

만만치 않은 통근 거리와 중견교사가 짊어지는 학교의 업무가 과중하여 정말 코피를 쏟을 지경이었지만 고생은 절대 헛되지 않았다. 방학기간 3년 동안을 공부하느라 하루도 쉬어보지 못했어도 뿌듯한 결과가 나의 땀을 닦아주어 모두 다 이겨 낼 수 있었다.

열심히 공부한 결과 논문도 통과되었다. 그땐 석사 학위를 지닌 교직동기가 많지 않았는데 꾸준히 열정을 내려놓지 않았던 결과로 내 머리에 석사모를 씌우며 즐거워하는 가족들의 위로와 격려가 쏟아졌다. 정말 지켜봐 준 자식이 고맙고, 가정을 도와주신 어머님이 고맙고, 무엇보다 내 뒤를 든든히 밀어주는 남편이 있어 더 영광이었다.

그러나 이쯤 해서 교육력을 높이고자 한 내 공부는 이것으로 끝인 줄 알았는데 그게 아니었다. 자꾸만 하고 싶은 공부가 살며시 고개를 드는 것이었다. 몇 번이고 대학원 박사과정에 입학하기 위해 몰래몰래 다시 영어 공부를 시작하였다.

충남대로, 교원대로 또 원서를 내고 시험을 보며 박사과정도 노크하였다. 그러기를 여러 번 낙방을 하고, 곧바로 교감 승진을 하여 또다시 집을 떠나 서천군으로 임지를 옮기게 되었다. 다시 혼자 지내는 시간이 주어졌으므로 또 공부를 할 수 있는 기회가 찾아왔다.

그리고 몇 년 후 교장 발령을 받아 천안으로 임지를 옮기게 되었다. 그래도 천안은 기차가 있어 통근을 하면서도 한 시간 달려가는 차 속에서도 공부의 끈을 놓지 않았다.

학교경영자인 교장으로 발령을 받으니 여태껏 보이지 않았던 멋진 학교경영의 꽃을 피울 때라는 걸 깨닫게 되었다. 처음엔 6학급의 작은 학교로 발령이 나서 학교 경영이 마치 가족처럼 느껴지는 정겨움을 벗어날 수 없었다.

농촌 지역이라 열악하고 학생 수도 작은 학교지만, 이 세상에서 가장 행복한 아이들로 키우고 싶었다. 여건이 어려운 가운데서도 어린이들의 시야를 키우고 가슴 넓이를 넓히며 감성교육을 이끌어 갔다. 영화관이 멀어 문화에 뒤떨어지는 아이들을 위해 급식실에 스크린을 마련하고 암막 커튼을 만들어 '영화 보는 날'도 만들었고, 가을엔 시를 써서 시화 전시회도 하는 등 시골 학교답게 아기자기한 학교경영을 해 나가고 있었다.

그러던 중 교직이 끝나기 전에 내가 가장 후회하지 않을 일이 또 공부라는 생각이 들었다. 교장이라고 공부하지 말란 법이 있었던가? 대학원 박사과정을 용감하게 두드려 드디어 나의 마지막 큰 관문인 꿈에 또 도전장을 내밀었다. 이제 나의 마지막 교직 임기가 5년 정도 남았기에 그래도 가능한 꿈이었다. 마지막 공부는 내가 가장 좋아하는 국어를 선택했다. 교직을 그만두고 문학 활동을 할 때 전문성을 살리고 싶어 대담하게 국어교육학을 전공하게 된 것이다.

그때 마침 대전의 한남대학교 대학원이 전국 '국어교육학과 최우수학교'였던 것이다. 마침 그 매력이 나를 더욱 학교로 불러들였다. 국어과 수업 개선을 통해 전반적으로 교육의 질을 다듬어 보고자 애태웠던 필자가 일생의 소원을 풀게 된 것이었다. 박사과정은 한 명만 뽑는데, 운 좋게도 나이 많은 내가 될 줄이야 꿈에도 생각을 못했다.

그래서 주말을 반납하고 지도교수님과 일대일 수업도 했고, 때론 다른 학과 지원학생들과 합동 수업도 해가며 3년간의 과정을 열심히 이수했다. 영어 시험을 패스하고, 교육학회지에 논문도 두 편 정도 실리게 되니 박사학위 논문 제출 대상자가 되었다.

이제 내 초등교육에서의 정년이 가까워지는데도 어려운 논문은 윤곽이 나오질 않았다. 내가 가장 잘할 수 있는 문학 영역 초등학교 시창작 연구로 주제가 좁혀지며 논문이 만들어져 갈 무렵 필자는 퇴직을 하게 되었다. 정말 쌍코피가 터지기를 몇 번이었던가? 박사학위 논문은 아무나 통과할 수 없다는 높은 문턱을 실감하였다. 그러나 나는 낙담하지 않고 오히려 정년퇴직을 하고 홀가분하게 교수님을 만나러 다니며 논문에 박차를 가했다.

그 결과 논문 발표, 중간발표, 3차 발표까지 다 끝낸 이후 드디어 퇴직한 이듬해 여름 학기에 박사학위를 받게 되었다. 실로 피눈물 나는 과정과 어려움이 태산 같았으나, 하면 된다는 의지를 실현시킨 의지의 한국인이었다. 그리고 60이 넘은 늦은 나이에 쓰게 된 귀한 박사모였다. 나에게는 꼭 박사모만 중요한 게 아니었다. 나의 의지를 끝까지 관철시켜 나 자신과의 약속을 지켰다는 자부심의 징표였다.

그토록 어렵던 공부를 끝까지 포기하지 않았으므로 실로 가슴 벅찬 뿌듯한 보람과 함께 그 어떤 어려움도 이겨낼 수 있을 것 같은 자신감이 나를 살맛 나게 하였다. 또 그 박사 학위로 인해 가끔씩 강의 요청도 들어오고 있어 여러 가지로 기쁘고 만족스러운 나날을 보내고 있다.

필자처럼 꾀를 부리지 않고 성실한 자세로 열심히 하는 끊임없는 자기 계발은 자신감의 근원이자 성공의 원석이라고 할 수 있다.

시련은 아무에게나
꽃이 되지 않는다

chapter 6

시련은
아무에게나
꽃이 되지 않는다.

사람에게는 예고 없이 시련이 찾아온다.

그러나 그 시련을 똑같이 겪었음에도

어떤 이에게는 그 시련이 날개가 되고

어떤 이에게는 그 시련이 덫이 된다.

이처럼 시련은 아무에게나 꽃이 되지 않는다.

39 시련은 선택할 수 없지만 성공은 선택할 수 있다.

생을 살아가다 보면 뜻하지 않은 시련이 찾아오기도 한다. 시련은 언제 찾아오겠노라고 미리 예고하지도 않으며 그 시련이 내게 언제 찾아올지 아무도 알 수가 없다.

그리고 시련이란 참으로 묘하다. 겪을 땐 몹시 힘이 들고 괴롭기 짝이 없지만 시련을 다 겪어내고 보면 전보다 훨씬 성숙해진 자신을 발견할 수가 있다.

옛말에 고생을 안 해 본 사람은 현명함이 부족하고, 고생을 몸소 체험해 본 사람은 어질고 겸손해진다고 했다. 이 말이 우리에게 주는 의미는 매우 크다. 그렇기에 사람마다 의무적으로 시련을 겪게 할 순 없지만 자그마한 시련과 고생은 일찍 겪은 사람일수록 사람됨이 달라진다.

우리는 가정과 학교 교육에서 여러 가지 교양과목을 배우지만 고생을 선택과목으로 미리 자초할 수는 없다. 그러나 어려서부터 작은 고생쯤은 선택과목으로 선택하여 배워 두는 것도 인생을 살아가는 데 겸손이라는 중요한 덕목을 터득하는 데 도움이 될 것이다.

요즈음 부모들은 행여나 우리 자식이 고생할까 두려워 부모가 대신 그 고난의 징검다리를 다 넘어주고 있다. 고생은 돈을 주고 사서라도 시켜야 사람됨이 달라지는데, 그 고생의 진가마저도 부모가 대신 짊어져 주는 시대가 되었으니 그 교육이 어찌 위태롭지 않을 수 있단 말인가? 과연 어떤 부모가 진정 자식을 더 사랑하는 부모인가 곰곰이 생각해 보기 바란다.

부모는 자식이 고생을 안 하고 잘 살아가기를 염원한다. 우리 부모의 세대나 필자가 살아온 시대는 생각지도 못할 만큼의 무수한 고생들을 하고 살아왔다. 그러나 그 무수한 고생 속에서도 그저 앞을 내다보고 희망만을 떠올리며 달려온 것이다. 그래서 비록 우리 세대는 그런 끔찍한 고생을 했을지언정 자식에게만큼은 그 고생을 대물림하지 않겠다는 비장한 각오가 숨어 있는지도 모르겠다.

과연 어떤 생활태도와 방식이 자라나는 자식 세대에게 남겨줄 가장 올바른 생활태도일까? 필자는 두말할 것 없이 어느 만큼의 고생은 필수과목으로 시키는 것이 옳다고 말하고 싶다.

그러나 기성세대의 대부분은 그 고생을 자식에게는 절대 대물림하고 싶지 않은 게 솔직한 심경이라고 말한다. 바로 그 발상에서 초래한 기성세대의 생각이 요즈음 앞을 내다보지 못하는 무분별한 자식들을 대책 없이 사회로 내놓고 있는 것이다.

과거에는 밥상머리 교육이 살아 있어서 할아버지 할머니께서 꾸짖으며 옳은 말씀을 들려주시고, 밥상머리에서 기초적인 교육이 이루어지기도 했다.

그러나 핵가족 시대와 더불어 정보통신이 극도로 발달된 현 시대에선 내 자식에게도 큰소리 한 번 할 수가 없다. 더 가관인 것은 각자가 가지고 있는 핸드폰을 만지작거리느라고 모두가 고개를 숙이고 가족 간에도 말 한 마디가 없다. 그러자니 자연 부모와 자식 간에 대화까지 시들해져 버렸다. 더구나 옳고 그른 것을 조곤조곤 따지는 부모에게는 자식들이 오가지도 않는다.

누가 이런 사회를 만들고, 누가 이런 자식들을 길러 냈는가? 다 우리의 교육이 그랬고, 우리 기성세대가 그 잘못을 저지른 것이다.

그렇다면 앞으로의 교육은 누구에게 맡길 것인가? 해답은 다들 우리 마음에 있지만 필자는 그래도 가정교육이 그 몫을 담당해야 한다고 본다. 학교 교육도 사회도 국가도 그 책임에서 자유로울 순 없지만 책임론을 따지기 이전에 내 가정에서만큼이라도 내 자식 교육을 따끔하게 담당했으면 한다.

기성세대들이 자식들 교육에만 급급했지 실제 자신들의 생활 철학과 교양엔 너무 둔감한 것도 문제이다. 첫째로 부모들이 현명해야 자식들의 밝은 미래가 보장되는 것은 자명한 일이다. 절대 자식 교육을 남의 탓으로 돌리지 말고 내 탓으로 여기며, 힘들어도 자식 교육의 끈을 죽을 때까지 놓아서는 안 된다.

흔히 지금 아이들의 세대를 예측불허의 세대라고 이야기하는 사람들도 있다. 잠시 후 어디로 튈지, 무슨 막말을 할지, 어디에서 나쁜 행동을 분출할지 아무도 예측할 수 없다는 것이다.

정말 무서운 이야기이다. 생각해 보면 이해가 가는 말이지만 그 말에 긍정하며 그냥 방관자로만 있어서는 안 된다. 교육이 살지 않고 행동이 제어되지 않으면, 앞으로의 무방비 상태에서 교육의 끈을 놓아 버리는 일은 미래의 희망마저 잃어버리는 일이다.

우리는 지금 자라나고 있는 새싹들에게 마냥 예쁘고 좋은 것만을 내주지 말고 잘못했을 때 따끔한 회초리와 조언도 내놓을 수 있어야 한다. 아무리 신세대가 싫어한다고 해서 기성세대가 기본교육도 하지 못해서야 어디에 희망의 발을 딛고 설 수 있을 것인가? 직접 대놓고 못할 이야기는 글로라도 표현하고 메시지라도 남겨 잘잘못이 서로에게 앙금이 되지 않도록 노력을 해야 한다.

그래서 기성세대가 더 현명해져야 한다. 신세대에게 전자기기나 컴퓨터나 인터넷 사용에 대해서는 뒤질지 몰라도 고생하면서 배워

온 경륜과 올곧은 정신교육은 앞서 있지 않은가? 얼마든지 신세대와 상호 보완하고 대화하면서 더 아름다운 미래를 창조해 나갈 수 있다. 그래야 성공의 문도 활짝 열리게 되는 것이다.

고생과 시련은 애초부터 우리가 선택할 수 없어도 앞으로 살아갈 아름다운 미래와 성공의 관문은 우리의 노력과 배려와 사랑으로 얼마든지 열어갈 수 있다. 그런 아름다운 상생이 지속되어 가면 우리가 다 함께 바라는 아름다운 성공도 얼마든지 만들어갈 수 있는 것이다. 그렇기에 우리가 살아가는 과정에서 만나는 시련일랑 우리를 살찌우기 위해 찾아온다는 사실을 명심하고, 어려운 점이 생기고 힘들어도 그걸 피하거나 외면하지 말기 바란다.

시련이란 사람을 진실로 사람답게 만들어 주는 아름다운 과정임을 결코 잊지 말자. 이런 시련을 잘 견디고 극복한 사람에게는 반드시 희망과 성공이 기다리고 있는 것이다.

40 희망은 잿더미 속에서도 활활 타올라야 한다.

삶에 희망이란 단어처럼 중요하고 필요한 단어는 또 없을 것이다. 만약 그게 없으면 우리가 앞으로 살아갈 좌표를 잃어버리게 된다.

어떤 사람이든 희망이 없으면 이미 죽은 거나 마찬가지인 것이다. 세월이 흘러감은 아주 자연스러운 일이고 그 세월은 우리 인간에게 주름살을 가져다주지만, 희망을 포기하는 사람은 영혼의 주름살을 만들고 있는 것이다. 우리가 나이를 많이 먹어 간다고 늙어가는 게 아니다. 나이는 생물학적인 개념일 뿐이지 진정 늙어가는 행위는 희망을 포기할 때 비로소 속절없이 늙는 것이다.

우리는 인생을 살아가면서 수많은 꿈을 꾸게 된다. 그리고 그 꿈을 실현시키기 위해 부푼 희망을 품고 꿈을 향해 힘찬 도전을 시작한다. 그러나 내가 키워온 그 꿈이 쉽게 이룰 수 있는 꿈도 있지만 아주 요원한 꿈도 많을 것이다. 그래서 그 꿈을 이루기 위해서는 피나는 노력이 대두되어야 한다. 모든 사람이 이루고 싶은 꿈이 다 쉽다면 누군들 꿈을 이루지 못한 사람이 왜 있을까?

꿈이란 각자가 세운 목표이기 때문에 사람에 따라 쉽고 어려움이 제각각일 것이다. 누구든지 이루기 쉬운 꿈만 좇는다면 이룬 후의 보람 역시 작을 것이다. 그러나 내가 한번 희망을 품고 이루고 싶은 꿈에 도전한다면 미치도록 정성과 열정을 다해야 할 것으로 본다.

우리 주위에서 성공한 사람들은 대부분 자기가 꾼 꿈을 잘 이룬 사람이라 생각된다. 하기 싫은 일을 꿈으로 잘 이루기는 어렵기 때문이다. 희망이란 이처럼 꿈과 잘 연결된다. 꿈이 있는 사람은 희망이 있게 마련이고, 꿈을 이룬 사람은 다 행복하다 할 수 있다. 그렇기에 내 꿈을 이루기 위해 부단히 노력하고 마침내 그 꿈을 이룬 사람은 참으로 행복할 수밖에 없다.

우리 인생의 과정도 결국은 꿈을 꾸고 그 꿈을 실현하는 과정이라 할 수 있다. 그러니 내가 하고 싶은 일로 꿈을 향해 노력한다면 고생도 고생이 되지 않는다. 그러나 내가 하고자 하는 일과는 거리가 먼 일을 하고 있다면 지옥이 따로 없을 것이다. 내 꿈이 아니었어도 어쩔 수 없이 가업을 이어받았거나 전공이 아닌 엉뚱한 일에 종사하게 된다면 그건 행복하고는 거리가 먼 삶을 살고 있다는 생각이 든다.

그러니 저마다 내가 꿈꾸어 오던 일을 향해 나아간다면 비록 지금 힘들지라도 미래의 희망을 만날 수 있기 때문에 결코 괴롭지 않을 것이다.

나에게 꿈이 있다는 것은 앞으로 희망이 있다는 뜻이다. 그러므로 꿈이 있는 사람들은 자기가 원하는 것을 꼭 이루겠다는 의지가 있는 사람이다. 그들은 꿈이 행복을 만들고 나아가서 살아갈 의욕까지 만든다는 걸 굳게 믿기 때문이다.

필자도 어린 시절 중학교 국어 선생님의 영향을 받아 선생님이 되고 싶었던 꿈을 꾸었고, 또 시인도 되고 싶었다. 중학교 2학년 때 국어 선생님께서 시 단원을 지도하실 때, 어찌나 맛있게 시를 음미하시던지 사춘기 소녀인 내가 그 시에 푹 빠져버렸다.

그때 그 선생님은 지금 내가 시인이 되었으리라는 생각을 한 번이라도 해 보셨을까? 그땐 모르셨어도 난 그분의 시 때문에 시인이 되어 꿈을 이루고 행복하게 살고 있다. 내 마음에 시를 키우고 때 묻지 않은 감성으로 살고 있기 때문에 마냥 행복한 것이다.

시인은 물질적인 가치보다 풍요로운 정신적 가치를 더 중요하게 생각하는 사람들이다. 그렇기에 내 가슴 속에 시 한 수 키울 수 있는 사람은 마음이 훨씬 윤택하고 부자라는 사실을 절실히 느끼고 있다.

그때 나에게 국어를 가르쳐 주신 선생님께서는 교과서 외에는 별다른 부교재 하나 갖고 계시지 않았다. 교육 환경이 열악한 시대였지만, 나를 그 시 속에 퐁당 빠뜨려 놓으셨던 그 기술은 아무나 가질 수 없던 아주 특별한 수업기술이셨다.

교과서를 반쯤 접어 눈은 지그시 감고, 손은 뒷짐을 지고서 김영랑의 시 '모란이 피기까지는'이라는 시를 통째로 다 외우셨다. 시의 맛을 쏘옥쏙 우러나게 해주신 선생님, 아니 그 시를 맛있게 잘근잘근 씹으셨다는 표현이 더 적절하다. 그러면서 나를 그 시의 장면 속으로 쏘옥 빠지게 하는 기술을 갖고 계셨던 것 같다.

입으론 똑같은 시의 내용을 읊조리고 계셨지만, 그분의 눈빛, 그분의 감정과 어조가 나를 사로잡았던 것이다. 그렇게 시를 감상하며 음미하는 깊이가 너무도 매력적이었다.

내가 기억하기를 그 선생님은 정말 교사 중의 교사로 기억된다. 그리고 국어 선생님으로서 충분한 자질을 갖추셨다는 생각이 든다. 나도 교사로서 많은 세월을 아이들 앞에 섰었지만 단 한 순간이라도 학생들의 수업에 이처럼 진지하게 임할 수 있었는지 자문해 보고 싶다. 지금 내가 교단에서 돌아 나와 수많은 시간이 흘렀지만 아직도 존경심이 가시질 않는다.

지금도 살아계신다면 소녀의 옛이야기를 꼭 한번 들려 드리고 싶다. 그 뒤로도 그 시가 못내 마음에 남아 강진에 있는 김영랑 생가를 찾아 그 모란꽃 피는 배경을 샅샅이 둘러보기도 하였다. 님은 가고 없지만 아련한 추억은 남아 있었다. 그러나 그 수업에서 배우며 상상했던 그 장면이 내 가슴을 더욱 차지했던지라 그때 감격은 그다지 크지 않았지만, 편안한 마음으로 상기해 볼 수 있어 좋았었다.

이처럼 희망은 고래도 춤추게 한다는 말이 있지 않는가? 자기가 품은 꿈이 장래의 희망이 되어 그걸 이루고 난 뒤의 뿌듯함이란 세상을 다 주고도 살 수가 없다. 그러니 꺼져가는 잿더미 속에서도 절대 희망의 불씨를 꺼트려서는 안 된다. 잿더미처럼 까만 절망 속에서도 희망의 불씨만큼은 활활 불태워야 한다.

아무리 죽을 고비를 수백 번 넘긴 사람도 그 불씨만 꺼트리지 않는다면 언젠간 꼭 행복한 모습으로 옛이야기를 떠올리며 잘 살아갈 것이다. 희망은 우리를 행복으로 이끌어 주는 견인차 역할을 하기 때문이다.

41 성공한 사람은 실패의 내성 앞에 주저하지 않는다.

사람들은 저마다 성공을 하고 싶어 한다. 그러나 모든 사람이 다 성공을 거두는 것은 아니다. 그만큼 성공은 많은 내공이 필요하다. 그리고 참기 어려운 고난과 역경에 부딪힐 수 있는 두터운 암벽을 투지와 저력으로 뚫고 나오는 어려운 과정이 수반되어야 한다. 인생은 고난이 닥쳐오더라도 살아갈 만한 충분한 가치와 매력이 있는 것이다.

그러나 우리가 예기치도 않은 어떤 고난과 난관에 봉착하다 보면 마음이 또 달라지게 마련이다. 지금 아무 일 없이 잘살고 있는 사람도 과거 한때는 어려운 환경에 처할 때도 있었을 것이다. 인생은 그렇게 순조롭고 평탄한 삶만 유지되는 건 아니기 때문이다. 지금 내 생활이 매우 탄탄하고 아무 걱정이 없는 것 같지만, 사람에겐 언제 어느 때 나에게도 위태로운 국면이 다가올지는 알 수 없다. 그런 만큼 모든 현실 앞에서 영원히 안전할 것이라는 망상은 갖지 않았으면 좋겠다. 더구나 인생은 고달프고 살아가기 어려운 과정의 연속인 것도 숨길 수 없는 사실이다.

그렇기에 인생에서 찾아오는 시련이 파도처럼 왔다가 떠나고, 잔잔하다 싶으면 또다시 밀려오고 하는 순환의 과정을 수없이 반복하기도 한다. 그러나 좀 더 현명한 사람은 고난에 대처하는 예행연습을 미리 해 놓으면 실패의 위기에서 입을 타격이 좀 수월할 것이다.

우리 인생은 각자의 영역에서 별 무리 없이 자신의 꿈을 이루어 행복하게 사는 사람을 대부분 성공한 사람이라 부른다. 대신 내가 하고자 하는 일에 자신감을 잃고 그 역경에서 헤어나오지 못한 사람들을 우리는 실패한 인생이라 이름 하고 있다. 그러나 똑같은 인생을 성공으로 이끌어 가는 삶과 실패로 이끄는 사람들의 요인을 분석해 보면 극명한 차이를 발견할 수가 있다.

성공을 거두는 사람들의 내면과 정신세계는 잘잘못을 모두 내 탓으로 돌리고 있다. 그러나 실패한 사람들의 정신세계는 그 원인을 모두 남의 탓으로 돌리는 경향이 있다. 바로 이 한 가지의 극명한 차이만 보더라도 성공과 실패의 원인을 바로잡을 수 있으리라고 본다.

또 한 가지, 성공한 사람들은 실패를 결코 두려워하지 않고 재도전을 하여 다시 복구해 보려는 열정을 갖는다. 그러나 실패를 한 사람은 그 한 번의 실패로 인하여 인생을 다 잃어버린 듯 깊은 실의에 빠져 나올 생각조차 못하고 있는 것이다.

이처럼 성공하는 사람들은 절대 실패에 대해 적대감과 두려움을 갖지 않고 다시 도전장을 내미는 점이 다른 점이다. 그리고 몇 번이고 다시 일어서야 한다는 오뚝이 집념을 가지고 있다는 점이 다르다 하겠다. 병원에서 환자에게 처방하는 약에 내성이 생긴 환자는 그다음 처방 때는 한 단계 더 독한 약을 처방하는 것처럼 실패의 두려움을 말끔히 이겨내고, 한 발 더 뛸 각오를 단단히 하고, 실패의 내성에 절대 굴복하지 않는다. 그래야 다시 또 재기할 수 있고 또다시 성공을 부르게 되는 것이다.

그러나 실패하는 사람들에게는 이러한 특징이 있다. 어떤 재기의 발판 앞에서 자신이 변화의 주인공이 되려 하지 않고 먼저 성공하는 사람들의 모방자가 되려 한다. 그렇지만 성공하는 사람들의 인자는 무엇이든 내가 변화의 주체가 되어 옷소매를 걷어붙이고 다시 새로운 변화 앞에서 결연히 맞서 싸워 이기는 내성을 가지고 있다. 결코 실패를 두려워하지 않는 것이다.

그런데 실패를 가져오는 사람들의 근성에는 시기심이 가득하다. 성공을 한 사람들을 본보기로 삼지 않고 오히려 시기를 하며 결점만 헐뜯는 습성을 가지고 있다. 그러나 성공하는 사람들은 자신보다 나은 사람을 보면 우선 존경심을 갖고, 그분의 장점을 배우려는 생각을 하며, 더 높은 목표와 미래를 향해 부단히 공부하며 배우는 자세가 바로 성공으로 이끄는 사람들의 표본이라 할 수 있다.

반면 실패를 자초하는 사람들은 성공한 사람들을 추켜세우지 않고 단점만을 꼬집고 자꾸만 흠집을 내어 끌어내리려는 기질을 갖고 있다. 이런 사람들이야말로 자신의 성공을 스스로 가로막는 걸림돌 인생으로 살아갈 수밖에 없는 것이다.

필자는 어떤 실패와 고난 앞에서 결코 실패를 두려워하지 말고 더 도전해 나가라고 권유하고 싶다. 어려운 도전 없이는 절대 성공을 거둘 수 없기 때문이다. 필자도 인생의 과정에서 나름대로 성공을 거두려고 부단히 노력한 사람 중의 하나이다. 그런 만큼 자연히 고난과 실패의 경험이 늘 밑거름이 되어 주었던 사실을 잊지 않으려고 노력한다. 그래서 나름대로 성공에 대한 나의 좌우명이 생겼다.

나를 성공하게 해준 건 나에게 찾아온 여러 번의 시련과 좌절을 끈질기게 잘 견뎌냈음이요, 다른 하나는 나에게 시련과 좌절을 가져다 준 모든 사람과 여건을 나의 '정신적 스승'으로 여기고 있는 점이라 할 수 있다.

누구든 성공하려면 어려운 관문 앞에서 절대 무릎 꿇지 말고, 당당히 맞서서 헤쳐나가기를 바란다. 그리고 과거에 실패했던 생각을 잊으려 하지 말고 정신적 스승으로 여기기 바란다. 그리고 성공할 수 있다는 목표를 절대 굽히지 말기 바란다.

42 성공은 타고난 끼와 재능에서 찾아라.

　　사람들마다 얼굴 모습과 성격이 제각각인 것처럼 각자가 타고난 재능들도 제각기 다르다. 어떤 사람은 노래를 잘하고, 어떤 사람은 춤을 잘 추고, 어떤 사람은 달리기를 잘하고, 어떤 사람은 새끼를 잘 꼬고, 어떤 사람은 컴퓨터를 잘한다.

　　이는 부모님으로부터 물려받은 자질도 있겠지만, 선생님에게 배우는 과정에서 발탁된 것도 있고, 나의 노력으로 연습하여 잘하게 된 것도 있다. 이렇듯 과정과 연습을 통하여 내가 미처 알지 못하는 나의 특기를 발견할 때도 있다.

　　부모에게서 물려받든, 연습과정에서 발견되든, 지도를 받아 잘하게 되든 간에 출중한 내 능력이 남에게 인정받을 만큼 뛰어난 일은 참으로 축복이라 할 수 있다. 세상을 살아가면서 이렇게 내가 남보다 잘하는 점이 있다는 건 더할 나위 없이 기쁜 일이고 자신감 넘치는 일이다.

옛날에는 특별한 집을 제외하고는 자식의 재능에 잠재능력이 있어도 어른들의 무지와 무경험으로 타고난 끼를 아무도 계발시켜주지 못했다. 그러나 지금처럼 정보화 시대를 살아가다 보면 부모가 미처 끼를 발견해 주지 않아도 얼마든지 스스로 재능을 계발할 수 있다.

학교에서 배우는 공부도 그 기능을 찾아주기에 한몫을 하고 있지만, 요즈음 세대들은 거의 모두가 컴퓨터와 핸드폰은 다 끼고 산다. 개인 핸드폰이 없는 사람이 더 드문 시기가 되었다.

그렇기 때문에 지금은 컴퓨터나 핸드폰만 곁에 있으면 인터넷으로 어떤 지식이든 다 검색하여 쉽게 실생활에 사용할 수 있으며, 음감을 타고나지 않은 사람이라도 귀에 이어폰을 끼고 언제든 노래를 따라 부르며 음악 공부까지 다 할 수 있는 시대가 되었다.

또 어제 못 본 연속극도 오가며 핸드폰으로 볼 수 있으며, 구태여 도서관까지 가서 책을 빌려오지 않더라도 인터넷으로 도서관에 소장되어 있는 수많은 책들을 다 읽을 수 있다.

어디 그뿐인가? 매일 집으로 배달된 신문을 보지 않아도 오늘의 뉴스와 기사까지 모두 핸드폰 기능에서 다 찾아 읽을 수가 있다.

또 생활은 얼마나 편리해졌는가? 시장이나 백화점에 가서 구매를 해 와야 하는 물건들도 컴퓨터상에서 클릭하여 돈만 지불하면 더 싸고 질 좋은 물건을 안방까지 척척 배달이 가능하다.

이러한 변화로 일할 거리가 줄어든 종목도 있고, 어떤 종목은 컴퓨터 때문에 더욱 바빠진 종목들도 덩달아 생겨난다. 이렇게 급속도로 변화된 사회에서 좋고 편리한 점들도 얼마든지 있지만 그에 따른 폐단도 무수히 많아졌다.

그러나 필자는 모두가 공히 잘하는 것에 너도나도 모두 동요하지 말라는 주문을 하고 싶다. 앞에서도 언급했지만 사람마다 타고난 재능이 다른 만큼 내가 잘할 수 있는 것에 더 귀를 기울이고 잘하는 것을 더욱 잘하도록 나의 자질을 키웠으면 하는 바람이다.

이렇듯 빨리 변해 가는 정보화 사회 속에서 빨리 바뀌지 않으면 바보 취급 받기는 불 보듯 뻔하다. 그렇기 때문에 나이 든 어른들도 젊은이들 속에 끼어 배우고 또 배워야 한다. 그래야 젊은 세대들과 공감하며 함께 소외되지 않을 것이다.

조금 나태하게 마음먹었다가는 늙은이 취급당하고 소통도 안 되고 그 문화 속에서 이방인처럼 살게 될 것이다. 지금은 평생교육원이 많이 생겨 본인이 배울 의지만 있으면 누구나 배움의 장이 열려 있다. 성공하려면 사회 변화의 물결을 함께 헤엄쳐가야 한다.

그리고 너도나도 공히 좋아하는 종목에서 서로 맞서지 말아야 한다. 모두가 공히 좋아하는 분야에만 몰린다면 경쟁은 불 보듯 너무 치열할 것이 예상된다.

고등학교 때부터 자신의 적성대로 과 선택을 잘 하여 타고난 끼를 더욱 잘하도록 계발한다면 남들과의 생존 경쟁에서 치열하게 경쟁하지 않아도 되지 않을까? 그러나 자신들의 적성과 소질을 고려하지 않고 무조건 인문계에만 진학하여 하기 싫은 공부로 3년을 몸살을 앓고 있는 학생들을 많이 보고 있다.

이 얼마나 안타까운 일인가? 내가 잘할 수 있는 건 분명 따로 있는데 그 아까운 3년을 고스란히 가방만 짊어지고 다니는 허송세월을 누가 보상해 줄 수 있는가? 그리고 또 대학의 관문 앞에서 실력으로 속수무책 무너지고 실망하고, 방황하는 우리 자녀들을 과연 어떻게 안내해야 하는가?

필자는 단연코 내가 잘할 수 있는 자신의 장기와 재능에서 그 답을 찾으라 하고 싶다. 내가 살아갈 미래에 본인이 하고 싶은 일을 하면서 그 속에서 행복을 찾으라고 권유하고 싶다. 음악을 잘하는 사람은 가수나 연주자로, 연극을 잘 할 수 있는 사람은 연극인으로, 공부를 잘하는 사람은 법관이나 교수나 연구원이나 공무원으로 일하면 되고, 손재주가 있는 사람은 예술인으로, 체육을 잘하는 사람은 그 종목의 선수나 매니저로 일한다면 얼마나 행복하겠는가?

그러나 우리 기성세대들에게도 많은 잘못이 있다. 부모들의 체면 때문에 체면이 구겨지는 직업을 선택하지 않게 곁에서 조종하는 부모가 허다하다. 부모의 얼굴과 체면이 뭐 그리도 대단한가? 내 자식들의 살아갈 미래를 우리 마음대로 주무르고 조종해서는 안 된다.

그들 나름대로 좋아하는 것, 타고난 끼, 숨어 있는 자질을 발굴하여 직업으로 선택하게 만들어야 한다. 자식의 의향이 아닌 부모의 입김으로 만들어낸 직업은 금방 싫증을 내고 능력 발휘가 더 이상 안 되는 것이다.

왜 자식들이 그 일 앞에서 신바람 나게 살지 못하게 하는가? 왜 자식들을 부모의 체면 유지용으로 학교나 직업을 선택하여 타인의 삶을 살게 하는가? 이래서는 안 된다. 지금 신세대들은 매우 현명하고 똑똑하다. 그렇기에 그들로 하여금 좋아하는 삶을 선택하도록 자율권을 줘야 한다.

나의 사랑하는 제자 중에서 하나의 예를 들어보고자 한다. 그 제자는 어머니의 치맛바람으로 초등학교 저학년 때엔 줄곧 반장을 하였고, 고학년에 올라가면서부터는 친구들이 선택하는 선거제도라 반장은 못 하였다. 그 뒤 중학교부터는 두각이 나타나지 않아 인문계 고등학교 문턱부터 시험의 고배를 마시기 시작했다.

체면이 구겨진 그의 어머니는 자식 친구들은 물론이고 학부모들 간에도 절연을 하며 외로운 투쟁의 세월을 보냈다. 우여곡절 끝에 산업체 교육을 마치고 어느 건설 회사에 취직을 하였다. 몇 년은 아무 소리 없이 잘 다니다가 급기야 아버지의 퇴직금을 받을 즈음 경력도 짧은 제자가 작은 회사를 차려 사장 노릇을 한다는 소식이 들려왔다. 그 소식과 더불어 결혼도 하였고, 2세도 태어났다.

그러나 얼마 안 가서 어떤 공사 하나를 부실로 시공하면서 수많은 부채에 시달리게 되었다. 고향에 있는 집은 물론이고 아버지의 퇴직금마저도 몽땅 잃어버리고, 고위직을 가졌던 아버지는 이제 아파트 경비로 근근이 생활을 유지해가고 있는 실정에 놓이게 되었다. 정말 애제자였지만 어머니의 실속 없는 체면 때문에 장래가 창창한 제자 하나가 고난의 구렁텅이에서 헤어나오지 못하고 있다. 지금이라도 부모님에게 이 말을 전하고 싶다. 삶에선 체면보다 내실이 백배천배 중요하다는 사실을 말이다.

앞으로 직업을 선택해야 하는 우리 젊은이들에게 이렇게 말해주고 싶다. 성공은 내가 잘할 수 있는 끼와 소질 그리고 타고난 적성과 재능을 참고하여 선택했으면 좋겠다. 그런 다음 그 적성과 소질을 잘 키워 평생 직업으로 갖게 되면 자신의 행복지수는 물론이고, 우리 주위 모두가 다 함께 행복할 것이다.

43   시련은 아무에게나 꽃이 되지 않는다.

인생을 살아가다 보면 재미있고 좋은 일만 계속되는 건 아니다. 작든 크든 계속해서 마음 쓰일 일이 자꾸 생기는 게 인생이다. 비단 나 자신에게만 그런 어렵고 참기 힘든 시련이 다가오는 것은 아니다. 어느 누구에게도 예외는 없다.

그렇지만 인생 모두가 공히 똑같은 시련을 맛보는 건 아니다. 시련이란 개인차가 있게 마련이다. 어떤 사람에게는 경제적인 시련이 있는가 하면 어떤 사람에게는 건강상의 문제가 찾아오기도 한다. 또 어떤 사람은 직장 일로 인하여 해결하기 어려운 시련에 휩싸일 수도 있다.

이처럼 시련은 시도 때도 없고 예고도 없이 우리들 곁을 찾아온다. 그렇기 때문에 인생은 너나 할 것 없이 평탄한 날보다는 걱정을 해야 하는 시련이 있는 날이 더 많은 것 같기도 하다.

하루에도 몇 번씩 크고 작은 파도처럼 왔다가는 가고, 갔는가 싶으면 또 오는 것이 바로 인생의 시련이다. 그렇다고 한탄만 하고 있을 일도 아니다. 그런 일상에서 빈번하게 일어나는 시련들은 누구를 막론하고 다 찾아올 수 있는 일이기 때문이다.

그러나 남의 일은 쉬운 것 같고, 남의 떡은 더 커 보이는 것이 또한 일상사이다. 어찌 남에게 닥친 시련만 수월하게 보이고, 나에게 닥친 일은 모두가 무겁게 느껴진단 말인가?

절대 그렇지는 않을 것이다. 우선 내 일은 내가 아닌 타인에게는 벌써 남의 일이잖는가? 무엇이든 내가 당할 때는 훨씬 난감하고 당혹스럽다고 생각하는 일이 남의 일이고 보면 시련의 무게 자체가 훨씬 가볍게 느껴지는 법이다.

어떤 사건 사고가 눈앞에서 일어나 그 앞에서 모든 일을 함께 보았음에도 내가 아니고 내 가족이 아니면 금방 한시름 놓고, 남의 일이면 벌써 체감 온도가 훨씬 가볍게 느껴지기 마련이다.

아들을 군대에 보내고 고생을 하는 자식이 안타까워 엄마는 따뜻한 밥도 제대로 못 먹고 있는데, 남의 가족의 눈으로 볼 때는 언제 그 애가 군대에 가서 벌써 그렇게 되었느냐고 하는 것만 보아도 알 수가 있다. 벌써 남과 나의 차이는 벽이 여전히 큼을 알 수 있다.

그렇기에 자질구레한 시련들을 겪으며 우리는 비로소 어려운 사람의 입장에 놓여보는 것이다. 그래서 작건 크건 어려움을 당해본 사람은 그러지 않은 사람보다 훨씬 성숙도가 높아진다. 그래서 벼가 익어갈수록 고개를 숙이는 것이 아닌가 생각된다.

사람들은 시련에 직면하지 않더라도 남의 고충을 잘 이해하는 사람도 있다. 그러나 시련이나 고난으로 직접 고통을 겪어보며 어려운 길을 감내한 사람은 세상의 이치와 탈출구를 더 정확히 알 수 있는 것이다. 아무리 생각해도 간접 경험만으로는 그 어려움의 깊이를 당사자처럼 이해하기는 힘들다.

우리가 시련을 당했던 경험도 금방 복구가 될 수 있고 치유 가능한 시련이 있는 반면에, 영원히 우리들 가슴에 지워지지 않는 트라우마를 남기며 괴로움과 슬픔의 강도가 사라지지 않을 시련도 얼마든지 있다.

지금 이 시점에서 참으로 조심스러워 감히 거론하기조차 쉽진 않지만 생각지도 못했던 세월호 같은 사고를 감히 누가 예상이나 했겠는가? 이번의 참상이야말로 그 어느 때보다 비통함이 크다. 그래서 국민들 모두가 지금까지 애도의 물결 속에서 헤어나올 수가 없는 것이다.

참사의 규모도 어마어마하거니와 한 사람 한 사람의 생명들이 제때에 적절한 대책도 못 받고 무방비 상태에서 속절없이 우리 곁을 떠났다는 사실이 이토록 가슴 아픈 것이다. 참으로 안타깝고 분통이 터질 일이다. 어디서부터 그 잘잘못을 따져야 하는지 참으로 난감하기 그지없다. 우리 국민들도 이렇게 마음이 침통한데 당사자인 가족들 마음이야 오죽하랴.

거기에 더욱더 가슴 아픈 사실은 열여섯 꽃다운 청춘들의 생사를 눈으로 확인하지 못한 가족들의 가슴은 얼마나 더 타들어 갈까? 그 괴로움과 고통은 더 말해 무엇하랴.

그들의 죽음이 헛되지 않도록 진상 규명에 최선을 다해야 한다. 그러나 세월호 특별법 처리는 아직까지 불투명하기만 하다.

그때 속절없이 침몰해 가는 세월호 안에서 그저 기다리라는 말 한 마디만을 믿고 엄마에게 문자를 보낸 한 여학생의 마지막 절규가 지금도 내 가슴을 내려친다.

기다리래

김숙자

천둥도 먹구름 속에서
바둥바둥 떨고
물안개마저도 무서워
하얀 치마를 뒤집어썼다.

난생 처음 친구들과
부푼 제주 수학여행 길
하늘도 무심하시지
침몰해 가는 세월호 안에서
초연히 대피명령만을 기다리던
우리 순둥이 꽃송이들

사랑하는 엄마 아빠 뼛속에
남겨준 이 말 한마디
'기다리래'
속수무책 동동 구르던 글귀
이승의 마지막 언어 되었네.

하늘도 울고 땅도 울고
이 세상 부모들 피를 토하고 울부짖네.
더 이상 해줄 말 없어 미안하다고
더 이상 지켜주지 못해 미안하다고
분노에 찬 함성으로 되뇌어보지만
누구 하나 손 쓸 수 없는 가여움에

부끄러운 노란 리본도
차마 가슴에 달지 못하네.
하염없는 눈물만으로 속죄하는 이 마음
모두 사랑하노라.
모두 사랑하노라.
갈기갈기 찢긴 가슴 안고
하늘 향한 우리의 절규여
팽목항 거센 소용돌이에 말려
오늘도 발길 돌리지 못하네.

시련이란 이처럼 한 치 앞도 내다볼 수 없는 불가사의한 영역이다. 누가 감히 예측이나 해 보았겠는가? 이런 어머어마한 시련 앞에서 우리는 어떤 마음가짐을 지녀야 하겠는가? 누가 감히 우리 앞에 이런 시련이 닥쳐올 거라고 감히 상상이라도 했겠는가? 그러나 재해와 인재는 언제 어디서 우리를 어떤 모습으로 급습할지 아무도 모른다. 그렇기에 도처에 도사리고 있는 위험 앞에 안일한 안전불감증이 우리 사회에 만연되어 있지만 우리는 절대로 그 위험 앞에서 너무 무감각해서는 안 될 것이다.

세월호 사고를 경험한 정부의 모든 부처와 국민들은 다시금 안전사고와 재난에 속수무책으로 당하지 않도록 준비해야 한다. 단단한 돌다리라도 다시 두들겨보고, 우리 주위에 무방비 상태로 입을 벌리고 있는 재난 사고에 큰 경각심을 갖고 단단한 재정비와 사전점검에 만전을 기해야 할 것이다.

정말 시련이란 한 인생의 행불행을 결정짓는 중하고도 무자비한 과녁이다. 시련을 당하거나 극복해 가는 가운데 참사람이 되어 가는 사람이 있는가 하면, 그 시련을 감당하지 못해 인생의 폐인이 되고 시련의 덫에 걸려 자아를 상실해 버리는 사람도 있다.

우리는 이런저런 뼈저린 시련들을 거울삼아 인생 역전의 기회로 삼아야 한다. 생의 과정에 한 번이라도 시련이 찾아온다면 회피하지 말고 가장 적절한 방책과 대안이 무엇인지를 잘 생각하고 자문을 구하여 시련에 잘 대처해야 할 것이다. 대부분 작은 삽으로 막을 수 있는 시련들을 수수방관만 하다가 큰 가래로 막게 되는 수도 있다. 이 말이 시사하는 바는 이런 경우와도 견주어 생각해 보자.

비가 자주 와서 집에 누수가 생겨 도배가 엉망이 되는 수가 있다. 그걸 그냥 놓아두면 집안의 곳곳에 곰팡이가 끼게 되고, 그 곰팡이를 잡지 못하면 건강에도 막대한 지장을 초래하고 만다. 이처럼 초반전에 잡을 수 있는 누수를 잡지 못해 급기야 집 전체를 뜯어 손을 봐야 하는 큰 공사를 벌여야 한다.

이처럼 작은 고난이나 시련은 미연에 방지하는 게 상책이다. 그러나 뜻하지 않게 다가온 시련은 우리도 어쩌지 못하고 당하는 경우는 매우 안타까운 일이나 그 시련 자체를 슬기롭게 받아들이고 현명하게 후속 대처를 잘해야만 한다.

성공의 길로 가는 길목에 수없이 찾아오는 시련을 어떻게 잘 극복했느냐가 중요한 관건이 된다. 단 한 번도 시련을 맛보지 않은 사람과 시련으로 온몸과 마음이 무장된 사람이 맞선다면 과연 그 승자는 누가 될까? 물어보나 마나한 대답을 할 수밖에 없다.

시련을 거뜬히 이겨낸 의지가 굳센 사람은 어떤 혹독한 비바람이 불어온다 해도 이젠 끄떡없이 버티며 자율방어로 이겨낼 힘이 생긴 것이다. 그러나 가냘픈 시련에도 그냥 넘어가는 사람은 태산 같은 바람이 불어오면 그냥 날려가서 산산조각이 되어버릴 것이다.

성공이란 그 씨앗부터 잘 뿌려야 한다. 그 씨앗이 좋은 싹을 틔울 수 있는 조건과 자라는 데 흡족한 여러 가지 요인을 잘 갖춰줘야 한다. 첫째, 좋은 씨를 좋은 텃밭에 뿌려야 한다. 그런 다음 알맞은 햇볕, 그리고 깨끗한 물과 공기가 필요하다. 그다음에 영양분을 적절히 주고 병충해와 수해에 잘 대비를 해야 할 것이다. 이런 여러 요인이 잘 부합될 때 싹이 잘 자라서 꽃이 피고 튼실한 성공의 열매도 맺게 될 것이다.

그러나 싹도 잘 트고 줄기도 잘 뻗어 갔지만 도중에 가지가 마르고 시들어 꽃을 맺지 못하고 떨어져 버리는 나무도 얼마든지 있다. 이렇듯 성공으로 가는 순과 가지가 뻗어 나갈 때 더욱더 방심을 하지 않아야 한다.

영양분만 많다고 해서 꽃이 예쁘게 맺는 것도 아니다. 모든 게 적절한 조건이 유지되어야 한다. 비가 많이 와도 안 되고, 태풍이 불어와도 안 되고, 안개 끼어 있는 날이 계속되어도 안 된다. 그 가녀린 가지가 잘 뻗어갈 수 있도록 공기도 잘 통하게 전지도 해 주고 다른 나무들이 휘감지 않게 항시 잡풀도 수시로 매 주어야 한다.

이렇듯 탐스러운 꽃이 잘 피게 하는 데는 작은 시련에서도 끄떡없이 잘 이겨내는 자생력을 반드시 길러줘야 한다. 바닷가에서 적당한 해풍을 맞고 자란 과일과 채소 등이 병충해에 강하고 빛깔과 열매가 더 튼실하게 매달림은 어떤 이유일까? 두말할 것도 없이 강인한 내병성을 지녔기 때문이다. 강한 비바람이나 태풍에 내몰려도 그것을 꿋꿋이 이겨내고 견디어낸 끈질긴 자생력을 말할 수 있다.

이처럼 우리 인간도 성공으로 가는 길목에는 수많은 가시밭길과 시련이 도사리고 있다. 그러나 바닷가에서 파도와 조류와 비바람에 흔들리고 꺾이고 할퀴여도 갖은 시련을 이겨내고 견디어낸 강인한 생명력이 오늘의 성공을 이끌어낸 요인이라 할 수 있다.

시련은 아무에게나 다 꽃을 내어주진 않는다. 요리조리 부대끼고 살점이 떨어져 나가도 꿋꿋한 끈기로 있는 힘을 다해 자신을 지탱하고 다시 그 자리로 돌아온 고맙고 감사한 가지에서는 그 누구도 흉내 낼 수 없는 아름다운 성공의 꽃송이가 터져 나올 수 있는 것이다.

필자는 여기에서 자신 있게 이 한 마디를 더 언급하고자 한다. 갖은 고난과 시련 그리고 거센 폭풍우를 똑같이 겪었는데도 어떤 가지에서는 영롱한 꽃봉오리가 맺히고 어떤 가지에서는 더 이상 꽃대와 꽃순이 나오지 않는다는 사실을 잊지 말아야 한다. 단 한 순간도 헛되이 보내서도 헛되이 살아서도 안 된다는 경고가 담겨있는, 실로 뼈 있는 말이기도 하다.

44 자신에게 바치는 갈채와 꽃다발

　흔히들 축하할 일이나 잊지 못할 추억의 날이 다가오면 남에게는 자주 축하의 말을 건네고 축하의 마음을 담은 꽃다발이나 선물 등을 건네기도 한다. 그러나 정작 자신에게는 진정한 의미를 담은 축하의 마음을 한 번이라도 표현해 보았는가?

　대부분의 사람들이 자신에게는 소홀히 했을 것이 뻔하다. 쉬울 것 같지만 자신에게 결코 쉽지 않은 표현이기 때문에 모두가 무심할 수밖에 없다. 그렇기에 아무리 상대방으로부터 수많은 꽃다발과 축하의 이야기를 받았을지라도 정작 자신에게는 축하의 말 한마디 해 보았느냐는 얘기를 묻고 싶은 거다.

　군중 속에서도 고독을 느끼는 것처럼 많은 축하의 홍수 속에서도 내밀한 내 인생의 주인공인 자신에게 진정으로 따뜻한 위로의 말한마디 건네지 못한다면 그건 내 영혼에 너무 인색하고 무미건조하다는 생각이 든다.

우리가 지금까지 세파를 견디며 잘 살아온 것은 내밀한 공간 속에서 나를 오롯이 지탱해준 정말 수고로운 내가 존재하고 있기 때문이다. 생을 살아가면서 나 자신과의 대화는 몇 번이나 해 보았는가? 또 자신과의 약속을 몇 번이나 해 보았는가?

정말 아무리 바쁜 가정생활과 사회생활을 함께 잘해 나가고 있어도 겉모습만의 내가 혼자서 잘하고 있는 게 아니다. 겉모습 안에 감추어져 있는 진정한 내 안의 내가 있다는 걸 잊지 말아야 한다.

한 번쯤이라도 겉모습에 가려진 진정한 나에게 위로와 함께 박수갈채를 보내야 한다. 흔히 겉모습으론 화려하고 아름다움에 쌓여 있어 남 보기에는 행복하게 보일지 모르지만, 진정한 내면을 향해 한 번쯤 진솔한 목소리로 자신에게 물어 보라. 그리고 소리쳐 보라. 진정 행복했느냐고, 그리고 지금도 행복하냐고 말이다.

마음속 깊은 곳에서부터 긍정의 답이 튀어나온다면 겉모습으로만 내가 허허롭게 달려온 게 아니다. 가슴 속에서부터 든든히 지원을 받으며 나를 감싸고 지탱해 준 나 자신에게 감사하고 살았다면 더 이상 말이 필요 없을 것이다.

그러나 필자도 역시 인간이기에 지금 이 시점까지 자신을 잘 지탱해준 진정한 나에게 감사의 인사 한마디 건네지 못한 것 같다. 오늘 비로소 무한한 박수갈채를 보내고 싶다. 그리고 공직생활의 굴곡진 내 인생의 기나긴 터널을 대과 없이 잘 끝맺음할 수 있었다는 자체도 얼마나 고맙고 보람된 일이던가? 그런데 진정으로 내 영혼에 찬사 한마디 보내지 못했다. 정말 나 자신에게 이렇게까지 소홀했다는 게 새삼 부끄럽기까지 하다. 정말 많이 미안하고 고맙기 그지없다.

이 계발서를 대하고 있는 이 시점에서라도 여러분도 자신을 향해 고마운 위로 한마디 전하기 바란다. 꽃 한 송이라도 사서 멋지게 들고 자신에게 진심을 말한다면 더할 나위 없이 반갑고 좋을 일이다.

정신없이 다른 사람들만을 위한 축하의 자리만 쫓아다니지 마라! 진정으로 자신에게도 한 번쯤은 위로의 인사나 박수갈채라도 보내보기 바란다. 분명 생이 더 활기찰 수밖에 없다. 남이 알아주지 않는 내밀한 나에게 진정 고마움을 표현할 사람은 바로 나이기 때문이다.

이처럼 나 자신과 솔직한 대화와 속삭임을 나눌 수 있다면 더없이 쿨한 사람이다. 그리고 얼마든지 발전 가능성이 있는 사람이다. 아니, 성공을 예감한 사람들이다.

성공을 하기 위해선 자존심은 수없이 깎이고, 내 몸과 마음은 고단하고 외로웠고 심지어 할퀴고 더덕더덕 헤어졌을 것이다. 그럴 때마다 내 마음을 내가 위로하면서 진정한 자신과 직면해 보자. 그러면 힘든 것도 눈 녹듯 사라질 것이며, 내 마음이 먼저 위로를 받으면 나 역시 위로의 힘을 받아 무한히 행복해질 것이다.

오늘 세상에 태어나 가장 아름다운 꽃다발을 하나 만들어 세상에서 가장 소중한 나에게 바쳐보자. 이 세상이 얼마나 감미로울지, 이 세상이 얼마나 아름다울지 느껴보자. 분명 내가 새롭게 태어날 것이다. 세상이 환희로 가득 찰 것이다.

45 아직도 꿈꾸고 싶은 버킷리스트 8

우리는 세상에 태어나서 참으로 하고 싶은 것도 많고 또 배우고 싶은 일도 많을 것이다. 그러나 이런저런 이유로 포기하고, 망설이고 다음 기회로 미루고 미루어 오느라 못 한 일들이 더 많기도 하다.

필자는 꿈 많은 시기에 학생을 가르치는 교사가 되고 싶었으니, 나의 꿈은 이루어진 셈이다. 41년 세월을 초등교육에 몸담아 오다 무사히 정년을 마치고 편안한 인생이 되었다. 1라운드를 그렇게 교직에 몸바치는 동안 고통도 많았지만, 무사히 나의 인생 1라운드를 잘 돌아 나와 인생 2라운드에 서고 보니 새삼 보람이 더 많았던 것 같다.

하지만 약간의 아쉬움도 남는다. 이 아쉬움은 앞으로 다시 꿈을 꾸며 이루어가면 되는 것들이다. 그저 못 한 일이 있다면 지금부터

서서히 이루어가면 되는 것이기에 불안과 걱정은 필요 없다.

나는 어려서부터 호기심이 많은 반면에 운동신경은 좀 둔했고 조금 기계치인 것 같다. 중학교 때 운동장에서 자전거를 배우려다 선배 옥금 언니와 부딪치는 바람에 그 언니가 그만 골절상을 입고 나서 자전거가 무서워 그 뒤로 한 번도 타질 못했다. 그러고 나서 줄곧 자전거를 탈 시간도 그럴 여유도 없이 지금에 이르렀다.

그게 절실하게 필요했다면 아마도 또 노력하여 이루었을 지도 모른다. 그러나 내가 불안을 느끼고 있는 부분이었기 때문에 지금껏 펼쳐보지 못했다.

그러나 요즈음은 나이 들어 하는 운동으로 자전거가 좋겠다는 생각도 들고 자전거도로를 멋지게 달려보고 싶은 마음이 들어 자전거 중에서 가장 작은 크기의 자전거를 하나 구입했다. 그때 생각으론 시간만 나면 밖으로 가지고 나가 유등천 변을 맘껏 누비려 생각했지만, 이런저런 핑계로 집에 또 사장만 시켜놓았더니 딸이 와서 자기가 타겠다고 가져가 버렸다.

한 번도 시도도 안 해 본 새 자전거라 아깝긴 했지만 타지도 않고 집에다 처박아 놓는 것보다는 딸이라도 탄다고 하니 내심 반가웠다. 솔직히 매일 현관 앞에 세워만 두고 있는 부담감이 줄어들었다. 현관 앞에 있는 자전거를 매일 보면서도 타지는 않고, 천변에 한 번 나가보지 않았다면 나는 분명 몇 가지의 불안 증후군을 아직도 떨쳐

내지 못하고 있다는 증거이다.

첫째는 자전거를 잘 타지 못한다는 불안감이 압도적이고, 누군가가 밀어주거나 잘 타게 될 때까지 함께해 줄 그 누군가가 필요했던 것이다. 그러나 그 여건도 잘 맞지 않았다. 물론 내가 적극성을 발휘했다면 누굴 잡고서라도 자전거 좀 배우게 해 달라고 졸랐을 텐데 그렇게 한가한 사람도 주위에 없었다.

근육 운동으로 자전거만 한 게 없을 것 같아서 재빨리 사놓고서 한 번도 자전거를 가지고 밖에 나가 보지 못하고 눈으로만 타야겠다고 미루어왔던 내 게으름이 결국 자전거까지 통째로 뺏기고 말았다. 그래서 지금껏 자전거를 못 타니 언젠간 연습하여 꼭 탈 것이라고 꿈의 목록 1호에 이름을 올려놓고 있다.

그다음은 수영이다. 수영은 지금은 할 수 없지만 전신운동이기에 좋고, 집에서 수영장도 가깝고 시간도 괜찮은데 아직껏 자전거처럼 적극성을 갖고 시도를 못 하고 있다. 사실 학교를 은퇴하기 전에는 시간이 없어 수영장에 배우러 갈 시간이 없었다. 그러나 지금은 내가 선호하는 거라면 열 일을 제쳐놓고 달려가 수영을 배울 수 있는데 아직까지 수영도 도전을 못 하고 있다. 저 밑바닥에 깔려 있는 불안증후군이 수영장에 달려가게 놓아주질 않는다.

고등학교를 졸업하고 친구들끼리 상주 해수욕장으로 놀러 간 적이 있었다. 그땐 수영을 잘하는 친구가 하나도 없어 모두 튜브를 빌려 타고 마냥 태평세월로 물장구만 치며 해수욕을 즐기고 있었다. 처음 와 본 해수욕장에서 꿈 많은 소녀 십여 명이 종횡무진 물싸움을 하며 상주 해수욕장이 들썩들썩하도록 놀았다.

그런데 누가 내 튜브를 잘못 건드렸는지 내가 방관을 했는지 갑자기 튜브가 뒤집어져 내가 깊은 물 속으로 빠져버렸다. 그곳은 더 이상 들어가면 안 된다는 빨간 줄이 쳐진 그런 위험지역이었다. 겁이 많은 나는 얼마 동안 물을 먹고 허우적거리다가 다행히 주변에 있던 해경이 허우적거리는 나를 건져주어 간신히 목숨을 건진 적이 있었다.

그 일이 있는 후로 나는 다시는 해수욕장이건 수영장이건 겁에 질려 가질 않았다. 그래서 수영을 못 배운 이유도 바로 거기에 있었다. 그러나 수영장과 해수욕장은 엄연히 차이가 있고, 실내 수영장엔 코치가 있으니까 조금 안심이지만 그래도 그 불안이 아직껏 잔재하고 있다. 그래도 언젠간 수영에도 꼭 도전해 보리라는 생각으로 아직도 이루고 싶은 내 꿈의 목록 2호가 되었다.

남이 볼 땐 정말 소소한 꿈을 왜 여태 도전도 못 하고 있는지 정말 알 수가 없다. 어떨 때 보면 내가 꽤 배짱이 좋은 사람인 것 같은데, 이런 기능 앞에선 턱없이 잘 무너지고 마는 아주 나약한 사람인 것 같기도 하다.

그래서 요즈음은 운동으로 꾸준히 잘한다는 것은 11호 자가용을 움직여 가는 걷기 운동과 숨쉬기 운동뿐이다. 매일 아침 집 앞에 있는 학교 운동장을 자유스럽게 걷고 뛰고 하며 한 시간 정도는 매일 규칙적인 운동을 하고 있다. 다른 건 몰라도 걷기 운동만큼은 자신이 있다. 지금 나이에 다른 친구들은 다리가 아프고 허리가 아파 걷기 운동도 제대로 못 한다는데 나는 다행히 아직까지 다리 허리는 안 아프다.

이것이 나에게 걷기운동을 잘하라고 타고난 내 체력인 것 같다. 그래서 나에게 잘 맞는 운동을 하라는 메시지로 여기고 매일 즐겁게 운동을 하고 있다. 그래서인지 걷기나 산행을 하자는 데는 귀가 솔깃하다. 그건 내가 잘할 수 있는 자신감이 있기 때문이다. 그래서 주말은 가까운 산으로, 평일은 운동장과 유등천에서 주로 걷기 운동에 매진하고 있다.

얼마 전에는 제주도에 있는 한라산 윗세오름에 다녀왔다. 영실에서 윗세오름까지 오르는 코스였다. 그러나 거기에서 더 욕심을 내어 돈네코 탐방로까지 왕복으로 걸어 어리목 코스로 내려오기도 했다. 하루에 윗세오름까지만 올라도 운동량이 많은데 돈네코 탐방로를 왕복으로 더 다녀와 어리목으로 하산을 했다는 건 큰 무리였다. 그러나 좀 무리를 한 것 같은 산행 그 다음 날도 기분 좋을 만큼 몸이 가벼웠다.

사실은 한라산 등반을 몇 년 전에도 두 번 성공하고 돌아온 적이 있었다. 성판악에서 백록담을 오르는 코스였는데 첫 도전에 힘들고 어렵게 성공을 했다. 그땐 3월 말이라 눈은 없을 줄 알았다. 그런데 눈에 대한 장비가 불충분해서 내려오는 길은 눈길에 발이 시려 너무 고생한 기억이 생생하다.

제주도는 여러 차례 다녀왔지만 이번엔 꼭 이루고 싶은 꿈이 있었다. 제주 올레길을 완주해보고 싶은 욕심이 있었던 것이다. 산티아고 길을 다녀온 분이 제주 올레길을 만들었기 때문이다. 그러나 생각만큼 시간이 많지 않아 일주일을 머물며 해안도로의 올레 코스를 완주하기란 어려운 일이었다. 그래서 올레 코스에 얽매이지 않고 자연스레 걷고 또 걸었다.

이렇게 야무진 꿈을 꾸고 있는 데는 또 다른 꿈이 있기 때문이다. 스페인에 있는 '산티아고'를 완주하고 싶은 꿈이 생겼다. 산티아고는 쉽지 않은 길과의 싸움이기에 한 달을 족히 길에서 보내야 하는 고행 중의 고행길이다. 그러나 어찌 고행만 있을 것인가?

분명 내가 찾아가고 싶은 이유는 그 길을 걸으며 야고보 성인이 걸었을 그 고난에 동참해 보고, 그 길 위에서 나머지 내 인생을 어떻게 값지게 보낼 것인지의 묵상도 하고 싶은 것이다. 그래서 산티아고는 내가 죽기 전에 반드시 가야 할 내 꿈의 목록 3호로 이미 정해 놓았다.

산티아고 길은 성인 야고보의 유해가 묻혀 있는 산티아고 대성당으로 향하는 800km의 길이다. 그 긴 시간을 길에서 타인들과 만나 함께 걸으며 길 위에서의 또 다른 만남과 신심을 더욱 높이고 싶은 꿈을 꾸고 싶은 것이다. 지금은 여러 사람들이 다녀온 체험기를 관심 있게 읽고 있지만, 나의 산티아고 체험기는 아마도 다른 사람들과 다를 것 같은 생각이 든다.

가톨릭 신자로서도 야고보 성인의 길을 따라가 보고 싶은 호기심이 있다. 그리고 작가로서도 산티아고를 걸으며 내 인생을 사유해 보고 싶은 욕심이 있기 때문에 꼭 가고 싶은 것이다. 그리고 더 큰 꿈은 그 길에서 만난 모든 체험을 진솔하게 책으로 출간하고 싶음도 그중의 하나이다.

그리고 네 번째 내가 이루고 싶은 꿈은 플루트 연주이다. 그간은 시간이 없어서 배우지 못했지만, 예전부터 정말 배우고 싶었다. 그것은 다름 아닌 소리의 매력 때문이다. 나는 어렸을 때부터 음악을 좋아했다. 어떤 곡이든 한 번만 들으면 대체로 내 머리에 곡이 어렴풋이 저장이 되었다. 그래서 구태여 공을 들여 배우려 하지 않아도 남들보다 습득이 빨랐다.

교사 시절엔 합창단도 만들어 연습하고 대회에도 나가고 매년 발표회도 갖곤 하였다. 그땐 고음이 잘 나와 소프라노 파트에서 노래를 하였는데 오랜 교사생활을 하는 가운데 성대를 많이 사용하여 성대결절에 걸리고 말았다. 노래를 좋아하던 내가 갑작스레 고음이 안나와 노래를 못 부르게 된 때처럼 속상한 건 없었다.

성대결절은 심하면 실어증까지 간다고도 했다. 평상시 대화도 늘 쉰 목소리로 남자처럼 나오니 그렇게 괴로웠다. 그런 목소리로 애태우며 교사 시절을 접을까도 생각한 불우한 시절도 있었다.

음악 시간만 되면 가창 시간에 아이들을 원음 그대로 끌어올릴 수가 없어 그처럼 안타까운 일도 없었다. 대신 합주와 연주로 못한 부분을 보충해 주기도 했으나 음악시간을 가창의 즐거움으로 끌어들이지 못함은 못내 한이 되었다. 그리고 노래방에 가서도 멋지게 잘 부르지 못해 늘 불만족스러웠다. 지금은 교사 때처럼 성대를 많이 사용하지 않은 탓인지 다시 조심스럽게 좋아하는 곡들을 따라 부르고 있다.

내가 소리가 잘 나오지 않은 그 시절에 하느님께 간절한 기도를 올렸다. 나에게 목소리를 다시 주신다면 성가대에 들어가 꼭 찬양으로 하느님을 기쁘게 하겠노라는 간절한 기도를 올렸었다. 그런 내 기도를 하느님께서 들어주신 것이다. 이렇게 목소리를 다시 주신 건 찬양대에서 목소리로 봉사를 하라는 뜻이 분명한 것이다. 머지않아 찬양대에도 조심스레 문을 두드릴 것이다.

그러나 지금은 노래 부르기보다 플루트 연주에 더 매진하고 있다. 이제 플루트를 배운지 일 년 정도밖에 안 되지만 지금 열심히 배우면 성당에서 찬송가를 플루트로 잘 연주하고 싶다. 그래서 성가대에 들어가 성가도 부르고 플루트 연주 봉사도 하고 싶다.

플루트의 소리는 그 언제 들어도 천상의 소리이며 마리아의 목소리같이 들린다. 난 이 매력 때문에 플루트의 아름다운 소리로 하느님의 사랑을 멋지게 전달하는 플루트 연주자도 되고 싶다. 이것이 또 이루고 싶은 나의 네 번째 꿈이기도 하다.

그리고 나의 다섯 번째 꿈은 나의 재능 기부를 통한 봉사를 하고 싶은 것이다. 가장 먼저 시도하고 싶은 것은 다문화가정의 아이들과 부모들에게 우리말과 글을 잘 가르쳐 주고 싶은 것이다. 나아가서 우리 문화와 역사 등도 잘 알려주고 싶다.

이건 오래전부터 내가 꿈꾸어 온 생활이다. 가장 어렵고 힘든 곳에서부터 큰 도움을 받지 못하고 어려움을 겪고 있는 불우한 환경부터 도울 생각이다. 도시보다는 시골의 여건에서 다문화 가족이 많이 형성되어가고 있기 때문이다. 그러나 우선 가톨릭 계통의 다문화 아이들부터 찾아서 시도를 해 볼 생각이다. 그러다가 점차 시골로 찾아가 어려움을 겪고 있는 힘든 가족들에게 우선적으로 내 재능을 기부할 생각이다.

여섯 번째로 내가 하고 싶은 일은 캠핑카를 조립하여 남편과 함께 우리나라 땅끝 마을서부터 우리 국토 최남단까지 샅샅이 차를 타고 캠핑 생활을 하며 전국을 순회하고 싶다. 우리나라도 안 가본 곳이 너무 많은데 군이 외국만 고집할 게 아니다. 우리나라의 아름다운 자연의 품에 안겨보고 싶다. 그리고 캠핑을 하면서 일어난 자잘한 이야기들을 시와 수필로 쓰고 싶다. 외국의 풍광과 문화만 좋은 게 아니라 우리나라 우리 것이 얼마만큼 좋은지, 우리 땅 우리 자연이 얼마나 아름다운지를 캠핑을 하며 느린 걸음으로 답사해 볼 것이다.

기일은 정해져 있지 않다. 더 머무르고 싶은 곳이 있으면 하루 이틀 더 묵으며 지내는 것도 의미가 있을 것 같다. 그리고 전국에 가톨릭 성지가 많은데, 내친김에 그 성지도 의미 있게 돌아보고 박해를 받았던 그들의 삶에 더 가깝게 다가가 보고 싶다.

올 8월은 교황 성하의 역사적인 한국 방문이 이루어져 더욱 의미가 컸던 것 같다. 그래서 많은 순례자들이 성지로 더욱 발걸음을 이어갈 것이고, 한국 순교자들 중 성인으로 124위가 성인품으로 추대되는 사복식에 참가한 역사적인 해이기도 하다. 참으로 오랜만에 갖게 된 한국천주교회의 위상이다.

일곱 번째 하고 싶은 꿈은 어머니와의 성경쓰기이다. 그동안 바쁘다고 한 권도 완료하지 못했다. 어머니께서 지금 93세인데 얼마를 더 사실지는 아무도 알 수 없으나 어떻든 어머니께서 살아계신 동안 함께 성경쓰기를 시도할 것이다.

친정어머니께서는 벌써 구약성경 신약성경을 다 쓰시고 복음말씀을 쓰고 계셨다. 그러던 중 시인 딸이 '시편'을 써서 선물로 딸에게 주시라고 부탁을 드렸더니 거부하지 않으시고 지금 열심히 시편을 쓰고 계신다.

극노인에게 너무 무례한 부탁을 드려 심히 죄송한 생각이 들었는데 머지않아 나도 어머니랑 성경쓰기에 동참할 생각이다. 그간 어머니는 수십 년간을 계속 성경을 써오셨는데, 아직까지 나는 시도만 해 놓고 한 권도 완료하지 못했다. 바오로 서간만도 아직 완료를 못했다. 모두가 마음만 급했지 신심이 부족한 내 탓이다.

시작은 했으니 언젠간 완료를 할 날이 꼭 올 것이다. 성경을 읽기만 하는 것보다는 필사를 하면서 그리스도의 발자취를 천천히 더듬어 보고 영적 성장도 하고 싶다.

그리고 여덟 번째 하고 싶은 꿈은 발효 식품에 대한 공부를 시작하여 우리 집의 간장 된장은 물론 여러 가지 효소들도 직접 채취하여 담가보고 가족들의 건강을 챙기고 싶다. 그래서 식초 만들기를 비롯하여 우리 술 빚기와 여러 가지 와인까지도 직접 만들어보고 싶다.

연무에 마련한 개인 주택 청림 별궁이 있어 앞으로 장독을 준비하고 서서히 우리나라 전통 음식과 식품 및 주재료들을 직접 만들어 볼 계획이다. 밭에 콩을 심어 먼저 메주 쑤는 법부터 배우고, 그다음 간장, 된장을 담그고, 여러 가지 장아찌 마늘, 양파, 깻잎, 씀바귀 등도 담궈 가족들의 입맛을 돋우고 친척이나 지인들도 찾아오면 함께 나누어 먹을 것이다.

46 살아서 꼭 남기고 싶은 이야기

사람의 생명은 도대체 얼마나 될지 아무도 모른다. 그러나 지금
은 시대가 좋아져서 수명이 백세를 넘기고도 아직 정정하게 생을 살
아가는 사람들이 늘어나고 있다. 우리나라도 이제 평균 수명이 남녀
의 차이는 조금 있지만 80에 육박했으니 장수 국가로 고령사회에 이
미 진입하였다.

나의 친정어머님께서도 젊은 시절부터 몸이 약하여 골골하시면
서도 지금 94세의 연세에 돌입하셨다. 그 연세에도 불구하고 지금 세
붓으로 성경을 쓰고 계신다. 아니, 그전에도 신약성서, 구약성서, 복
음 등 20여 년을 지금 붓글씨로 성경을 쓰고 계신다. 어머니께서는
누가 시키는 것도 아니련만 힘들 것 같은 그 일에 매일 희열과 보람

까지 느끼고 계신다.

그뿐이 아니다. 슬하에 1남 4녀 5남매를 두셨는데 여자 형제가 네 명으로 훨씬 많다. 그래서 그런지 아직도 딸들 집에 여행을 하고 계신다. 아직도 혼자서 나서는 일에 자신감이 있다는 증거가 아닐까? 그리고 아들은 하나지만 여러 형제 있는 집보다 누구에게 미룰 것도 없이 집에서 어머님을 극진히 봉양하는 효자로 유명하다.

간간이 심심하다고 하실 때 차만 태워 드리면 네 명의 딸집을 계획대로 방문하신다. 물론 예전만큼 혼자서 스스로 여행을 선택하시진 못하지만, 가시고 싶다고만 하면 어느 딸에게든 차만 태워 드리면 딸이 마중을 나와 모셔가는 형식으로 여행을 하고 계신다. 정말 그 의욕 자체만으로도 너무 대단하신 거다.

흔히들 구십만 먹어도 스스로 어디든 가는 걸 포기하고 마는데 아직도 내 어머닌 노인이어서 안 된다는 것을 인정하지 않으신다. 다른 노인분들하고 다른 점이 바로 거기에 있는 것 같다. 아직도 자기 스스로 할 수 있다는 자신감이 있으신 거다. 다른 분들 같으면 미리 힘들 거라고 포기하고 마는데도 어머니는 아직도 하고 싶은 일을 실행에 옮기신다. 자식들이 아무리 말려도 어머니 의지를 꺾을 수가 없다. 아니, 꺾어서도 안 된다.

올봄에도 서울에 있는 셋째, 넷째 딸을 만나고 대전에 내려와 둘째 딸인 우리 집에서도 20여 일을 지내시다가 바로 며칠 전에 모셔다

드렸다. 봄이 시작되는 4월부터 6월까지를 줄곧 딸네 집을 돌아다니시며 보고픔을 풀고 계신다. 이만하면 참으로 건강을 타고나지 않으셨나 싶다. 그런 기대가 있고 자신감이 있으므로 장수를 하신 것 같다. 그리고 이따금씩의 여행으로 충분히 기분전환도 되실 것 같다. 2개월을 보고 싶은 딸들을 차례로 만나고 내려가신 것이다.

우리 딸들은 매번 이번이 마지막이 될 줄 모른다는 생각에 모두들 최선을 다한다. 그러나 정작 어머니께서는 하루 일과를 시간표가 짜여 있는 것보다 더 일정하고 규칙적으로 생활을 하고 계신다. 지금도 얼굴 모습으로는 80세 정도로밖에 안 보이신다. 허리가 좀 아프시고, 많이 움직이시면 숨 차 하시기는 하지만 기억력이나 행동하시는 걸 보면 아직도 자신감이 여전하시다.

몸이 야위셔서 어디서 그 힘이 나올까 하고 의아해하지만 그건 그분만의 기도생활과 자신감에서 나온 것 같다. 그렇게 힘든 성경을 하루 두 시간 정도 매일 쓰시고, 기도도 매일 두 시간이 넘도록 하고 계신다. 그러자니 하루가 얼마나 짧으시겠는가?

시간을 그렇게 소중히 여기시며 하루를 잘 보내시니 자식으로도 너무 기쁘다. 가끔씩 산책과 커피와 맥주 한 잔 정도도 멋지게 즐기시는 아주 여유로운 분이시다. 정말 우리 어머니는 노인이 아니신 것 같다. 필자도 어머니의 그런 좋은 인자와 창조적 DNA를 많이 닮았으면 좋겠다. 지금도 시간을 소홀히 여기지 않고 보람 있게 보내려고 하는 마음가짐은 이미 많이 닮은 것 같기도 하다.

필자는 오래 사는 것만을 원하지는 않는다. 비록 길지 않은 인생을 살지라도 결코 후회 없는 인생 살기를 원할 뿐이다. 누구든 인생은 마음먹는 대로 되는 건 아니다. 언제 어느 때 자신에게 위험이 닥치고 어떤 이유로 생을 마감하게 될지 아무도 모른다. 그렇기 때문에 내 기억과 내 의지대로 모든 것을 실행할 수 있을 때 나의 알 수 없는 미래에 대해 하고 싶었던 말들을 미리 언급해 두고자 한다.

첫째 내 자신에게 이르고 싶은 말

■ 수많은 사람들 중 여성으로 태어났음을 자랑스럽게 생각한다.

■ 여자라서 안 된다는 걸림돌이 되지 않음을 고맙게 생각한다.

■ 수많은 가문들 중 김해김씨 김수로왕 자손으로 태어났음을 자랑스럽게 생각한다.

■ 유년시절 부유한 조부 덕분에 심한 고생을 하지 않음을 고맙게 생각한다.

■ 외가의 예술 문화 덕분으로 정신적 풍요 속에 자랄 수 있었음을 감사하게 생각한다.

■ 외할머니와 어머니의 신학문과 고전문학에 대한 열정으로 문학성

을 이어받음을 자랑스럽게 생각한다.

■ 어머니의 미적 감수성과 미각에 탁월한 솜씨를 맛보고 자람에 자긍심을 느낀다.

■ 아버지의 낙천적인 성격과 풍류적 소양을 물려받은 점을 고맙게 생각한다.

■ 아버지의 청백리적 성격과 옳고 그름이 분명한 성격을 물려받음을 자랑스럽게 여긴다.

■ 어머니의 깔끔함과 정리 정돈 및 관리 능력을 물려받음을 고맙게 생각한다.

■ 어머니의 글솜씨 및 지적추구 능력을 답습할 수 있음을 감사히 생각한다.

■ 암울한 시대에서도 자식을 지극정성으로 예쁘게 키워주신 부모님께 감사한다.

■ 신체적으로 잔병치레 없이 건강한 인자를 물려받음에 감사한다.

■ 무엇이든 할 수 있다는 자신감을 심어주신 부모님께 감사한다.

■ 남녀 차별 없이 동등한 교육을 펼쳐주신 부모님께 감사한다.

■ 어려운 사람과의 나눔을 실천하게 한 부모님께 감사한다.

둘째 내 남편에게 이르고 싶은 말

- 뼈대 있는 연안이씨 가문에서 태어남에 감사한다.

- 하고많은 여성 중 결혼 대상자로 나를 선택해줌에 감사한다.

- 난생 처음 그리움을 알게 해줘서 고맙게 생각한다.

- 인생에서 중요한 고독과 시련을 맛보여준 데 감사한다.

- 인생의 길에 눈물로 나를 단단히 얽어 매줌에 감사한다.

- 개방적인 나를 보수적 삶도 알게 해줌에 감사하게 생각한다.

- 철없는 아내에게 늘 응원의 박수를 보내주어 고맙게 생각한다.

- 하고자 하는 일에 절대 반대급부가 없었던 점에 감사한다.

- 배우고자 하는 일에 적극적인 지지자로 살아준 점에 감사한다.

- 타인들 앞에서 아내의 기를 꺾지 않음에 감사한다.

- 형제들 간의 화합과 단합의 중요성을 일깨워줌에 감사한다.

- 집안 간의 융화단결을 위해 앞장서서 본이 되어줌에 감사한다.

- 소소한 경제적 상황은 모르는 체 관대함에 감사한다.

- 어느 누구 앞에서든 아내를 자랑스럽게 여김에 감사한다.

- 아내를 무시하거나 괴롭히지 않음에 감사한다.

- 가정의 모토를 가화만사성에 둔 점에 감사한다.

- 친부모와 처부모를 극진히 모심에 감사한다.

- 어머님께 진정한 효를 실천함에 감사한다.

- 생의 중요 가치를 가족 사랑에 둠을 감사하게 생각한다.

- 성격이 급한 나를 느긋이 지켜봐 줌에 감사한다.

- 노골적인 성격과 우유부단한 성격을 중용으로 화합함에 감사한다.

- 흰머리도 사랑할 수 있는 철학적 사고에 감사한다.

- 결점까지 사랑할 수 있는 깊은 마음에 감사한다.

- 아내가 하고자 하는 일은 무엇이든 전폭적으로 지지해주어 감사
  한다.

- 시모님에게 가톨릭을 알게 하고, 대세받게 함에 감사한다.

- 가톨릭 신자로 함께 살아갈 수 있음에 감사한다.

셋째 자식들에게 이르고 싶은 말

- 수많은 사람들 중 내 자식으로 태어나줘서 고맙게 생각한다.

- 가장 중요한, 건강하게 태어나 주어 고맙게 생각한다.

- 부모님을 진실로 믿고 따라와 줘서 고맙게 생각한다.

- 물질적 풍요가 아니어도 긍정적으로 자라주어 고맙게 생각한다.

- 가정보다 공직에 더 몸을 불태운 엄마를 이해해 주어 고맙게 생각
  한다.

- 어린 시절 아빠와 떨어져 그리움으로 살게 해 미안하게 생각한다.

- 육아 시절 제대로 뒷바라지를 못 해주어 미안하게 생각한다.

- 어린 시절 예쁜 추억 쌓기와 가족 여행을 많이 못한 점 미안케 생각한다.

- 가끔 할머니와의 의견 충돌을 지켜보게 한 점도 미안하다.

- 아버지와 의견 불일치로 아이들에게 불안을 조성한 점에 대해 미안하다.

- 딸에게 묻지도 않고 기악공부를 과하게 시킨 점에 미안하다.

- 아들의 사춘기를 이해 못하고 지나감을 미안하게 생각한다.

- 엄마의 전출로 인해 가정의 평형성을 잃게 한 점 두고두고 미안하게 생각한다.

- 아들의 고등학교 시절을 뒷바라지 못해 주어 지금껏 미안하게 생각한다.

- 근검절약이 몸에 배어 메이커 옷 한 벌 제대로 못 사주어 미안하게 생각한다.

- 학창 시절 풍부한 용돈을 주지 못한 점도 매우 미안케 생각한다.

- 정성 이상으로 잘 자라준 자식들에게 감사한다.

- 자기가 좋아한 친구 같은 배필을 만나 결혼까지 이어 간 점에 또 감사한다.

- 수빈이는 첫 번째 딸 쌍둥이를 낳아 두 배 세 배의 기쁨을 줌에 감사한다.

- 용혁이는 가문의 대를 이을 아들 손자를 안겨주어 더더욱 감사한다.

■ 황 서방은 수빈이와 두 딸을 극진히 사랑함에 너무나 감사한다.

■ 며느리 남희는 직장을 가지면서도 대를 이을 휘를 낳아주고 둘째
  도 갖게 됨을 감사한다.

■ 자녀 두 가족 모두가 행복하게 둥지를 틀어 살아감에 감사한다.

■ 자식 둘을 가까운 거리에 두고 그 즐거움을 함께함에 감사한다.

■ 세월이 흘러 부모가 없더라도 남매의 가족이 더 우의 돈독하게 살
  아감을 희망한다.

■ 부모의 재산에 눈이 멀지 말고 살아 있을 때 도리와 최선을 다하는
  자식으로 살아주면 고맙겠다.

■ 사후에 부모 유산으로 인해 남매간의 정이 흐트러지지 않기를 바
  란다.

■ 부모가 떠나간 뒤의 제사는 가톨릭 연미사로 지내주기 바란다.

■ 부모의 제삿날은 부모와의 좋았던 추억과 아름다운 기억을 떠올
  리며 보냈으면 좋겠다.

47 과거는 추억 속에 아름답게 간직하라.

인생은 살아가는 과정과정마다 모두 소중하고 아름답다. 하물며 지나간 삶을 아름답게 반추해 보는 일은 너무도 뿌듯하고 행복한 일일 것이다. 지나간 일이라고 모두 다 잊어버려선 안 된다. 늦게까지 추억할 것은 추억으로 떠올리며 사는 것이 행복한 삶 중의 하나이다.

대부분의 사람들은 지긋지긋한 고생의 순간은 다시금 되새김하고 싶어 하지 않는다. 아름다운 순간만을 생각하며 살기에도 짧은 세월인데 구태여 고생한 과거를 왜 굳이 떠올리느냐고 따지는 사람도 있겠지만, 필자는 아름다운 추억만이 추억은 아니라고 생각한다.

고생스럽게 지내온 지난날도 너무나 값지고 소중한 추억이 되었으면 한다. 누구나가 인생의 모든 과정을 다 아름답게 기억할 것인가?

아니다. 잊어버리고 싶은 순간, 잊을 수 없는 순간들이 없는 가정은 없을 것이다.

필자에게도 결코 잊어버릴 수 없는 골 깊은 아픈 추억이 있다. 꿈에 부푼 결혼을 하고, 신혼의 기쁨도 채 만끽하지 못하고 두 자녀가 초등학교에 다니던 그 오랜 순간들을 가족과 헤어진 삶을 살았다. 남편이 육상에서 머무를 수 없고 바다에 나가 배를 타는 직업을 갖고 있었기에, 부득이 가족과 헤어져 사는 기간이 너무도 길었다.

1년만 그런 그리움을 안고 산다 해도 참기 어려운 삶인데 무려 15년 정도를 사랑하는 가족과 헤어져 그리움과 눈물로 세월을 보냈던 일이 못내 가슴이 아프다. 정말 누구에게도 이 서러운 이야기는 결코 하고 싶지 않았지만, 자기계발서를 쓰는 이 순간만은 내 삶을 고스란히 내비쳐야 한다. 그때 나의 젊은 시절 꽃다운 30대는 그 어디에도 없었다. 한숨과 눈물과 그리움을 삭이며 세월을 그저 부채질했을 뿐이었다.

남편이 외항선을 탄 선원이었으므로 그 지루한 1년을 헤어짐으로 살아야 겨우 휴가를 받아 가족과의 상봉이 이루어지곤 했다. 그런데 365일 기다리던 1년에 비해 휴가기간은 왜 그리도 턱없이 짧던지, 2~3개월을 함께 지내다 보면 어느새 또 이별이 찾아온다.

아이들이야 어려서 이별의 아픔을 뼈저리게 알 수는 없었겠지만, 달콤한 신혼생활이 무언지도 모르고 선원의 아내로 살아가야 하는 억척스럽지 못한 나는 그저 심장이 터질 것만 같았다. 어려운 그 이별과의 아픈 전쟁을 매년 겪어야 하는 나의 예쁜 30대는 눈뜨고 찾아보려 해도 찾을 수가 없었다. 단지 눈에 보이는 현실에서는 세월 앞에서 아이들의 성장으로 그걸 확인할 수밖에 다른 도리가 없었다.

지금도 생각해 보면 소리 없는 눈물이 나도 모르게 흐른다. 아직도 그때 흘리지 못한 눈물의 잔고가 남았는지 그 기억을 떠올리는 순간에도 내 볼을 타고 내린다. 그러나 나에게 이런 고통의 아픈 세월이 없었다면 필자가 남의 아픔과 고통을 진정 돌아보는 사람이 되었을까 하는 반문이 자꾸 머리를 맴돈다.

그 지루하고 고통스러운 고독의 터널을 빠져나와 생각해 보니 참기 어려운 세월이 나의 인생에 보약과 성공을 가져다준 귀중한 시간이었다는 생각을 떨칠 수가 없다. 그러나 그 긴 헤어짐의 기간 동안에는 너무도 암담하여 눈물과 한숨밖에는 쏟아지는 게 없었다.

혼자서 직장생활을 해가며 어린아이들을 키우고 시모님과 함께 살아내야 하는 그 기간은 나에게 결코 지울 수 없는 고통과 숙성의 기간이었다. 그러나 고통스럽다고 그 기간을 송두리째 도려내 어찌 잊을 수 있단 말인가? 결코 그럴 수는 없다. 아름다운 추억이건 아픈 추억이건 이제 나에게는 모두 지나간 추억일 뿐이다. 그렇기에 모두 아름답게 장식을 해야 하는 것이다. 아픈 추억도 추억이니만큼 아름답게 수놓아야 한다.

그 고통의 기간이 내게 없었다면 지금의 내가 결코 있을 수 없었을 것이다. 고통을 감내해 보지 않는 사람은 결코 남의 고통에 아랑곳하지 않음을 생각해 보면 알 일이다. 고통을 맛보았기에 그보다 더 큰 고통이 찾아와도 내성이 생겨 그 고통을 이겨낼 힘을 얻었던 것이다.

인생은 진정한 어려움 앞에 서 봐야 사람다운 사람으로 거듭날 수 있다. 어려움을 한 번도 겪어보지 않은 사람은 결코 인생의 멘토가 될 수 없는 것이다. 고난의 강을 슬기롭게 건너는 사람에겐 반드시 성공이라는 환한 등대가 반짝이듯이 말이다.

누구에게나 아픈 과거와 행복한 과거가 다 공존할 것이다. 그러나 우리는 결코 행복한 순간만을 추억하지 말아야 한다. 비록 지나오고 건너왔지만 고통과 시련의 암울한 시간의 강을 결코 쉽게 잊어서는 안 된다. 이미 지나간 과거이지만 아름답게 색칠을 하고 아름답게 추억하며, 잊지 않고 추억의 앨범으로 간직하며 가끔씩 들추어 봐야 할 것이다.

48 가슴 따뜻한 사랑 노을로 물들고 싶다.

세상을 살아가면서 가슴을 따뜻이 데워 주는 말 한마디가 절실할 때가 너무도 많다. 그 말 한마디란 아주 어렵고 매너와 격식이 있는 말만은 아니다. 한낱 단어에 불과하더라도 진심어린 마음이 전달만 된다면 자신에게 만병통치약처럼 힘이 솟고, 달콤하며 따사로움까지 느끼게 된다. 그렇기에 누구에게나 따스한 위로가 되고 내 마음을 전할 수 있는 진실한 말 한마디는 삶에서 반드시 필요하다.

바쁘게 직장생활을 하며 온종일 서서 동동대다가 자기 집 문 앞에 도달하면 있는 힘도 쭉 빠지도록 힘에 겹다. 그때 누군가가 대문을 열어주며 "얼마나 고생했니?" 하며 건네는 따뜻한 말 한마디는 천금보다 더 귀하고 반가운 엑기스이다. 밖에서 그 어떤 어려움이 있었을지라도 그 말 한마디에 큰 위안을 얻고 행복을 느끼게 되는 것이다.

또 온종일 아기를 봐주시며 자식이 오기를 손꼽아 기다리시는 어머니에게 "얼마나 힘드셨어요?"라는 정감 어린 말 한마디는 그동안의 고생을 눈 녹듯 사르르 녹게 하는 것이다.

이렇듯 따스한 말 한마디가 주는 위로는 우리 생활에 윤활유이고 활력소임이 틀림없다. 지금 필자가 그리워하고 있는 것이 바로 이 따뜻한 위로 섞인 말 한마디를 서로 건네며 사는 세상을 만드는 것이다. 아무리 세상이 각박하게 돌아간다고 해도 가정이나 사회를 따뜻하게 만들며 오롯이 품을 수 있는 사람은 바로 이 세상의 어머니들이다.

그러나 요즈음의 양상은 젊은이들이 '시' 자만 들어가는 음식도 거부한다는 얘기를 들을 땐 정말 울화통이 치민다. 그 이면에는 여러 가지 양상과 사연들이 구구절절하겠지만, 어떤 사안을 가감 없이 곧이곧대로 받아들이는 풍조도 문제인 것이다. 설사 그런 생각을 갖고 있는 부류의 젊은이들이 존재한다고 하자. 그렇다면 그 이면에는 반드시 그럴 만한 이유가 존재할 것이다. 그렇다고 그 사실들이 전체의 생각이라고 한다면 정말 잘못 가고 있는 풍속도이다.

누구든 개인마다 가정마다 속사정이 제각기 다르다. 어느 쪽에서 잘못하건 이건 분명 사랑이 부족한 소치이고, 대화 부족이 원인이다. 그 말들이 젊은이들의 입에서 공공연하게 나오고 있다면 문제의 심각성은 분명하게 있다.

먼저 어른들이 어떤 요구와 대접만 먼저 받으려 하지 말고, 젊은 이들의 속성에 맞는 예의범절을 놓쳐서는 안 된다. 누구든지 자기 존중도 필요하지만 상대를 먼저 생각해줄 줄 알아야 하므로, 어른들이 도의적으로 받으려고만 하지 말고 먼저 나누어 주어야 한다.

따스한 마음으로 따뜻한 말씨로 먼저 젊은이들의 감성 속으로 다가가 보자. 어른들이 먼저 상황에 맞는 말을 잘 건넸을 때 독불장군으로 싸잡아서 시댁 식구를 욕할 사람은 아무도 없을 것이다.

필자는 나이를 더 먹은 어른들이 항시 사랑의 주머니를 하나 더 만들어 차고 젊은이들을 사랑으로 따스함으로 껴안아야 한다고 생각한다. 아무래도 세상을 오래 살지 않은 젊은이들인 만큼 경험도 부족하고 좋은 관계를 유지하는 기술 또한 부족하다. 다소 시간이 걸리더라도 서로 자주 좋은 대화를 나누며 서로 간의 문화와 내면생활을 펼쳐가야 한다.

요즈음은 내가 낳은 자식도 내 뜻대로 하지 못하고 나에게 전적으로 다가오지 못하는데 어찌 생활환경이 다른 집에서 낳고 자라온 새 식구들이 나의 습성을 잘 알겠는가? 이건 너무나 큰 무리수가 있는 것이다.

자식과 젊은이들을 한 가지 사안만을 보고 너무 속단하지 말아야 한다. 젊은이들도 다 때가 되면 시행착오를 거치면서 이해 못 했던 사안들을 뒤늦게 깨닫게 되는 것이다. 그러므로 나이를 더 먹고 연륜과 경륜이 있는 어른들이 더 큰 아량으로 젊은이들을 먼저 보듬고 껴안아야 한다. 그러다 보면 자연히 물이 아래로 흐르듯 그 가정의 가풍과 부모님들의 깊은 뜻을 조금씩 헤아리게 되는 것이다.

서로를 너무 빨리 속단하지 말고 너무 빨리 평가하지 말아야 한다. 사람들이란 자기의 속내를 절대 먼저 드러내지도 않을뿐더러 완전한 것만을 요구하고 있다. 그렇기 때문에 서로를 알아가는 과정 속에서 불협화음과 마찰이 일어나게 마련이다.

어느 쪽에서 잘못이 있건 간에 우선 다독거림을 잊지 말자. 백지한 장만큼의 아량도 베풀지 않고 상대방을 편협하게만 바라보면 안된다. 아무래도 사안이 발생하는 쪽은 오래 느긋하게 참지 못하는 젊은이들 쪽이 더 많을 듯싶다. 그러나 이건 어느 쪽에 편견을 가질 일이 도무지 아니다. 어찌 되었든 간에 따뜻이 품어주지 못한 어른들의 잘못이 더 크다고 본다.

그다음은 무엇이든 배려가 적은 젊은이들의 짧은 소견에서 나온 불일치도 문제인 것이다. 소소한 것이나 아주 일상적인 사안에서 돌출된 의견 불일치는 반드시 기분 좋은 대화와 사랑으로 풀어가야만 한다. 중재자가 있으면 더욱 좋지만 당사자 자신들이 자신의 의견과 그때의 상황과 형편을 잘 이야기하며 좋은 관계로 발전해 나가야 한다. 설사 듣기 싫은 대화나 돌이킬 수 없는 대화가 오갔다 하더라도 대나무 쪼개듯 더 쪼개지 말고, 누가 먼저이더라도 분위기 있게 대화를 다시 유도해야 한다.

그래서 전후의 입장과 상황을 서로 이해하고 반드시 그 매듭을 풀어주어야 한다. 절대로 가슴 속에 비수를 찌르며 살인보다 더 모욕적인 언어로 상대방을 비방하지 않아야 한다. 언어는 고작 한 마디였지만 상처는 천근보다 더 무겁고 깊숙이 파인다는 사실을 서로가 알아야 할 것이다.

필자의 요즈음 근황을 잠깐 소개해 보고자 한다. 멀지 않은 거리에 아들 내외와 딸 내외가 살고 있다. 딸 집에 가게 되면 친정부모가 스스럼이 없어서 그런지 모르지만 "며느리한테는 그러지 마." 하며 갖가지 주문을 먼저 늘어놓는다.

부모는 하찮은 것이라도 음식을 만들거나 줄 것이 생기면 우선 주고 싶은 마음이 앞서 전화나 양해를 얻지 않고 불쑥불쑥 초인종을 누른다는 것이다. 잘못하려고 한 건 아닌데, 주고 싶다는 마음만 먼저 앞서 자식들의 집 형편과 처지는 아랑곳하지 않고 초인종을 눌러댄다는 것이었다. 생각해보니 내 자식이지만 '아, 상황이 있겠구나.' 하는 걸 더 생각해 보게 되었다.

이런 작은 일에서부터 조금 신경을 쓰고 근황을 안 다음에 전달이 된다면 오해가 덜 생기겠다는 생각이 들었다. 부모는 무조건적인 사랑과 주고 싶은 정을 앞세워 그냥 달려간다. 그러다 보니, 몸은 힘들었는데 전달해 주는 방식과 적절한 시간 형편 때문에 어렵게 준비한 음식을 주고자 했던 마음이 상처를 받기도 하겠다는 생각이 들었다.

그 이후로부터 언제나 문자나 전화로 상대방의 처지나 상황을 먼저 물어보고 난 후에 알맞은 시간을 협정하여 전달을 한다. 메모를 써놓고 오는 방법을 택하기도 한다.

어떻든 시대가 변하고 핵가족들이 늘어남에 따라 생활여건이나 방식에 많은 차이를 느끼고 있다. 죽을 때까지 배워가야 한다고, 어른들은 지금에 안주하지 말고 늘 깨어 있는 생각을 갖고 젊은이들을 따뜻이 사랑하고 배려해 주는 게 상책인 것 같다. 그래야 젊은이들의 마음이 저절로 웃어른들께로 다가오지 않을까 하는 생각이 든다.

필자는 요즈음 첫돌을 지난 손주 보는 재미에 폭 빠져 있다. 어떻게 하면 가까이 사는 아들네 집을 사이좋게 드나들며 손주 보는 일에 조금이라도 도움이 될 것인가에 대해 고민해 보았다. 그중 출근 때문에 가장 불꽃 튀게 바쁜 아침 시간에 손주를 보는 일을 자청했다. 가장 큰 이유는 손주 녀석이 아침에 너무 일찍 일어난다는 것이다. 꼬마 녀석이 아침밥을 할 것도 아니면서 왜 그리도 일찍 일어나 곤한 엄마 아빠를 힘들게 하나 싶어 자청을 했던 것이다.

아침 6시경이면 우유도 먹이고, 벌써 데리고 나갈 채비를 완료해 놓는다. 아침 이른 시간이라 내가 먼저 들어가 아이를 유모차에 태우고 나와 약 한 시간 정도 산책도 하고 학교 운동장을 돌며 자연친화 공부를 시키고 있다.

힘들게 손자를 보면서도 할아버지 할머니는 그저 만면에 웃음을 띠고 좋아서 어쩔 줄을 모른다. 그저 손자가 손가락으로 무얼 가리키기라도 하면 따다 줄 것처럼 쩔쩔매고 좋아한다. 기운이 없어 비지땀을 흘리면서도 그저 희색이 만면하다. 손주를 보는 것만으로도 우리는 효를 다 받고 있는 것 같다.

아무것도 바라지 않은 무조건적인 사랑 앞에 그 무엇이 계산되며 뒤따른단 말인가? 모두 있을 수 없는 일이다. 천륜으로 맺어진 그 핏줄이 이어준 사랑 앞에 우린 아무 조건을 붙일 수가 없다. 이다음 손주가 커서 이런 공을 하나도 모른다 해도 그건 어쩔 수 없는 일이라 여기고 그저 현재에 만족하는 것이 현명한 판단이다.

나이가 들어가면서 나는 이런 생각을 더 하게 된다. 부모라는 이름은 나이가 들어가도 자식을 더 따뜻하게 품어주고 더 예쁜 색깔의 사랑노을로 물들어 가야 한다고……

지금 당신의 발목을 잡고 있는 시련 앞에서
절대 무릎 꿇지 마세요!
시련은 곧 행복의 전주곡이니까요.

지금 시련 앞에서 숨이 콱콱 막혀오는 당신에게 어떤 말로도 위로가 안 된다는 걸 잘 안다. 그렇지만 한 치 앞도 안 보이도록 시야를 가로막고 온통 먹구름에 감싸여 요지부동하던 암담한 고통도 언젠간 나도 모르는 사이에 그 구름이 걷히고 희망찬 서광이 비친다는 사실을 당신은 알기 바란다.

인생이란 고통 없이 행복만 이어지진 않는다. 그 어느 누구도 시련과 고통의 터널을 건너지 않고서는 절대로 행복의 종착역에 도달할 수 없기 때문이다. 인생이란 기차의 레일처럼 곧은 것 같으면서도 굽고, 굽다가도 돌고 돌며, 그 굽이굽이를 알 수 없는 평행선이다.

자신이 어느 지점에서 고통의 나락을 만났는지, 어느 역을 지나치는 지점에서 시련의 고배를 마시고 심히 허우적거렸는지는 사람마다 조금씩 차이가 있게 마련이다. 그러나 결과적으로 그 굽이굽이를 돌고 돌며 굽어 있었던 시련의 시기들을 다시 평평한 평행선으로 펼쳐 보기 바란다. 믿기 어렵게도 시련과 고통의 길이가 개별차가 크지 않고 거의 비슷비슷하다는 사실을 부디 깨닫기 바란다.

사람들은 저마다 내 슬픔이 더 크고, 내 고통이 더 참기 어렵고 내 시련이 훨씬 깊다고 속단한다. 그러나 개인마다 그 시련의 시기나 시련의 크기와 양상이 조금씩 다르더라도 각자 피해 갈 수 없는 시련으로 모두 고통 받고 살아왔다는 점은 숨길 수 없는 사실이다. 그러므로 시련 앞에서 절대 낙담하지 말기 바란다.

지금 시련을 겪고 있다는 건 잘 되어 간다는 뜻이고, 앞으로 희망 등이 켜지려는 전조임을 반드시 알아야 한다. 시련 없이 찾아오는 성공과 행복은 절대 없으며, 있더라도 그 성공은 절대 값진 성공이 아니다. 내가 쓴 고배를 마시고 난 다음에 찾아오는 성공은 그만큼 값지고 또한 뿌듯하기 때문이다.

그렇기에 우리에게 찾아오는 제각각의 시련과 고통들은 모두 행복의 전주곡이라고 할 수 있다. 그 짜릿한 행복이 오기 위해서 반드시 건너야 하는 고통과 시련의 강을 우린 의연히 건너야 하기 때문이다.

아기를 낳는 산모들도 긴 임신기간에 찾아오는 고통과 죽을 위협을 무릅쓰고 찾아오는 산고를 모두 참아냈으므로 무엇과도 바꿀 수 없는 귀중한 새 생명과 마주할 수 있지 않은가?

아무 고통 없이 공짜로 찾아오는 행복은 없다. 그렇기에 지금 힘이 든다고 너무 고통스럽다고 절대 백기를 먼저 들어서는 안 된다.

어렵다고 귀중한 생을 포기해서도 안 된다. 그건 너무 이기적인 생각일 뿐이다. 어떻게 고통과 인내의 수고 없이 그냥 공짜로 행복의 덩어리만 받으려고 하는가 말이다. 행복이란 고통과 시련을 투과해야만 우리에게 안기는 행복 무지개요, 보석임을 우린 꼭 알아야 한다.

필자도 삶에서 여러 가지 고통스러운 기간을 지나왔고, 당시에는 그 무게가 너무도 컸었다. 그러나 그 어려운 고통의 터널을 꾸준한 인내와 열정으로 굳세게 견뎌냈다. 그랬기에 여성으로서 그토록 어렵다는 단위 학교의 마스터인 교장으로 학교경영까지 할 수 있었고, 늦은 나이에도 불구하고 교육학 박사학위를 받지 않았을까 싶다.

모쪼록 어려움을 겪는 젊은이들이 절대 고난 앞에서 무릎 꿇는 일이 없었으면 좋겠다. 미래는 우리들의 희망의 징검다리이고, 시련은 우리를 더욱더 단련시키는 트레이너이다. 그렇기에 시련은 어떤 사람에게는 날개일 수도 있고, 어떤 사람에게는 굴레가 될 수도 있다는 말을 절대 잊지 말기 바란다. 그리고 시련은 아무에게나 꽃을 피우지 않는다는 사실도 기억하기 바란다.

연무 청림별궁에서
김 숙 자

지은이

　　지은이 淸淋 김숙자는 충남대학교 교육대학원에서 「장면구성을 통한 동시의 단계적 발상 연구」로 교육학 석사학위를 받았고, 한남대학교 대학원에서 「초등학교 시 창작 방법 연구」로 교육학 박사학위를 받았다. 그리고 『월간 아동 문학』과 『월간 문학』에서 동시가 당선(1991)되어 문단 활동을 시작한 후 대전일보 신춘문예에 동시가 당선(1997)되었다. 그리고 초등학교에서 교사, 교감, 교장 등을 거쳐 40여 년간 초등교육에 재직했던 교육자로서 황조근정훈장을 받았으며, 대전문학상, 대전일보문학상, 제2회 박경종 아동문학상, 제4회 한·중 옹달샘아동문학상, 제37회 한국아동문학작가상을 수상하였다.

　　지은 책으로는 동시집 『모시울에 부는 바람』, 『갯마을에서 띄우는 노래』, 『달님마저 반해버린 야생화』, 『행복을 굴리는 아이들』, 『꼬꼬맘시들의 행복한 날갯짓』이 있고, 동화집으로 『예쁜이가 내다 본 세상』이 있다. 시집으로는 『비울수록 채워지는 향기』, 『낮음, 그래서 더 고운 영혼』, 『마틸다의 기도』, 『사람, 사랑 행복방정식』이 있으며 기행수필집으로 『내 영혼을 불사른 달콤한 중남미 문명』, 연구서로 『현대 아동 시창작 교육』이 있으며, 계발서로 『시련은 아무에게나 꽃이 되지 않는다』, 그 외 연구 논문을 비롯한 다수의 저서가 있다.

　　문단 활동으로는 한국아동문학회 이사 및 운영위원이며, 한국아동문학연구회 충남지회장, 한국 국제 펜문학, 문학사랑, 대일문학회, 대전아동문학회 회원, 대전여성문학회장을 역임하였고, 현재는 각종 교육기관 및 평생교육기관, 평생교육연수원, 문화 센터 등에서 시 창작 교육과 인문학 강의를 하고 있다.